私、勘違いされてるっ!?
最強吸血鬼と
思われているので
見栄とハッタリで
生き抜きます

Kaori Kochano
紅茶乃香織

TOブックス

Contents

006 始まりは最悪の勘違い
012 どうしてこうなっちゃったの!?
035 メイドと食事を
050 顔合わせ
062 試練
078 ペトラの誤解
088 フィーリアの戸惑い
103 バレちゃった……?
117 心地の良い感情
128 高度な心理戦
141 レイチェルの過去《前半戦》
154 レイチェルの過去《後半戦》
166 レイチェルの過去《延長戦》
178 企み

システィナ乱入後とその翌日 184
城内探索　～フィーリアと仲良くなろう～ 196
城内探索　～お茶会～ 202
城内探索　～手合わせ～ 210
城内探索　～特殊能力～ 216
シルビアの謁見 231
開戦 251
死闘 259
決着 275

外伝　ヴラドの生涯 291
フィーリアがいなかった理由 337
『新たな世界』へ 347
あとがき 358
勘違い一覧 360
あてにならないキャラクター紹介 361

Illustration：純粋　Design：團 夢見(imagejack)

Map

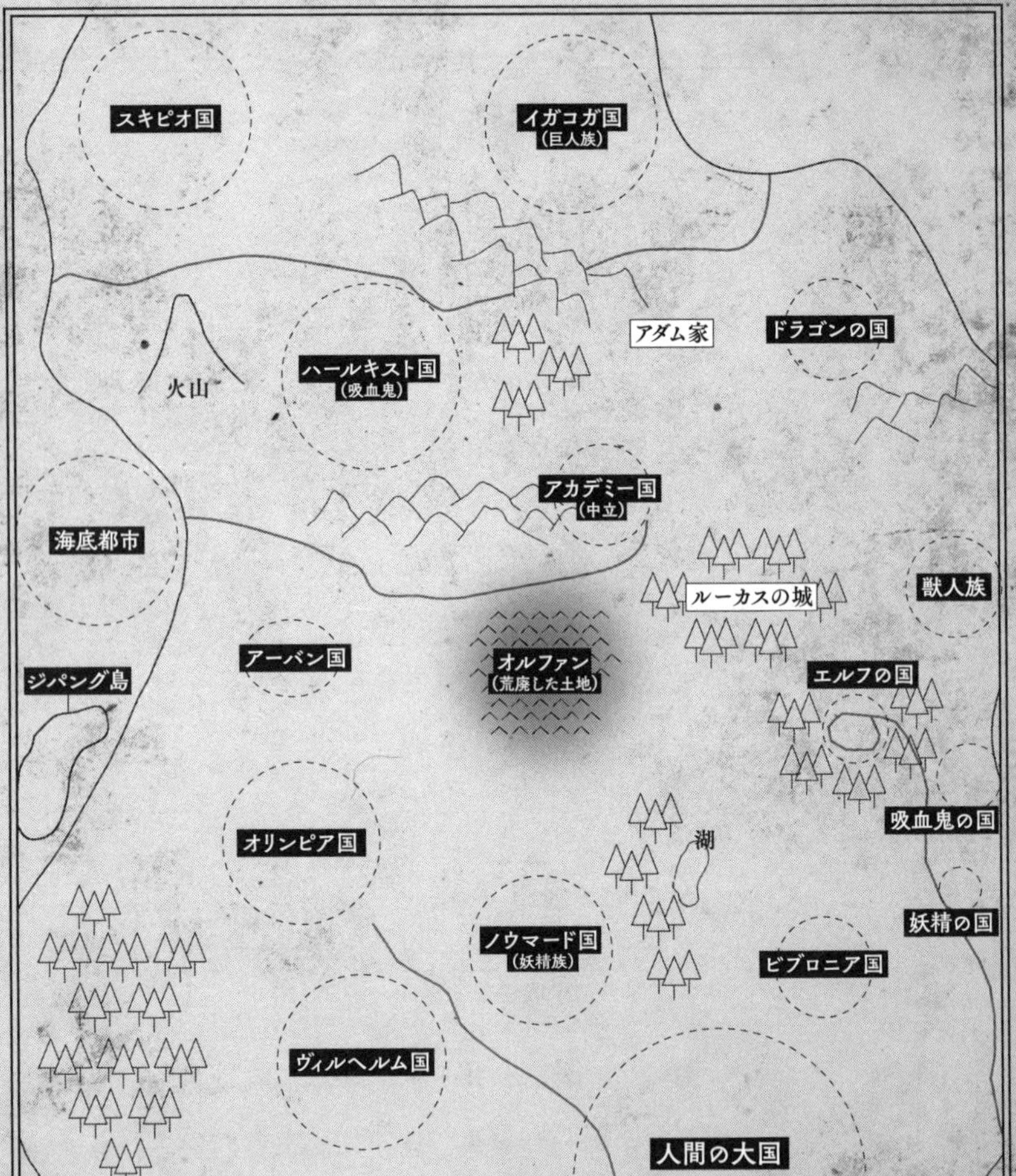
スキピオ国
イガコガ国
(巨人族)
ハールキスト国
(吸血鬼)
火山
アダム家
ドラゴンの国
アカデミー国
(中立)
海底都市
ルーカスの城
獣人族
アーバン国
オルファン
(荒廃した土地)
ジパング島
エルフの国
吸血鬼の国
湖
オリンピア国
妖精の国
ノウマード国
(妖精族)
ビブロニア国
ヴィルヘルム国
人間の大国

かつて世界を支配していた『人間族』。
その多くが死滅し、数多くの『種族』が生まれた。
そしてそんな人外の者たちもまた、『文化的』な生活を営み始めた。

――とある歴史書より――

始まりは最悪の勘違い

――王が死んだ。
その報《しら》せは瞬く間に広まった。
吸血鬼が統治する国で王が死んだのだ。
吸血鬼の王は暴君として近隣の国々に名を馳せていた。
なので、注目が集まるのも必然だった。
当然、国々は吸血鬼の国の『次代の王』に注目した。
この世は弱肉強食だ。強い者が支配し、弱い者が隷属《れいぞく》する。
実にシンプルな構造となっている。
次代の王の強さはどれほどのものなのか？
性格は？　賢いのか？　外見は？
亡き王には娘がいた。
吸血鬼という種族は強力な力を持った種である。
加えて王の家系は『特別な血』が受け継がれている。
ゆえに、他の吸血鬼とは一線を画する強さを持っている。

新しい王にはその娘が据《す》えられるだろう。

王死亡の報せから間もなく、新しい王による演説が行われようとしていた。

吸血鬼の国の全ての民、兵士、そして他国のスパイ達を通じて全世界に聞かれるものだ。

王は姿を現さず、音を伝える魔術によって演説は行われるようだ。

吸血鬼の前王は暗殺されている可能性があった。

それゆえ暗殺を警戒して姿を現さないのだろう。

そんな臆病風に吹かれた王に兵士は、民は、ついてゆくのだろうか？

争いの絶えない、一触即発のこの世界では王とは『何よりも強く、豪胆《ごうたん》であること』が求められる。

しかし、そんな杞憂《きゆう》はすぐに消え去った。


「前王は……よわ……過ぎた……ゆえに死んだ」


王の言葉はゆっくりと、独特な間と共に始まった。

始まりの言葉はとんでもないものであった。

最後は暗殺されてしまったとはいえ、前王はとても強かった。

その力を振るい、恐怖政治を敷いて民や吸血鬼達、他の国を支配していたのだから。

彼《か》の王を『弱過ぎた』と言い切った今代の王はそれ以上に強いと自負しているということだろう。

「余《よ》は強く……賢い……王だ」

含みを持たせ、ただ民や兵士が知るべき情報を与えてゆく。

それだけで十分であった。

「戦争……だ。世界を……手に入れる」

それは、はっきりとした宣戦布告だった。

平和を願う全ての国々が恐れていた言葉が発せられてしまったのである。

「みな……余に……捧げ……よ」

多くの言葉は必要なかった。

城中の吸血鬼が争いの為に、国民が恐怖の為に、一丸となって「新国王万歳!」と叫んだ。

自身の父が死んだ直後にもかかわらず一切の動揺も感じない。

その短い演説には確かに底知れぬ力強さと崇拝に値するカリスマが感じられた。

前王は言葉ではなく、その『圧倒的な力』のみをもって支配していた。

だが、今代の王はどうやら口も達者らしい、しかも好戦的だ。

この演説も瞬く間に近隣の国々に広まった。

争いを好まぬ国はさらに警戒し、力を持った国は兵士達を鼓舞《こぶ》し、戦に備えた。

戦乱の世はこの吸血鬼の演説を機にさらに激しいものとなるだろう……。

◇

演説を終えると、吸血鬼の城の扉から長い紫の髪をなびかせ、小柄な少女がゆっくりと出てきた。

少女の頬には特徴的な二本の傷が頬から下に向かって平行に走っている。

麗しい顔立ちの少女に凛々《りり》しさを与えるスパイスのようによく似合っていた。

少女の表情からは感情は読み取れない。

彼女は自身が演説をした部屋を出るとそのままゆっくりと、新国王を称える民衆で埋め尽くされた中庭を眺めた。

「………」

部屋の外で待機していた赤髪の女性吸血鬼が、賛辞の言葉を述べる。

「陛下の演説、おみごとでございました」

新しくこの国の王となったその少女は何も言わず、ただ民衆を眺めている。

しかし、その眼は民衆ではなくどこか『もっと遠い所』を見ているようだった。

すでに王の目はこの国だけではなく、世界全体を見据えているのだろうか。

赤髪の吸血鬼は跪くと、さらに言葉をつづける。

「全ては陛下の思いのままに。我らは忠誠を誓います」

「……クッ！　ハッハッハッ！」

王は優雅に、そして高らかに笑った。

ひとしきり笑った後、王は少女とは思えないほど妖艶《ようえん》な笑みを浮かべ、踵《きびす》を返した。その華奢な後ろ姿には、疑いの余地なき威厳が漂う。

「……少し部屋で休む」

「――かしこまりました、どうぞごゆっくり」

王はそのまま再びゆっくりと歩きだし、自室へと戻っていった……。

◇

部屋の前に着くと、王は周囲を見渡し、近くに誰もいないことを確認する。

扉を開いて室内に入ると、ようやく一人になれたことに安心して大きくため息を吐いた。


――バサバサッ！


「ひぃぃ！　ごめんなさいごめんなさいっ！　許してくださいっ！」

不意に大きな羽音が室内に響くと、王は即座に音が聞こえてきた窓の外へ向け、床に伏して謝った。

恐る恐る頭を上げると、大きなカラスが飛んで行くのが見える。

「ふっ、なんだ……ただのカラスか」

不敵な笑みを作ると、額の冷や汗を拭いながら王は可憐に立ち上がった。

踵を返し、今までの人生で見たこともない豪勢な室内の様子を再び視野に入れると、大きく息を吸い込み、叫んだ――


「どうしてこうなっちゃったのぉぉぉ⁉」

どうしてこうなっちゃったの⁉

さて、何でこんな事になってしまったのか？

なぜミジンコのごとく弱い私が、この化け物だらけの戦国時代の一国の王に就任してしまったのか？

それもあろうことか、世界へと宣戦布告をしているのか？

話せば少し長くなるが、ぜひ最後まで読んで欲しい。

まず、時間は吸血鬼の王が暗殺された直後にさかのぼる……。

◇

吸血鬼の城の幹部である吸血鬼達は殺害された王の死体を発見した後、王の娘を探し始めた。

王座を継いでいただく為である。

しかし、『王の娘を見た事がある者はいなかった』。

実は王の娘は王が自ら一日中、地下で戦闘訓練をさせていた。

配下の吸血鬼たちに未熟な幼少期を晒さないことで、王座を引き継いでも侮《あなど》られないように王は配慮していたのだ。

しかし探す事は可能だった。

城の中の吸血鬼は数えるほどしかおらず、その全員が幹部で顔見知りである。

なので城のどこかで前王の特徴である紫色の髪と吸血鬼の特徴である整った顔立ちの少女を見つければ良い。

大捜索のすえ、地下の暖炉《だんろ》の奥に隠し部屋を見つけ、その研究室のような部屋で布きれをかぶった少女が発見された。

魔色を調べる機械《マジックアイテム》で彼女を調べると、確かに前王と同じ色の魔力を観測する事ができた。

『魔色』というのは血液型のような物だ、色が一致すれば同じ血族であることが分かる。

目の前の機械が示した色、そして髪の色も王と同じ紫色である。

この少女こそが王の娘で間違いないだろう、二つの証拠から吸血鬼達はそう断定した。

顔を確認しようにも布を深くかぶって顔を見せようとはしてくれない。

口もきけないようだ。

自身の父親が殺されてしまったのだ、傷心していてもなんら不思議ではない。

亡き王の遺書に従い、彼女には次の王になっていただく必要があった。

いや、遺書などなくても彼女が王になる事は決まっている。

目の前の少女は『王の血』を引いているからだ。

『王の血』は特別だ。

この少女は幼少の頃から他の吸血鬼を凌駕するほどの身体能力、妖力を持っている。

城の吸血鬼全員がこの少女に立ち向かっても敵わないだろう。

この世は戦乱である。

何よりも強く、カリスマ溢れる『王』に導いてもらわなければ吸血鬼の国は生き残る事が出来ないのだ。

今はまだ親を失い、ふさぎ込んでいるとしてもその強さは本物だ。

せめて心を立て直し、就任の演説が出来るようになるまで待とう。

一人の吸血鬼は彼女を丁寧に抱きかかえると、城の二階にある王の自室まで運んだ。

その少女が完全に『人違い』である事も知らずに……。

◇

吾輩《わがはい》は少女である、名前はまだない。

というのも、私の両親は私がものごころついた時にはどこにもいなかったからだ。

私は幼い頃に主様（この吸血鬼の国の王様）に地下のこの部屋に入れられた。

昔の人間族について研究するように命じられ、もう何十年もこの地下部屋にたった一人で半引きこもり状態だ。

なので実は少女という年齢ではない、立派なおばさんだ。

なぜ私が外に遊びに行ったり、恋愛したりもせず何十年も独りでここで生活しているのかと言うと、話せば長くなってしまうのだが……。

結論を言うと、私がコミュ障でありオタクであり、ビビリだからである。

事の発端は先ほど私が触れた、『ものごころ』だ。

『ものごころ』とは『物事の分別がつきはじめる時期』だとか『脳が記憶を作り始める時期』を想像すると思う。

しかし私の場合はその両方が『ある衝撃的な出来事』を介して付着し、階段を駆け上がるようにして急速に発達した。

それは吸血鬼の城のとある一室にて起こった――。

私がまだ何の記憶も持っていない幼児だった頃。

どういうわけか私は吸血鬼の王である主様の前にいた。

幼い私はきっと主様に飲み物を運ぶメイドさんをぼんやりとでも見ていたのだろう。

玉座に座っている主様の前の小さなテーブル、その上に置かれたグラスに赤いワインを注いだ彼女はせっかくワインで満たされたグラスを誤って倒してしまった。

そのグラスが倒れる音や、ワインがテーブルを零れ落ちる非日常的な光景は、私の脳に焼きつくには十分なほどに刺激的だった。

だが、次に目に入った光景に比べれば蚊が刺したようなものだろう。

気付くとワインよりも赤い液体が私の体や周囲に飛び散っていた。

主様がグラスを倒したメイドの顔面をその右手で貫いたのだ。

即死だった。

私が初めて体感した『死』は窓際で仰向けに倒れているハエの死骸《しがい》を見つけた時ではなく、今まさに機能を停止させた人型の、それの返り血を浴びた瞬間だった。

主様が右腕をメイドの顔から引き抜くと死体は糸が切れた人形のように崩れ落ちた。

理解するには情報量が多く、脳の処理が追いついていなかったのか、それとも理解することを拒もうと私の頭の中のお花畑が抵抗をみせたのかは定かではないが、私はただ呆然としていた。

そんな心神喪失者と化した私をあざ笑うと、主様は私を地下へと連れて行き、この部屋へと投げ込んだ。

部屋には沢山の書物や資料が置いてあった。かなり広く、部屋というより、もはや博物館のようだったが、生活する為の部屋ではないようで寝床や浴槽などは置かれていなかった。

主様はすでに玉座へと戻り、私は部屋の中で一人になり、しばらく時間がたつとようやく我に返った。

そして私の脳はお花畑を脱出して驚きの成長を遂げた。

『殺人』を理解した。

彼女はグラスを倒してしまっただけで殺されてしまったのだと。

そして幼い私が最初に思ったことは『命令に従わなければあのメイドのように殺されてしまう』ということだ。

投げ入れられた部屋には沢山の本があった。

不思議な事に幼い私でも本は『読む』ものだと知っていた。

私はその部屋の本棚から本を取ると、死に物狂いで本を読み始めた。

自分が何者かすら分からないが、殺される事への恐怖は本能的に知っていた。

本が沢山ある部屋に入れられたということは、私はきっと『本を読む事』を求められているのだろう。

しかし『読む』と言うより『ただ文字を目でなぞっていった』という方が正しい表現だ。

それらの本は全く理解が出来ない様々な言語で書かれていた。

のちに気がつく事だがこれらの書物は人間族によって書かれた古い書物が大半であった。

つまり『古代人間族』の本である。

この古代人間族の書物は統一言語ではなかったので読解には時間がかかりそうだった……。

そんな風にしばらく試行錯誤していると、自分の腹が慎ましく自己主張の鳴き声を上げた。

そういえば、食べ物を食べていない。

我慢ができなくなった私は食べ物を求めてこの部屋を出る決心をした。

この部屋に投げ込まれた時の小さな扉を抜けると誰も使っていないような埃《ほこり》っぽい部屋の暖炉から出てきた。

◇

連れてこられた時は意識をほとんど手放していたので気がつかなかったが、どうやらこの埃っぽい部屋の暖炉に投げ込まれて図書館のような隠し部屋に入れられていたらしい。

埃っぽい部屋にはクローゼットやタンスがいくつも置かれていたが、やはりしばらく使われたような痕跡はなかった。

それらを開ければ素敵なお洋服が入っているかもしれないが、そんな事よりも空腹の方が深刻だった私は後回しにしてその部屋からも出る事にした。

私の放り込まれた部屋が大きかったので、この城もそれなりの広さだと覚悟していたが、運よく地上への階段をすぐ近くに見つける事が出来た。

階段を上ってみると廊下をメイド達が忙しなく掃除をしていた。

私は彼女達（全員女性だった）の切迫した表情に恐れをなし、こそこそと隠れながら移動することにした。

人が殺される所を見てしまっていた私は、人を信じられるだけの余裕を失ってしまっていたのだ。

やがて城の中に食堂を見つけたが、メイドが多すぎた。

私はどうにか見つからずに食べ物を手に入れられないかと見回す。

すると、近くに野菜のクズが入れられたゴミ袋らしき物を発見した。

ニンジンのヘタやじゃがいもの皮、それにツタがギュウギュウに詰められている。

あれなら見つからずに拝借できそうだ。

私は何とかその袋を持ち出すと、袋を開けて野菜クズをかじってみた。

少し土臭いが食べられない事はない。

私はそのゴミ袋を持って、地下室へと戻った。

早く読解を進めなければ、主様が来た時に怒られて、殺されてしまうかもしれないからだ。

しかし、次に気になったのは『体の汚れ』だ。

一応私もレディだし、返り血も少し浴びてしまっている。

主様が来た時に私の体が汚れていてはこれまた気分を害して殺されてしまいかねない。

弱者は強者の些細な気まぐれですら殺されかねないのだ、用心しておくに越したことはないだろう。

しかし城で発見したバスルームが空く事はなかった。

どうやらメイド達がローテーションしながら決められた時間に入浴するため、二十四時間誰かしらが利用しているようだ。

仕方がないので、頑張って足を伸ばし、ついに城の外へと出た。

このまま逃げてしまおうかという考えが脳裏をよぎったが、すぐに考え直した。

『とりあえず、この城での食料と住処は確保したのだから、右も左も分からぬまま外に出るよりかは安全だろう……』と理性的に論理立てたわけではなく、単純に外に出るのが怖かったからだ。

城を出てすぐ右隣には森があった。

（体を洗える水辺があるかもしれない！）

そう思った私は、少し怖かったが城が見える位置までなら探索してみようと思った。

そして、二十分も歩かないうちに泉を見つけた。

あまり遠くへ行くのは危険だと思った（というか単純に怖かった）ので、そのかわりに城を中点として半円を描くように入念に探索した。そのおかげで、草に覆われた小さな泉を見つける事が出来た。

とりあえずは生きていけそうだった。

私は水を口いっぱいにため込み、飲み下すと、自分の体の汚れを落とすことにした。

◇

こうして私は食事と入浴と書物の研究を繰り返し、何とか命を繋いでいた。

死ぬ気で頑張ったからか、それともこの頭が幸運にも優秀だったからかは分からないが、間もなく私は古代人間語を覚えてゆき、メイド達に見つからないように（というか彼女達はいつも忙しそうにしているのでちょっとした物陰に隠れるだけで気づきもしないのだが）城もある程度自由に歩けるようになった。

ひと気の無い井戸も発見し、安全な飲み水も確保できた。

そしてほぼ全ての言語を理解したその頃に私は一度も主様がこの部屋を訪れないことから『主様が私の存在をすでに忘れてしまっている』のではないかと推測した。

あるいは、この城を抜け出してすでにどこかでのたれ死んでいるとでも思われているのかもしれない。

そのまま何年か経過し、そのことを半ば確信して、晴れて自由の身を確信した私であったが、城を離れるつもりはなかった。

そのころには私は古代人間の文化にすっかりハマってしまっていたからだ。

まだ読んでいない本がたくさんあるし、試していない古代人間族の文化や知恵もある。

最初の頃は『生きる為に生きる』ことで必死だったが、私は生活の中で楽しむ事を知った。

私が読んできた古代人間族の書物にはユーモア溢れるものも多くあり、私を大いに楽しませてくれた（もちろん、学術書も私の知的欲求を満たしてくれるので十分に楽しい）。

そして私はその後も何十年か古代人間族の文化や技術を踏襲して生活していた。

この部屋は大きく広いだけあって、大図書館や博物館と呼んでも差し支えないほどに様々な分野に関しての古代人間族達の英知の結晶が詰まっている。

薬学は自分が熱を出して苦しんだ時に大いに役に立った（毎年発症している）。

農業の本のおかげで、自分で野菜を栽培し、食料を手に入れられるようにもなった。

他にも様々な分野の本を読み、研究（という名の真似事）をしていたため、蔵書室は怪しい化学薬品や実験器具だらけの研究室となっていた。

そして私の何よりの楽しみが料理だった。

火のつけ方を覚えて、城に飾ってあった盾を鉄板として、壺《つぼ》をナベとして拝借し、古代人間達が食べていた料理を作れるようになってからは美味しい料理を作ることが私の生きがいの一つになった。

流石《さすが》に地下の本だらけの部屋で火をおこすのは危険なので、城の隣にある森をしばらく奥に進んだ山間に、石を積んで自分専用のキッチンを作った。

山なので野草も取れるし、野生動物もワナにはめて捕まえられる。

一時期は残飯を漁《あさ》って、凶暴な山の動物から逃げ、何とか命を繋いでいたのにずいぶんとたくましくなったものだと自分でも思う。

さらに趣味が高じて、今では山奥に調味料を製造する為の小屋まで建ててしまった。

私は非力だが、やる気と時間と知恵さえあれば意外とどうにかなるものだった。

他には詩を書くのも好きだし、歌う事も好きだし、漫画を読む事も大好きだし、絵もよく描いていた。

そんな生活を繰り返して私は順調に一人遊びや趣味、研究を極めていったのだ。

しかし、私には『大きな問題』が一つ存在していた。

……友達が一人もいない事である。

私がこそこそと隠れながら城に住んでいるから当然といえば当然なのだが、友達が欲しいという憧れは日増しに強くなっていった。

しかし同時にためらいもなくメイドを殺すような存在がこの城にいる、という恐怖もぬぐいきれずにいた。

もし、この城のメイドの一人と友達になる事が出来たとして、数日後にその子が亡くなってしまったら、果たして私は耐えられるのだろうか。

結局、私は今日も書物を読み漁り、本の内容を真似てみたり、泉を泳いでみたりと自分の別の欲求を満たす事によってごまかしながらも悠々自適《ゆうゆうじてき》に暮らしていた。


——そんなある日のことである。

私はいつも通り地下部屋で書物を読みふけっていた。

恋愛物の小説である。

恋愛なんて物に全く縁がないまま年老いてしまった私は本を読む事によって妄想を膨らませていた。

「恋人は無理でも友達くらいは欲しいなぁ……」

私の声はむなしくだだっ広い地下室に消え去った。

いつもならば静寂がさらに追い打ちをかけるのだが、今日は様子が違う。

何やら城内全体が騒がしい感じがした。

ビビりな私は今度は『この城が侵略されているのでは⁉』などと妄想して、布きれをかぶると部屋の隅で震えていた。

そして、ついに扉が叩かれる音がした。

この部屋の扉は暖炉の中に隠されているので、誰かがこの部屋を見つけてしまったということだ。

私の全身から血の気が引いた。

どうやって命乞いをしようか考えていると、青髪の若い男が少し驚いた表情で入室してきた。

「ここは、蔵書室か？　……いや、研究室も兼ねているみたいだな。それにしてもずいぶんと広い……。俺はここを調べるからお前たちは他の部屋を調べてきてくれ」

男は部屋の外に仲間でもいるのだろうかそう告げると、部屋をくまなく調べ始めた。

(吸血鬼だ！)

私はすぐに正体を見破った。

吸血鬼達がこの城を支配している事を私は知っていた。

メイド達が話しているのを隠れながら聞いていたからである。

吸血鬼達は基本的に二階よりも上の階層で生活しているらしく、何十年とこの城に住んできた私だがほとんど見かけたことはなかった。

というか、見つかったら殺されると思っていた。

私は布きれをかぶったまま床に寝そべり、この部屋の床と一体化してやり過ごそうとしたが、出来るはずもなく、青髪の青年に捕まってしまった。

ヘンテコな形の石を突き付けられ、これが私の命を刈り取る道具なのだと確信した。

殺されることを覚悟して、辞世《じせい》の句を考えていると、突然、青年は私の顔を覗《のぞ》き込もうとしてきた。

（え？　やだっ！　顔は傷があって恥ずかしいから見ないで!!）

死の間際だというのに私の心の中の乙女な部分が叫び声を上げた。

死の恐怖に晒される事は今までに何度かあったが、若い男性に顔を見られるなんて初めてだったのでそちらの緊張の方が勝っていたのかもしれない。

私が必死に顔を隠すと、青年も無理に見ようとはしなかった。

その青年のもとに今度は赤髪の女性がやって来た。

彼女もきっと吸血鬼だろう、ショートヘアーにスーツが良く似合っている。

「髪の色も、魔力の色も陛下と一致している。間違いないだろう」

青年の言葉に赤髪の女性がうなずくと、青年は私をお姫様のように抱きかかえ、城の二階にある、やけに豪華な部屋へと連れていった。

もしかして、このお方は顔の傷フェチの変態なのでは!?　あぁ、私乱暴されちゃうのね、初めては無理やりじゃなくて優しくしてほしかった……さよなら、私の純潔……なんて妄想を膨らましていたら、部屋にいた金髪のメイドに、『彼女に湯浴みとドレスを』と言いつけた。

メイドは青年の顔を見て微笑むと、準備の為にバスルームへと向かった。

そして私を椅子に座らせると青年は私の前にひざまずいた。

「殿下、此度《こたび》のお父上様のご不幸、お悔やみ申し上げます。ショックのあまり、世捨て人のように消え入りたくなるようなお気持ちもお察しします。ですが、我々はあなたに導いていただかなければなりません」

姿勢を低くしたまま、青年は座っている私を見上げて言葉を続けた。

「後ほど、また赤髪の吸血鬼が殿下のもとに参ります。彼女は殿下のお父上様の右腕を任されていましたので、詳しくは彼女から聞いて下さい。では、失礼いたします」

私に対してやけに丁寧にそう言うと、青髪の男は退室した。

私は何が何なのか分からないままにメイドに連れられて、浴場で丁重に体を洗われて、綺麗なドレスを着せられた。

同じ女性とはいえメイドさんに裸を見られて恥ずかしいだとか、人生で一度でもこんな素敵なドレスを着ることが出来てよかっただとか感じる余裕もなく、半ば、意識を手放している状態であった。

状況が呑《の》み込めない為に、話もほとんど耳に入らない。

ただ一つ分かることは……多分私は何か誤解をされているという事だ。

「――殿下！」

今度は赤い髪の女性吸血鬼に呼ばれてなんとか意識を取り戻した。

私は豪華な部屋の窓際に立ったまま、ボーっと外を眺めていたらしい。

私の脳が私の意識を現実から窓の外に逃がしていたのだろう。

「殿下、今は亡きヴラド王の娘として、とてもご立派なお姿でございます。ヴラド王の遺言状に記されていた通り、娘である殿下には王位を継いでいただきたく存じ上げます」

やはりスーツがよく似合う、赤いショートヘアーの女性は片膝を床につけると、そう言った。

私を見つめるその瞳は、彼女が従順で誠実な者である事をよく表していた。

——さて、状況が混乱している時こそ努めて冷静でなければならない。

与えられた情報から自分が『彼らにとって何なのか』を分析する必要がある。

年の功《こう》だろうか、私は何とか意識を持ち直し、すぐに推測を始めることが出来た。

彼女が『ヴラド王』と言っているのは恐らく私に研究を命じた主様の事を言っているのだろう。

この城の王様はきっとあの人だけだと思う。

そして、どうやら『私が主様の娘』という事らしい、そんなバカな。

自分の娘を部屋に投げ込んで、研究だけ言いつけて（別に言ってないけど）ほったらかしなんて育児放棄も良いところだ。

だが、私は自分の出生を知らないのであり得ない話ではない。

それに、先ほどのヘンテコな機械できっと確認がとられたのだろう。

とすると……なんて最悪な親だったのだろうか……。

さらに実は私は数年前に主様に再会して顔面を殴られている、私の顔に走っている二本の傷がそれだ。

よく生きていたものだと思うが、どうやら私の頬をかすって私は気を失ったらしい。

目を覚ました時には私は隣の山に捨てられていた。

幸い城の近くだったのでまたすぐに元の引きこもり生活に戻ったのだが……。

再び呼び起こされた死へのトラウマと顔の傷へのコンプレックスによって私は他の者と関わりを持つ事を完全に諦めてしまったのだった。

まさかの衝撃の事実と共に皮肉にも主様、というかそのダメ親のおかげで私は今になって人と関わる事が出来ている。

それと、先ほど『遺言状』と言っていた。

どうやら王であった主様が亡くなり、遺書に娘である私が王座を継ぐように記されていたようだ。

自分勝手な奴だと思っていたが、遺言状を書く程度にはこの国の事を案じていたのかもしれない。

しかし、私は王になんかならない……なれない。

この城の地下と、近くの森と、山くらいしか私はこの世界を知らない、狭く小さく生きてきたのが私だ。

だがそれでいいのだ。

人はそれぞれ見合ったサイズの人生を送る。

私の場合は城の地下で本を読みふけっていればいい。

恋愛くらいはしたいけど、私は顔に大きな傷があるし、良くて友達までだろう。

とにかく、私に国王なんて務まるはずがないので、丁重にお断りさせてもらおう。

私が頭の中で考えをまとめていると、赤髪の彼女は話を続けた。

「さて、さっそくですが殿下には私たちにお話をしていただきたいのです。突然の事でまだ動揺されているかもしれませんが、ご準備が終わりましたら私をお呼びください、すぐにみなを集めます」

よかった、どうやら、話を聞いてもらえるようだ。

みなとは城の偉い人たちだろうか。

彼らの都合もあるだろうし、断るなら早めに断った方がいいだろう。

持ち前の人見知りとコミュ障のせいで、ここまで一言も言葉を発さずに周りに流されてきたが、今すぐ城の幹部の人達を集めてもらって、ハッキリ「ノー」と伝えてしまおう。

そう思い、何とか赤髪の彼女に話かけようと思ったが、重大な問題があった。

今まで誰かと話をした事がほとんどなかったので、『どうやって話せばいいのか』が分からないのだ。

ヤバイっ！　そうだ！　話をしたことはないけれど、本はたくさん読んできたから、本の文章みたいにしゃべればいいんじゃないかしら！　と何とか自分なりに解決策を見つけ、心の中の葛藤の末、赤髪の彼女に話しかけることにした。

「……気遣いには感謝するが、こういう事は早い方がいい」

独り言は多いが、明確に誰かに話しかけたのはこれが初めてかもしれない。

私が口を開くと、赤髪の彼女は少し驚いたような顔をした。

やっぱり話し方がおかしかったか？　と思ったが、誤解されたまま話が進み、断り切れなくなってしまうのはなによりも避けたかったので、かまわず続けた。

「今すぐにでも話をさせてもらいたい」

何とか言い切った。

表情を作る事なんて出来ないから、かなり仏頂面で感じ悪いかもしれないが、自分の意志をハッキリと伝えることが出来た事が嬉しすぎて、私は心の中で大きくガッツポーズをしていた。

「失礼いたしました、おっしゃる通りでございます。すぐに国民《みな》を集めます。準備ができましたらお呼びしますので少々お待ち下さい」

そう言うと赤髪の女性吸血鬼は立ち去っていった。

しかし、私にはもう一つ問題があった。

一人に話しかけることですらこれだけ心の中で二の足を踏んだのだから、大勢の幹部なんて前にしたら頭が真っ白になって何も考えられなくなってしまうに決まっている。

これはまずい。

これならやはり時間をもらって読み上げの原稿でも作らせてもらえばよかった。

後悔していると、それから数時間経ってから、赤髪の彼女がやってきて、自分の前にひざまずいた。

「準備ができました」

幹部達を呼び集めるだけにしてはずいぶんと時間がかかっていたような気がしたが、きっと各々仕事の最中だったのだろう。

「分かった」

「では殿下、みなの所へ行きましょう」

結局、良い案が浮かばなかったので彼女に伝達して貰えないかお願いしてみることにした。

「みなの前に出なくてはだめだろうか？　代わりに私の意思を伝えてくれるだけで良いんだが」

「……なるほど。それなら音を伝えるマジックアイテムがございます、こちらへどうぞ」

そう言うと、謎の機材が置いてある狭い部屋へと案内された。

マジックアイテムと言っていたが、つまりは書物で見たことがある、『スピーカー』と同じ役割を持つ物だろう。

あるいはボイスレコーダーのような物かもしれない。上手く言いたい事は伝わらなかったみたいだが、これなら部屋で一人になって話すことが出来るので緊張することもない。

顔も見せずに断るなんて失礼な気もするが、自分にとってはこれが精いっぱいだ。

少なくとも、みんなの前で何も言えずただ突っ立っているよりかは幾分マシだろう。

「では、外で待っていてくれ」

そう言うと、赤髪の彼女を外に残し、部屋で一人になった。

部屋の中で一人とはいえ、友達の一人もいない自分には声を出す事自体がすでにちょっとした試練だ。

緊張する……。


しかし、断るとはいえ、私は一応、『王の娘』として見られているのだから、王の娘としてしっかり話さなければならない。

あんな親だったが多くの部下がいるのだ、ある程度は尊敬されていたのかもしれない。

できるだけガッカリさせないようにしっかりと話す必要がある。

一人称も『私』じゃなくて王っぽく『余』とかの方が威厳があっていいのかもしれない。

それにしてもこんな機械（マジックアイテム？）なんて使ったこともないし、そもそも私は魔法とか使えないんだけど、これ私もちゃんと使うことができるのだろうか？

不安に思いながらもいろいろといじっていたら、なんか大切そうな部品が外れて、機械がバチバチ鳴りだしてしまった。

焦りながらも、何とかスイッチが入ったみたいなので、心を落ち着かせて私は話し始めた。


「……前王は死に、余は継承権を持っているが、余には過ぎた代物だ。ゆえに死んだ王の代わりを務める事はできない。余は強くないし、賢いわけでもないので王だなんて務まるはずがない、残念だが辞退させていただく。……だが、余は、戦争のない、だれも悲しまない世界を望んでやまない。これから継承権を手に入れる者もそうであって欲しい。みなもこの世に平和への祈りを捧げてほしい、よろしく頼む」


——うん、なかなか良かったんじゃないかしら？

思ったよりも言葉がちゃんと出てきたので、最後に平和への祈りも入れておく。

常日頃から独り言を言っていたのが良いトレーニングになっていたようだ。

どもる事も言葉を噛んでしまう事もなかったので一安心だが、不安な要素が一つだけあった。

（なんか、機械から煙が出てるし、バチバチと音が鳴っているが、この機械はちゃんと私の声を伝えてくれたのだろうか……）

◇

その不安は最悪の形で的中してしまっていた。

最初に変なところをいじったせいで、機械は壊れ、内容の半分さえ伝えることが出来ていなかったのだ。

さらに不幸な偶然は続く。

壊れた機械がかろうじて国民に伝えることができた言葉が『別の意味』を成す文字列となってしまっていた。

つまり――


……（前王は）死に、（余は）継承権を持っているが、余には（過ぎた）代物だ。（ゆえに死んだ）王の代わりを務める事はできない。（余は強く）ないし、（賢い）わけでもないので（王だ）なんて務まるはずがない、残念だが辞退させていただく。だが、余は、（戦争）のない、（だ）れも悲しまない（世界を）望んでやまない。これから継承権を（手に入れる）者もそうであって欲しい。（みな）もこの（世に）平和へ祈りを（捧げ）てほしい、（よ）ろしく頼む。

（　）の部分だけがスピーカーを通じて国民へと伝えられ――

「前王は……よわ……過ぎた……ゆえに死んだ」

「余は強く……賢い……王だ」

「戦争……だ。世界を……手に入れる」

「みな……余に……捧げ……よ」

さらに言葉同士の独特な間のせいで、言外《げんがい》からもカリスマをビンビン感じさせる結果となってしまっていたと私は後に知ることになった。

◇

そして時間はプロローグへと戻る。

怒り狂った幹部達に殺されるのでは？　と恐る恐る、ゆっくり扉を開けて部屋を出ると、庭園の方から割れんばかりの歓声が聞こえた。

「新国王様万歳!!」

庭園は人々で溢れかえっていた。

私は再び事態が呑み込めず、数千人は集まっているであろう民衆が、兵士が、両手を掲げ、新しい王の即位を祝う声を張り上げている姿をぼうっと見つめることしか出来なかった。

気が付くと、自分の傍に外で待たせていた赤髪の吸血鬼がいて、跪いたまま私に何か話しかけてきていた。

「全ては陛下の思いのままに。我らは忠誠を誓います」

「……クク ッ！　ハッハッハッ！」

もはや笑うしかない、どうしてこうなった⁉

王を辞退する内容の話を、城の幹部達へ向けて話したつもりが、何故か今や国民全員が新しい国王の就任を祝っている。

わけが分からないが、この大きすぎる勘違いを解くのは民衆の喝采《かっさい》が鳴りやまぬ今ではない。

何より、色々とありすぎて私の精神はもう限界を迎えていた。

「……少し部屋で休む」

「かしこまりました。ごゆっくりどうぞ」

私はさっきの豪華な部屋に戻り、一言叫んだ後そのまま眠ってしまった。

メイドと食事を

目を覚ますと、豪勢なシャンデリアが天井にぶら下がっていた。

そして昨日起こった事を自分の中で整理する。

昨日は色々とありすぎて状況を確認する前に寝てしまったが、本当に自分は『王様』になってしまったのだろうか。

なんて考えながら体を起こす。

昨日は床で寝ていた。

しかもドレスのまま。

この広い部屋にはとても上質なベッドが置かれているが、自分なんかがこのベッドに寝て良いとは思わない。

それに今までずっと蔵書室の床で寝ていたので床の方が落ち着いて眠れると思ったからだ。

体を起こして、洗面台に向かい、用意されていた歯ブラシで歯を磨く。

物心ついた当初は酷い生活をしていたとはいえ、昔から清潔さには気を配っているつもりだ。

城のそばにある泉には毎日三回は立ち寄り、体を隅々まで洗っている（眠ってしまったので昨日の夜は入浴出来なかったけど）。

とりあえず今から泉にでも行こうかと考えていると、部屋の扉がノックされた。

「……入っていいぞ」

書物の書き言葉を参考にしゃべっているためか、少し言葉が乱雑だが、この話し方以外を知らないので、仕様がない。

昨日の赤髪の吸血鬼が入室してきた。

「おはようございます。陛下、今朝のご気分はいかがですか？」

やっぱり王になってしまっているみたいだ。

私の昨日のスピーチは一体彼らにはどう聞こえたのだろうか……。

「とても良い気分だ。やはり部屋がこのように綺麗だと気持ちが良いな」

とりあえず、思ったことを素直に言ってみる。

私がずっと寝泊まりしていた部屋は本や研究道具が多くこんなにスッキリはしていなかった。

「それはメイド達にとってこれ以上ないほどの誉《ほま》れでしょう」

赤髪の彼女は笑顔で言葉を返してくれる。

昨日は色々と混乱していて気にする暇がなかったが、赤髪の彼女、もの凄い美人さんである。

「それに、君みたいに綺麗な人が朝から挨拶にきてくれるんだ。私にはもったいないくらいの贅沢だよ」

何かの小説で読んだような言葉がつい口から出てくる。

すると赤髪の彼女の顔はみるみる赤く染まってゆき、うつむいてしまった。

さすがに気持ち悪かったようだ、反省しよう。

「すまない、忘れてくれ」

「いっいえ！　お見苦しい姿をお見せしてしまい、申しわけございません！」

彼女は深々と頭を下げた。

「君の名前を聞いてもいいかな？」

「はっ！　ペトラ＝トーマンと申します！　ペトラとお呼びください！」

「ではペトラ、私は水浴びをしに近くの泉まで行ってくる」

「それでしたら、湯浴みの準備をいたしますが……」

なんと、再びお湯の中に入る事が出来るらしい。

私は今までほとんど冷たい水に浸かっていたので、是非ともまたあの気持ちいい入浴をしたかった。

しかし私は誤解を解いて、王座を降りるつもりだったので惜しみつつも理由をつけて拒否をした。

「すまないが、少し一人で落ち着きたいのだ」

「失礼いたしました。では、御用の際はお呼びください。頭の中で私を呼びかけていただければそちらへ向かいます」

そう言って着替えの服を私に手渡すとペトラは出て行った。

吸血鬼はテレパシーでも使えるのだろうか？

そんな便利な能力も友達の一人すら作ったことのない自分には確認する機会がなかったので、本当に出来るのか不安になる。

それにしても本当にいい子だなぁ、王の継承を辞退した後も友達でいてくれたりしたらいいのになー、なんて都合のいい事を考えながら泉へと向かった。

◇

泉で体を洗いながら、私は考えていた。

ここは吸血鬼の城……。

私の父親は吸血鬼の王……。

（……あれ、じゃあ私って吸血鬼じゃない？）

私はたまに自分が何者なのかを考える事はあった。

最初は、古代人間族の書物を読んでいたから、自分も人間だと思い込んでいたが、人間は翼を出せないらしい。

しかし私は翼を自由に背中に出す事が出来るのだ。

残念ながら筋力不足の為に飛ぶ事は出来ないけど……。

結局分からないままでいたが、私が吸血鬼だとすると納得出来る。

古代人間族の書いた本だと、吸血鬼は日光が弱点だと書いてあったが、そんな事はないらしい。

本では空想の生き物のような扱いだったのできっと正確な情報ではないのだろう。

他には、『吸血鬼は鏡に映らない』とか書いてあった気がするがこれに関してはもう確かめたくない。

私は『顔に大きな傷』というコンプレックスがあるのだ。

きっと酷い顔なのだろうが、自覚して心にまで傷を負う必要はない。

そう思って私は今まで自身の顔を知らずに生きてきた。

……吸血鬼の特徴は一旦置いておいて。

長年の謎が一つ解決したので私は少しだけ軽い足取りで城へと戻った。

城へと戻ると、私は早速ペトラを念じて頭の中で話しかけてみた。

《ペトラ、いるか？》

《陛下、水浴びはお楽しみいただけましたか？》
するとすぐに頭の中に返事が返ってきた。
初めての感覚に内心少し驚きながらも返事をする。
《もちろんだ、城の幹部達で話がしたい、都合のつく者だけでよいから、集めてくれ》
いよいよ、誤解を解くために私はペトラにお願いした。
王位の継承は辞退するので、もう頭に王冠を載せる必要はない。
私は見納めとばかりに棚の上でキラキラ輝く王冠を目に焼き付けた。
《陛下のご命令であれば、当然、全員集まりますよ。先に朝食をお部屋にお運びしてよろしいでしょうか》
そういえば、朝ご飯を食べていなかった。
私はお料理には目がないので、卑しくもお願いすることにした。
《では頼む》
《かしこまりました》
念話《テレパシー》がちゃんとできている事に安心しつつ再び自室に戻る。
しばらくすれば、朝食が運ばれてくるのだろうが、ここで私は重大な問題に気が付いた。
（私、名前ないじゃん……）
そう、私には名前がない、さっきペトラに名乗ってもらっておきながら、私には名乗る名前がないのだ。

これはまずい、このままではもし初めての友達が出来ても呼んでもらう名前が無い。

とはいえ、どんな名前が良いのかも特に思いつかない。

どうしようかと考えていると、ドアがノックされた。

「入りたまえ」

やはり偉そうな口調になってしまうのは、古代人間の論文を読み過ぎたせいだろうか、学者は決まって上から目線だ。

「しっ、失礼します！」

そう言うと、緑髪のメイドが入室し、恐らく私の朝食であろう食事を乗せたカートから、それらを部屋のテーブルに乗せ始めた。

気がついたのだが、このメイドさん、やけにおどおどしているというか、何かに怯えているようだ。

というか、私しかいないのだから、多分私に怯えている。

ごめんね、私ずっと一人だったから表情を変えるのが苦手なだけで、別に怒っているわけじゃないのよ？　と、心の中で謝罪する。

コミュ障はこういう何気ないフォローが口から上手く出てこないから困る。

しかも私の場合、本で読んだ変な言葉は勝手に口から出てくるのでさらにタチが悪い……。

それにしても思ったより食事の量が多いな……そうだ！

「悪いが、私は小食でな、残すのも悪いし――」

私がそう言うと、メイドはびくっと体を震わせて、泣きそうな顔で私を見た。

「良ければ少し食べるのを手伝ってくれないか？」

メイドはこの世の終わりのような絶望的な表情をして、涙目になった。そんなに嫌なの。

「わ、私のような者が陛下とご一緒に食事をとるわけにはいきません！」

「嫌か？」

私は少し悲しい顔を作りながらメイドの方を見た。

この子は臆病そうだから、人見知りの私と相性がいいかもしれない。

これをキッカケに友達第一号にしてしまおう。

逃がすわけにはいかない。

「めっ、滅相《めっそう》もございません！　ぜひ、ご一緒させていただきます！」

何とか一緒に食事をしてくれることになった。

少々強引だが、『泣き落とし』というやつを使わせてもらった。

ついに夢にまで見た、人と一緒に食べる食事だ。

メイドには予備の食器を使ってもらって、共に食事をとることにした。

そして疑問に思った事をいくつか聞いてみた。

本当は食事をしながらゆるふわガールズトークをしてみたいが、今の私にはまだレベルが高い。

「君の名前は？」

「ふ、フィーリアです」

「君達メイドの種族はなんだ？」

「よ、妖精です」

城の中では白い肌をした小柄な彼女達がメイドとして働いていることは知っていたが……そうか、妖精さんだったのか。

実は私は、今まで古代人間の書物を読むことに没頭しており、重度の人見知りも手伝って、人と話をしたことがほとんどなかったので、種族というものすらよく分かっていなかった。

もちろん、自分が吸血鬼であることも。

「さて、冷めてしまう前に食事をいただこう」

「は、はい！」

テーブルの上には様々な食事が置かれている。やはり、王座を受け継ぐと勘違いされているだけあって、朝ごはんにしてはとても豪華だ。

何かの肉を丸焼きにした物に、パンとスープ……何だろう、なんだか嫌な予感がする。

食べてみるが、味がほとんどしない。スープも塩水のようだった。

「すごいです！　こんな豪華なお食事、初めて食べました！」

しかし、フィーリアは満足そうだ。

これが、気遣いでなければ、みんなはこんなものばかり食べている事になるが……。

ちなみに私は今まで、自分で食材を手に入れて、古代人間の料理を中心に作って食べていたので、カレーやら肉ジャガなど満足のゆく食事を食べる事が出来ていた。

「喜んでもらえてよかった。私はいいから、お腹いっぱい食べたまえ」

そういうと、フィーリアは食事のほとんどを平らげてくれた。

嬉しそうに食事をとるフィーリアを見ているだけでこちらまで嬉しくなる。

さて、ようやく話がしやすそうな子に会えたのでこれを機に情報収集をすることにした。

青髪の青年も話しやすそうだったがすぐにどこかへ行ってしまったし、ペトラは美人な反面、ビジネスマンのようにキビキビとした雰囲気を出しているので少し聞きづらかったのだ。

「フィーリア、私はずっと地下の部屋で育ってきたから実はかなりの世間知らずなんだ。色々と聞いてもいいか？」

フィーリアはまだかなり緊張した様子だったが、食事のおかげか最初よりもだいぶ和らいだ感じがする。

「はっ、はい！　なんなりとお聞きください！」

下着の色を聞いてもマジメに答えてくれちゃいそうなくらい素直な返事だが、そんなことはしない。

「私のお父上様はどんな人だったんだ？」

まずは主様について聞いてみる。しかしまさか父親だったとは……。

「はい、前王、ヴラド＝ツェペシュ様ですね。とにかく、吸血鬼の中でも桁違いに強いお方でした。そしてその右腕から繰り出される攻撃は滅殺《めっさつ》の槍《やり》と呼ばれていて、恐ろしい破壊力であったと……」

やはり、主様も吸血鬼だった。

城に隠れている時にメイドさん達の話を盗み聞いてこの城は吸血鬼達が支配している城だって事

は知っていた。

　だから私は日々そのＤＶに怯えて、隠れながら生きてきたのだ。

　ちなみにＤＶとはDomestic Vampires《城内の吸血鬼》の略である。

　幸い、彼らはほとんど二階より上の階層で生活していたようなので、見つかる事はなかった。

　私が話を聞く姿勢を崩さないでいると、フィーリアはさらに話を続けてくれた。

「ヴラド様の爪は鉄をも引き割き、その翼は烏天狗《からすてんぐ》族に匹敵するほどの高速飛行を可能にさせ、周辺の国々を恐怖におとしいれ、北のドラゴン族達ですら一目おいていたようです。……といっても陛下にとってはどれも驚くようなことではないですよね……」

　そう言うとフィーリアは視線を落として小さく弱く笑ってみせた。

　うん、今の話を聞いた限りだと私のお父様強すぎ。

　私は鉄どころか、森に生えている大きな葉っぱを破くことで精一杯だ。

　加えて、私の翼は飛び立つことすらままならず、ゆっくりと落ちてゆくことにしか役に立たない。

　私も吸血鬼のはずなのにどうしてこんなにも違いが出るのだろうか？

「沢山種族があるんだな、私は昔の人間族くらいしか知らなかったよ」

　というか、それしか研究してこなかったしね。

「古代人間族ですか？　確か、ずっと昔にこの世界を支配していた種族ですよね。同種族間で争いあって滅んだと聞いております」

　そうだったのか、きっと核戦争でも起こしてほとんどが死滅してしまったのだろう。

「部屋に資料が沢山残っていてね、実はそれらを研究するのが私の趣味なんだ」

「それは、凄いですね。古代人間達の書物は世界を滅ぼす物として禁書扱いされている上に、そもそも謎の言語で書かれている為に読もうとする者なんてまずいませんから」

なんともったいない！

確かに言語の解読は大変だったがあんなに素晴らしい書物を読まないなんて！

——と、自分が古代人間族好きだからって少し熱が入りそうになってしまった、あぶないあぶない。

せっかく友達になってくれそうなのに、私のオタクな部分を見せてドン引きされてしまっては目も当てられない。

なんて自分を諌《いさ》めていたら、ふと、パンの裏で何かが動いている気配を私の肌が感じとった。

私は生まれつき肌が異常に敏感で、近くで何かが動くと何となく肌で感じ取ることが出来るのだ。

吸血鬼はみんな出来るのかもしれないが、分からない。

パンを掴んで持ち上げると、ネズミがパンをかじったままぶら下がっていた。

「ひぃぃ!!」

フィーリアは驚いた声を上げるとネズミを掴み、抱き寄せ、

「どうかお許し下さい、どうかご慈悲を……」

と泣きながら私に懇願し始めた。

状況が読めないが、なんとなく推測してみよう。

「フィーリアのネズミか？」

「はい！　申し訳ございません！　ポケットに入れていたのですが！」

なるほど、食事の匂いにつられて出てきたのか。

「かまわん、パンはネズミにやろうか。ネズミは何という名前なんだ？」

「ア、アレイスターと名付けました！」

そこで、私は自分に名前が無いことを再び思い出し、名案を思い付いた（名前だけに）。

「実は私も動物を飼っていてな、まだ名前がないんだ。よかったら付けてやってくれないか」

「わ、私なんかでよろしければ……何の動物でしょうか？」

「私のもネズミだ。残飯《ざんぱん》を漁っては、ビクビクと怯えながら今日まで生きてきた。可愛くはないのだが、どうにも愛着がわいてしまってな。手放すことができん」

と言うと、フィーリアは考え始めてくれた、そして間もなく――。

「『リブ』という名前はどうでしょう」

「ふむ、ずいぶんシンプルだな」

「はい、これは妖精語で『生きる』という意味です。弱いながらも必死に生きている、生きてほしいという気持ちから思い浮かびました」

なんと、私にぴったりではないか！

妖精語が何かは分からないが、古代人間族の言語が変化していったものかもしれない。

後で驚かせることになってしまうかもしれないが、こんなに良い名前はいただいてしまおう。

それに、むりやり私の名付け親にしてしまえば、私とずっとお友達になってくれるかもしれないし。

あぁ、私はなんて浅ましい女なのだろう……なんて自己嫌悪も、『名前』と『お友達』という欲求の前では無力であった。

「なるほど、良い名前だ。いただくよ」

「ご期待に応えることができたなら幸いです」

話が終わったところでふたたび、ノックが聞こえた。

フィーリアは急いで、立ち上がり直立する。

「陛下、ペトラです。お食事はお済みですか？」

「済んだぞ、入れ」

「失礼します」

ペトラは部屋に入ると、フィーリアに命じた。

「食器を下げろ」

「はっ、はい！　すぐに！」

やはり吸血鬼は妖精よりも偉いのだろうか。

古代人間の書物で得た知識のイメージだと妖精が束になっても吸血鬼にはかなわなそうだ。

「陛下、皆が広間の円卓に集まっております。ご準備はお済ですか？」

いよいよ、誤解を解く時がきた。

王になるつもりがあると間違われてから、人とおしゃべりする機会がたくさんできて、楽しかったから名残惜しいけど仕方ない。

右も左も分かっていない箱入り娘がいきなり王なんかになったら国は崩壊、私は暗殺されるのがオチだろう。

「大丈夫だ、行こう。フィーリア、片付けは頼んだぞ」

「はっ、はい！」

本当は一緒に片付けてあげたかったが、今回は人を待たせてしまっていたので私はフィーリアにお願いした。

もう暴虐な私の父はいないのだ、王の継承を辞退して私も妖精たちと仲良く仕事をしながらこの城に住まわせてもらえるようにお願いをしよう。

そんな決意を胸に私はペトラに連れられて、みんなが集まる広間へと向かった。

顔合わせ

ペトラと共に広間に向かうと、地下で私のことを最初に見つけた青髪の吸血鬼の青年がその扉に手をかけていたところだった。

青年は私に気がつき、目を丸くした。

硬直する青年に、ペトラがため息をつきながら軽く彼の頬をつねる。

すると青年は意識を取り戻したようだ。

「……これは陛下！　あまりの美しさに言葉を失ってしまいました、お元気を取り戻されたようで何よりです！」

　自分の後ろに待ち合わせしてる人がいたら驚くよね。

　取り繕う為だと知っていても、こんな顔に傷が走ってるおばさんを美しいと言ってくれたのは嬉しい。

　にやけ顔を片手で隠してもう片方の手をひらひらさせて「まぁまぁお上手ねぇ」と言いたかったが、私の顔の凝《こ》り固まった筋肉はぴくりとも動かなかった。

　思えば、この男が私を見つけてからこんな事が始まったのだ。名前くらいは聞いておきたい。

　できるだけフレンドリーに――

「そちらも元気そうで何よりだ。名は何というのだ？」

　はい、やっぱり自分にはこういう話し方しかできませんでした。

「俺の名前はフリッツ＝ハールマンといいます。フリッツと呼んでください！」

「そうかフリッツ、寝坊には気をつけろよ」

　そう言うと私はフリッツのスーツの曲がったネクタイを正した。

　きっと慌てて準備をしたのだろう。

「す、すみません」

「みなが待っている。扉を開けてくれるか？」

「はいっ！」

フリッツが広間の扉を開くと十人ほどの吸血鬼と思わしき人々が円卓に座っており、その周りには、妖精メイド達が頭を垂れていた。

そして、吸血鬼達は私をみるやいなや、立ち上がり、一斉に拍手をしはじめた。

「陛下！　昨日の演説、ご立派でした！」

「全くです！　私も胸を打たれましたよ！」

「陛下がおっしゃられた通り、戦争を再び始めましょう！」

「陛下のお力があればかなわぬ相手などおりますまい！」

彼らは私に媚《こ》びるような笑顔を見せると、口々に私にそう言い放った。

一方の私は心の中で冷や汗ダラダラである。

(何これ……王位継承を辞退するなんてとても言えない雰囲気じゃない。なんか、私めちゃくちゃ強いとか思われてない？　周りにいる妖精一人にすら勝てるか怪しいんだけど……しかも、聞き間違いじゃなければ今、『戦争を始める』とか言わなかった？)

考えることは多かったが、とりあえず席に座る事にした。

しかし私が一番奥の席についても彼らのおべっかは止まらなかった。

「ヴラド様もお強く、冷徹で素晴らしいお方であらせられたが、晩年はおとなしくなられ、他国への侵略の手を止めてしまわれていた。今こそ再開すべきです」

「我らにたてつくあの忌まわしき獣人、果てはドラゴン族までも蹂躙《じゅうりん》してやりましょう」

「それにしても陛下は実にお美しい、吸血鬼の中でも陛下ほどの美貌《びぼう》を持った者はおりません」

「手始めにエルフの国を攻め落としましょう！　微力ではありますが我々も喜んで力をお貸しいたします！」

みなが口々に自由勝手な事をいう。

しかも私はその内容に腹が立って仕方がなかった。

「少し……黙れ……」

気がつくと口から出ていた。

人見知りな私は普通ならこんなにたくさん人がいる前だと緊張して、言葉など発することが出来ないのだが、この時ばかりは怒りが勝っていたらしい。

周りは一瞬で静寂に包まれ、吸血鬼達は冷や汗を流していた。

「喜んでくれるのはうれしいが、そんなに興奮していては話もできん」

自身の怒りを鎮めつつ、とりあえず言葉を続ける。

みんな、ノリノリで戦争だとか侵略だとか言っているがそんなことは言語道断《ごんごどうだん》だ。

軽い言い方をしてしまえば世界はラブ&ピースで成り立つべきものだと私は考えている。

何とか戦争を回避する方法はないのだろうか？

「私はヴラド=ツェペシュの娘、リブ=ツェペシュだ」

ついさっきフィーリアに命名してもらったばかりだが、名乗る名前があるというだけで自分の存在意義が少しだけ高まったように感じた。

とにかく私はこの世界を知らなすぎる、今は情報が必要だ。

もはや人見知りだとかを気にしている場合ではないし、こんな戦闘狂達の誰かを王にするわけにもいかない。

「今までは全て父様に任せてしまっていたから私はこの国や他国について詳しくない。ペトラ、説明してもらえるか？」

「メイド達は退室させますか？」

「そのままでいい、メイド達も床でよければ座って休んでくれ」

おそらく、この吸血鬼達の態度からすると、今まで妖精たちは情報をほとんど与えられていないのだろう。

この国に従事するからには知る権利はあるように思えるし、独自の観点から画期的なアドバイスをくれる可能性も……いや、流石にそれは無理かもしれない。

妖精メイド達は私達に怯えてそれどころではないだろう。

ペトラが立ち上がり、説明を始めた。

「まずは我らの、吸血鬼の国について説明させていただきます」

「私はほとんどの時間を地下室で過ごしていたから正しく『世間知らず』というやつだ、面倒かもしれないが、質問もさせてもらうぞ」

「なんなりと。まずこの国は、人口二万人ほどの国で、東は海に面して建てられております」

城が大きいわりにはあまり大きな国ではないようだ。

「人口の種族比率は？」

「ほとんどが人間族、あとは把握している限りではこの城で働く妖精族が百人ほど、吸血鬼はこの場にいる者と、人間族が逃げ出さないように、門を守っている者が二人おります」

城下町は実は行こうとした事があるが、城の近くはスラム街のように寂れていて、身の安全が保障出来なかったので、結局引き返したのだった。

演説の際に両腕を上げて叫んでた人々は普段は城下町に住んでいる人々だろう。

『古代人間族』という枠組みでは絶滅した人間たちもしっかりとこの世界で生き残っているようだ。

「幹部は吸血鬼だけなのか？」

「もちろんです。人間族は魔力、腕力ともに弱く、いくら武装しても我ら吸血鬼にはかないません」

つまり、この国では強さがそのまま地位になり、国も強い者によって動かされるということか。

お父様も吸血鬼の中で一番強かったから王であったというところだろう。

私はめちゃくちゃ弱いけど……。

「次に近隣の主要な四つの国について説明します。まずは『妖精国』。妖精は魔法をいくらか使えますが、人間よりも力が弱いです。妖精国はとても弱く、争っても勝ち目がない事を理解しているので、妖精を何人か我が国で働かせる代わりに不可侵の条約を結んでおります」

……なるほど、この城で働いているメイド達はここで働く事によって必死に国を守っているということか。

今すぐにでもこの城で働いている妖精達を開放してあげたいが、吸血鬼達から反発がでるだろう。

忘れてはいけないのは、私はワンパンで沈むほど弱いことだ。

情に流されずに慎重に話を進めてゆかなければならない。

「次に『エルフの国』。エルフの力もそんなに強くないのですが、魔法の扱いに長《た》けており、弓矢という飛び道具も使って戦います。気配を消すのが大変得意で奇襲によって力のなさを補っております。人間には友好的で、国内にもいくらか人間がいるようです。そしてエルフは広大な森林のどこかに城を構えて隠れ住んでいます」

弓矢は古代人間族の歴史の初期~中期に使われていた道具だ。古代人間族が核戦争で地球をほとんど滅ぼしてしまった時に文明もいくらかリセットされてしまったと考えるのが自然だろうか。

「次に『獣人の国』。彼らは魔法を使う事が出来ませんが、我ら吸血鬼族に迫るほどの筋力や妖力を持っており、兵士の数が多いです。エルフの国とは仲が悪く、抗争状態が続いています。しかし、陛下が演説で宣戦布告をされた後、休戦条約が結ばれました。漁夫の利を狙われることを恐れたのでしょう」

何故かはわからないが、今までの話から推測すると、どうやら私の演説は『戦争を吹っ掛ける』という内容になっていたらしい。

確かに『戦争』という単語を使ったし、機械を変にいじって壊してしまったのも私だが、内容がそのまま反対の意味になってしまうとはなんという皮肉だろう。

「最後に『ドラゴンの国』を紹介します。ドラゴン族は丈夫な鱗《うろこ》と飛行能力、火炎のブレス、さらに魔力に対しても耐性を持つ種族です。奴らを倒すとなると恥ずかしながら陛下でなければ相手にすらならないかもしれません。奴らは人型になる事もできますが、角を隠すことが出来ないのでバレバレです。好戦的ではありませんが、陛下の演説以降はその在り方を変えるかもしれません」

なんだそのチート種族。

私が出会ったらひとにらみされるだけで失神する自信があるわ。

「……よく分かった。では次は内政を知りたい。国内の食糧は十分か？」

やはり私が気になったのは食料事情である。

私の場合は山で山菜を採ったり狩りをしたり自分で栽培したり。

さらに今では山奥に小屋を建てて調味料まで製造している。

なので食事に困るどころか色々な料理を作って楽しんでいるほどにまで余裕が出来ているが……。

「問題ありません。人間が農作物を献上し、我々が国外に生息する魔獣を狩り、我々には十分な食料を確保することが出来ております」

農耕を行っているのが人間であることを考えると食料の主な生産者は人間族ということになるだろう。

しかし、私はスラム街のような城下町を見たので、ペトラの言葉に懐疑的であった。

「妖精や人間は食料を食べられているのか？」

「妖精には余った食料を配給しております。人間は、数が多いので多少飢えて亡くなってしまっても問題ありません」

問題大ありだった、少なくとも私にとっては。

私は過去の人間達の書物を読んできたがゆえに人間達には大いに敬意を払っている。

ナイチンゲールやリンカーン、孔子のような素晴らしい人格者もその人間達の中にいるかもしれないのだ。

人間の強さは腕っぷしではない、その思念や想像力は宇宙にすら到達するほどの力があることを私は知っている。

しかし吸血鬼達にとってはやはり他種族などどうでも良い存在なのだろう。

すでに出来上がった認識を急激に変えることは難しい。

まずは彼らの価値観に付き合いつつ、少しずつ修正する必要があるようだ。

「人間がいなくなったら食料を生産する者がいなくなる。それに、エルフの国は人間に友好的なのだろう？　ならば国内で囲っている人間族は良い交渉の材料になる。なんにせよ、国内の人間族は絶やしてはならない、これは優先されるべきことだ」

私は何とか合理的に聞こえる理由をつけて人間族を守る説得を試みる。

「……かしこまりました。では問題が一つございます」

「何だ？」

「人間族の間で流行っている病でございます。回復魔法が効かず、病に侵されたものはほぼ死んでしまいます」

疫病か……。

そもそも回復魔法がどういうものか分からないが、そこまで万能ではないらしい。

とにかく嬉しいのは、ペトラが人間は必要だと納得してくれたことだ。

ペトラは私と積極的に関わってくれるので、彼女には人間嫌いになって欲しくなかったのだ。

そして疫病については、私は医学もある程度は勉強済なので、何とか力になれるかもしれない。

「後で城下町を視察しにゆく。ペトラ、フリッツ、ついてきてくれるか？」

「「はっ！」」

ボディーガードさえいれば私も自由に城下町を歩けるのだ。

行ったことはないが、吸血鬼達の態度をみる限りだと期待しない方が良いみたいだ。

「では次に――」

――バァアン！

ペトラの言葉を遮るように私が座っている位置とは反対側の扉が突然勢いよく開かれた。

私の一番近くに座っていたペトラとフリッツが私を守るように瞬時に扉と向かいあう。

すると、そこには旅人のような服を着た赤髪の少女が不敵な笑みを浮かべて立っていた。

肌が白っぽく、身長が低いので妖精のようにも見える。

「何者だ！」

何番かの名も知らぬ吸血鬼が叫ぶ。

すると、少女ははっきりとした大声で応える。

「私は旅人の吸血鬼、レイチェルよ！　ここで雇われてあげてもいいわ！」

少女の傍若無人な態度に数人の名も知らぬ吸血鬼が憤った。

「小娘などいらん！」

そう言うと彼らは少女を制圧しようと掴みかかった。

しかし少女はいともたやすく彼らの攻撃を避けると、次々と足で彼らの頭を踏み抜くように床に叩きつけた。

……気が付けばペトラとフリッツを除く全ての吸血鬼が床に顔をめり込ませて戦闘不能になっている。

私はといえば、当たり前のように破壊される石造りの床を見て、ただぼーぜんとしていた。

（え？　頭を叩きつけられた彼ら、死んでるんじゃないの？）

メイド達は私と同じように恐怖のあまりその場で動けなくなっていた。

突然のクライマックスである。

「あなたたちは来ないのかしら⁉」

その少女、レイチェルは私を隠すように向かい合ったままのペトラとフリッツに向かって言い放った。

「陛下、彼女は強いです。恐らく私たちでは敵いません。ですが、あなたは吸血鬼の『王の血』を受け継いでいます。陛下がいれば、まだやり直せます。私達が時間を稼ぐのでどうかお逃げください」

ペトラは頬に冷や汗を流しながら私に小さく囁くと、フリッツとともに飛び出していた。

えっ⁉　二人ともああなっちゃうの？

この美男子と美女が地面に顔面を食い込ませるシュールな姿になっちゃうの⁉

それはだめよ！　確実に黒歴史になってしまうわ！

そして私はとっさに叫んだ。

「下がれ！」

そうだ。

この子だって突然襲いかかった事をちゃんと謝れば分かってくれるかもしれない。

「私が行こう」

「そんなっ、陛下！　いくらあなたでも危険です!!」

「お願いします！　私たちが時間を稼ぎます！　逃げて下さい！」

私の誠心誠意の土下座を見てもらえば、きっと呆れて帰ってもらえるだろう。

覚悟を決めると、ペトラとフリッツの横を通りすぎて赤髪の少女のもとへと歩く。

土下座だけで許してもらえなかったら靴も舐めよう。

なんか、女王様っぽいし、多分喜んでもらえるだろう。

そんなめちゃくちゃ情けない事を考えながら赤髪の少女の目の前にまで迫ると——

赤髪の少女は鼻から大量の血を流し、顔を真っ赤にしながら倒れた。

◇

「なんっ……!?」

「……え？」

ペトラとフリッツは何が起こったのかが全く分からず固まった。

王が少女の目の前に歩いていっただけで、あの複数の吸血鬼をものともしなかった少女が倒れてしまったからだ。

魔力を感知することもなければ、音すらしなかった。

我々程度では知覚すら出来ない攻撃が赤髪の少女を襲った、そうフリッツ達は考えるしかなかった。

——しかし、一番訳が分からないと感じていたのはその陛下本人であった。

自分が近づいただけで彼女が倒れてしまったからだ。

倒れている赤髪の少女を見ると、なぜか顔が緩んでいる。

幸せそうな顔をしているが、失神しているようだった。

試練

フリッツが見張っていると、広間の襲撃で気絶してしまった赤髪の少女が目を覚ました。

しかし、その手足には長い鎖《くさり》が付いた枷《かせ》がはめられており、寝かされているのは牢獄のベッドだ。

枷は『銀が含まれている』ので、上手く力が入らないらしく、少女はもがくも壊すことが出来ない。

『銀は吸血鬼の弱点』である。

彼女が吸血鬼である証明だった。

「暴れるな、もし暴れるようであれば、また陛下のお力でお前を制圧する」

フリッツは手始めに威嚇《いかく》する。

「暴れないわよ！　もともとはそっちから襲い掛かってきたんでしょ！」

赤髪の少女は枷をカチャカチャ鳴らしながら答えた。

しかし、この少女の発言にも一理あった。

確かに話を聞かない吸血鬼達が勝手に突っ込んでいたような気もする。

「では、あなたは何をしに来たのですか？」

横にいたペトラが質問をする。

「だーかーらー、雇ってもらいにきたのよ！」

何と態度がでかい小娘だ、とフリッツは思ったが、我が城の主力である吸血鬼を何人も素敵な顔に整形（力技）したあの力を考えると妥当な態度なのかもしれない。

陛下がいなければ確実に攻め落とされていただろう……。

「あなたは何者なの？」

再びペトラが尋ねる。

「ただの旅人の吸血鬼よ。この国に興味を持ってね。仕えてみる事にしたの」

吸血鬼がいる国はここだけではない。

吸血鬼は空を飛べるので、世界を旅している者もいるだろう。

吸血鬼を名乗ったので吸血鬼用の枷で少女を捕らえたが、やはり本当だったようだ。

「どこの出身だ？」

「……言えないわ、でも安心して、私はその国が嫌いでたまらないから飛び出してきたの。スパイではないわ」

「なんとでも言える」

「本当にスパイだったらもっとスマートにやると思うけど？」

確かに、本当にスパイであったなら今朝のように相手の力も分からないうちから突撃などしないだろう。

もっとも彼女の言い分だとしかけたのはこちらだが……。

一通りの会話の応酬が終わると、扉がノックされた。

「私だ、入ってもいいか？」

「これは陛下、今、扉をお開けしま――」

「駄目っ！」

赤髪の少女が叫んだ。

「お前が陛下の行動に口出しする権利はない!!」

フリッツはそう怒鳴り返すとペトラは扉を開けた。

◇

私は彼女の名前を思い出しながら枷に繋げられた赤髪の少女を見た。

「起きたようだな。レイチェル……といったか？　気分はいかがかな？」

「そっ、それ以上近づいたらこの青髪の吸血鬼を殴るわよ！」

「やってみろ！」

私のせいでフリッツとレイチェルが喧嘩を始めてしまった。

それにしても私はずいぶんと嫌われてしまっているらしい。

なぜ今朝私が近づいただけでレイチェルが倒れてしまったのかも謎のままだ。

「近づかないから、安心してくれ。ところでもう昼時だ。一緒に食事をとれば仲も良くなるさ。枷を外してやってくれ」

「良いのですか、陛下!?　こいつはっ――」

「うちで働きたいのだろう？　レイチェルが最初に言っていたではないか。そもそも話も聞かずに襲い掛かったのはこちらの方だ。枷をつけるべき相手は彼女ではなく、あの吸血鬼達だと思うが？」

私はあの血気盛んな吸血鬼達が苦手だった。

なので、読んで字のごとく彼らの鼻を折ってくれたレイチェルには少し感謝していた。

これが良いお灸《きゅう》になって、おとなしくなってくれると嬉しいのだが。

「おい、お前！　暴れないと誓うか？」

「だから暴れないって言ってるでしょ！　このバカ！」

枷を外すとレイチェルはさらに私から距離をとった。

（何これ傷つく……）

「食事は広間の円卓に用意してある。簡単な物しか用意出来なかったが」

「陛下がお作りになられたのですか⁉」

「そうだ、キッチンを少し使わせてもらってな。人に振るまうのは初めてだから、口に合うかは分から――」

「食べる！」

口をはさんだのはレイチェルであった。

「その……食べてあげる」

レイチェルはきまりが悪そうに言い直した。

喧嘩してしまったのは空腹でイライラしていたからだったらしい。

私はレイチェルのこれまでの態度に一応の納得を得た。

「へ、陛下の手料理が食べられるなんて、恐縮でございます！」

ペトラとフリッツには少し戸惑いの表情が見られた。やっぱり、王様が料理をするなんて変わっているのだろうか。

◇ペトラ視点◇

円卓のある扉を開けると、おいしそうな匂いが鼻を刺激した。

嗅いだことのない独特な匂いに自然とよだれが出てきそうになる。

期待に胸を膨らませて円卓の上に用意された皿を見た。

――ペトラはその瞬間顔をひきつらせた。

米と茶色い液体がちょうど半分ずつを占めてそれぞれ四人の皿に盛られていたからだ。

茶色い液体にはよく見ると、色々な固形物が含まれているようだ。

米はよく知っていた。

味がしないので好んで食べる事はしない。

だがたくさん生産する事ができるので、妖精や人間に与えるものとしてはちょうど良いものだった。

しかし、問題は同伴していた茶色い液体であった。

とてもではないが、食べ物には見えない。

これは肉なのか、野菜なのか？

はたまた食べ物なのか、飲み物なのか？

ペトラはその茶色い姿から考えたくもない物も連想してしまった。隣のフリッツを見ると、彼もまた同じ想像にたどり着いたらしく顔をこわばらせている。


続けてシンクロするように二人は念話も使わずして考えを一致させた。

我々は恐らく、今、『試されている』のだ……と。

王の従者たるもの、王によって出された料理は何であろうと喜んで食べなければならない。

それがたとえ、得体の知れない物体であろうとも……。

幸いなのは匂いの方は何らかの手が加えられているようで、問題がないことだ。

イヤに香ばしい匂いがしている。

手が震える。

この赤髪の少女、レイチェルに立ち向かう時でさえこんなにも震えることはなかった。

王は自らの力を我々に見せられた。

そして同時に恐らく王は見抜いておられたのだ。

赤髪の少女に相対した時の我々の臆した心を。

これは不甲斐ない我らに対する罰であり、自らの忠義を示す良い機会である。

食べよう……。

これがたとえ最悪な物であったとしても……。

ペトラとフリッツが決意を固めている間に、レイチェルは皿を掴み、我々と少し席を離すと、スプーンを握り、茶色い液体を口に運んでいた。

「うっ……！」

レイチェルは少し涙目になりながら口を手で押さえた。

（レイチェル、あっぱれです……）

隣を見ると、彼女と仲の悪いフリッツもこの瞬間は、レイチェルに対して尊敬の念を禁じ得なかったようだ。

しかし、レイチェルは驚いた表情をすると、

「すっごく、美味しい……」

と呟いた。

「良かった。この料理はカレーライスと言って、古代人間達の間では一般的な食べ物だったんだ。米とカレーは一緒に食べると良いぞ」

陛下がそう言うと、レイチェルは一口一口を大事に噛みしめるように食べ始めた。

それを見たペトラとフリッツも、おそるおそるカレーライスを口に入れる。

「なんとっ！」

「おいしいっ！」

想像を絶する美味しさであった。

食べ物はここまで美味しくなれるのかと新たな可能性の扉が開いたようだ。

特にこの米が良い。

今まで、米は味が少なく、食べるに値しないものだと思っていた。

だがこの茶色いソースと出会った事によって、米の持つ素朴な味わいがこのソースに上手くマッチしている。

「いただきます」

奇妙に両手を合わすと、陛下も食事を始めた。

◇

かなり薄味に作ったがちょうど良かったみたいだ。喜んでもらえたみたいで本当に良かった。

食事が終わると、メイドが皿を引き取っていく。

食べ終えた皿を見て、妖精が少し顔を引きつらせていた。

一体なにを想像したのだろうか……。

「陛下のお料理、まさに究極としか言いようがないほど素晴らしいものでございました」

ペトラの言葉に私は内心で大きくガッツポーズしながらも涼しい顔を崩さなかった。

「大げさだ、こんなもので良ければいつでも作ってやる」

むしろお料理を作る事も食べてもらう事も大好きなので、作らせて下さいくらいの気持ちだ。

「ふんっ！　まぁ、美味しかったわ！」

レイチェルがそっぽを向いたまま言う。

「それで、レイチェルはうちで働いてくれるのだろうか？」

「雇ってくれないなら大暴れするわ」

本当にあなた一人でこの国を潰せそうだからそういう冗談は言わないで欲しい。

「歓迎するよ、食事と寝床くらいしか提供できないけど」

吸血鬼のレイチェルが仲間になった！

しかし、レイチェルはいまだに私とはいつも十メートルほどの距離を保っている。

警戒されているのだろうが、今朝起こった出来事は私にも謎なのでどうしようもない。

何とか事態の収拾もついてきたので私は次の仕事へと移ることにした。

「では、レイチェルは部屋で休んでいてくれ、私とペトラとフリッツで城下町の様子を見に行く」

「私も行くわよ！」

レイチェルもついてきてくれるらしい。

嫌われていると思っていたので正直嬉しいが、フリッツと喧嘩してしまわないかが心配だ。

カレーを食べていた時も、レイチェルがおかわりをしすぎてカレーの残りがなくなったせいで、またフリッツとの喧嘩が始まりそうになっていたし……。

「分かった。では城外に出ようか」

「むしろ、あんたが直接見に行く必要ないんじゃない？」

「私は現場主義なんだ」

「あっそう、じゃあこのマスクを着けなさい」

そう言うと、レイチェルは口元を覆うためのマスクを投げてよこした。

そうだった、私の頬には二本の傷があるのだ。

気にしてなかったけどこの破天荒娘にまで気を遣わせるとは、どんだけ醜いんだ私の顔は……。

心の中で少し落ち込んでると――

「民衆を混乱させない為に陛下の顔はまだ伏せておくべきです。陛下の傷は特徴的なので、今回はレイチェルの案に乗りましょう」

ペトラがフォローをいれてくれた。

「先にマスクに毒が盛られていないか検査します。あの小娘はどうにも信用できん」

とフリッツがまたレイチェルに噛みつく。

「じゃあ、貴方はせめて私から王様を守れるくらいには腕を磨きなさい」

レイチェルが反撃すると、痛い所を突かれたのか――

「……言われずとも」

と吐き捨てるだけで精一杯のようだった。

◇

マスクを付け、外着に着替えてフードをかぶり、城下町へと繰り出す。

ペトラとフリッツが私の両側にピッタリとくっつき、レイチェルだけが距離をおいて、後ろから私たちを見守っていた。

まさかこんな美男美女に囲まれながらお散歩できる日が来るとは……。

「お二人さん、そんなにくっついてると王様も歩きにくいと思うんだけど？」

「お前みたいな者の侵入を許してしまったばかりなんだ、警戒もするさ」

「フリッツ、陛下の前での喧嘩はもう十分よ。そういうことだから、レイチェルも理解してね」

こんなやりとりを聞いているとなんだかこの子たちの親になったような気分だ。

（間違いなく私の人生で一番幸せな時間だな……）

城の入り口を出るまではこんなことを考えていた。

だが城下町に着くと状況は考えていたよりも深刻だった。

やせ細った人々が必死に土地を耕し続け、人間達はペトラを見ると「年貢はまだご用意できていません、どうかお許し下さい！」とひれ伏した。

どうやら人口に対して食料の供給が間に合っていないらしい。

「今回は城下町の視察だ、年貢を取り立てに来たのではない」

とペトラが村人達に業務的に伝えている傍らでレイチェルは——

「これは酷いわね……」

と呟いていた。

良かった、レイチェルは優しい子のようだ。

私にももう少し優しくしてほしいと願うのは甘えすぎだろうか……。

などと現実逃避したくなる程、町は酷い有様だった。

私は幼いころ城のキッチンから出る野菜の切れ端で生きながらえたが、彼らの場合は木の根でもかじらなければいきてゆけないのかもしれない。

フリッツを見ると……苦虫を噛み潰したような顔をしていた。

「城下町に来たのは初めてなのか？」

私は聞いてみた。

「そうです、俺はここに来てからは陛下……いや、陛下のお父上のためにひたすら強くなる事だけを考えて、城で鍛錬をしてきました……。それ以外の事に興味を持つ余裕がなかったんです……」

フリッツも私に負けず劣らずの箱入り息子だった。

国を守る為に鍛錬をしていたので私なんかよりずっと立派だが。

しかし、これはチャンスだ。

「そうか、それで人々を見てどう感じた？」

「この世は力が全てです。弱ければ全てを失い、隷属するしかない。これがその結果です。だから、これは……自然なことなんです。いやなら、強くなるしかない……」

私はフリッツの言葉からは『迷い』を感じた。

彼はおそらくまだ若い、彼の価値観や倫理観はいかようにも変わってゆくだろう。

だからこそ、他の吸血鬼達のように他者を見下すような考え方にはなってほしくなかった。


しばらく歩いてゆくと、中心地を外れた家屋の中から咳き込む声や、うめき声がたくさん聞こえてきた。

「陛下、人間達は病人をこの辺りの家に隔離しているようです」

とペトラが説明してくれる。

感染する病のようだが、私は吸血鬼だし（吸血鬼にしては弱過ぎるが）きっと大丈夫だろう。

今回は偶然マスクも着けているし。

「病人の様子を診たい。この家にお邪魔させてもらおう」

家の中に入ると、たくさんの病人と思わしき人々が床に雑魚寝《ざこね》をしていた。

みな、苦しそうに呻いており、看病に来た者達も病人達と別れの言葉を交わしている有様である。

一番近くに寝かされていた少女を診る事にした。

「おい、どこが痛む？」

「う……ん……」

少女は返答できない。

意識が混濁《こんだく》しているようだ。

「失礼するぞ」

少女の脈を測ってみたが、やや心臓が弱っているように感じた。

首筋には湿疹があり、熱が高い。

私はこの症状によく似た病気を古代人間の書物で見たことがあった。

「その、回復魔法というものでも全く効果はなかったのか？」

「効果はありません。人間が減ることをあまり問題視していなかったので、ほとんど治療をしてこなかったのですが、正直打つ手がありませんでした」

ペトラはやはり、人間の命を軽んじているようだ。

あくまで同族の繁栄を願うのがこの世界のあり方なのだろう。

診察を続け、私は確信を得た。

二十二世紀半ばに流行った『パラクミ』という病気だ。衰退病とも呼ばれるこの病気の致死率は九十パーセントを超えるが、絶望する必要はない。

地下に戻れば特効薬の調合方法が書かれた本もある。

過去の人間達はすでにこの病気に打ち勝った事があるのだ。

引きこもってばかりだった私の知識がついに人の為に役に立つ時がきた。

「視察はもう十分でしょ！　早く帰るわよ！」

レイチェルが軽く癇癪《かんしゃく》を起した。

病人達がひたすら苦しみの声を上げるこの空間に耐えられなくなったのかもしれない。

正直、私も気を当てられていたし、解決策も見えたので城に帰還することにした。


城に帰ると、私はさっそく地下にこもり、薬作りに取り掛かった。

マスクはこれからも必要になるかもしれないので、とっておこうとしたら、レイチェルが毎回新しいのを用意してくれるらしい。

つけていたマスクはすごい勢いでレイチェルに奪いとられた。

薬を量産するには材料が足りなかったので、フリッツとペトラに森から材料を取ってきてもらうようにお願いすると二人とも即座に飛び立って、調達してきてくれた。

私も翼を出すことができるけど、筋力不足のせいでほとんど飛ぶことができないので悲しくなった。

◇

それから私は二日ほど地下室に引きこもり、不眠不休でパラクミの特効薬を作り続けた。

城下町の視察の際に小屋の数から病人の人数は想定出来ている。

七百人分もあれば十分なはずだ。

なんとか人数分の薬の製造を終えると、私は念話でペトラを呼んだ。

「薬ができた、これを病気で苦しんでいる人達に飲ませてあげてくれ」

「薬……なるほど、分かりました」

ペトラは地下の廊下にいる私から薬を受け取り、町へと飛び立った。

私は疲労がピークに達していたので、そのまま地下の廊下に倒れて泥のように眠りについた……。

ペトラの誤解

この混沌とした世の中でも事務仕事というのは重要だ。

やはり、書類などの形にして残しておかないとメイドの勤怠や城の管理に混乱をきたしてしまう。

城の改築やマジックアイテムなどのメンテナンス、魔獣の狩り、他国の調査などの仕事は他の吸血鬼に割り振られている。

だがこの城は大きすぎるので城の管理を担当している私が自然と多忙になってしまう。

そんな調子で私、ペトラ＝トーマンは吸血鬼の王ヴラド様の右腕として主に庶務・雑務をこなしていた。

ある日、私はメイドの妖精からある念話を受け取った。

「主様の部屋から戦っているような音が聞こえる」だそうだ。

念話というのは私の『特殊能力』で、私は一度言葉を交わしたことのある者とはテレパシーで話すことができるのだ。

——私が急いで王の部屋へと行くと、部屋は確かに戦いの後のように傷だらけだった。

しかし王の姿が見当たらない。

私は開け放たれた窓から外を見下ろすと、吸血鬼の王、ヴラド＝ツェペシュの遺体が落ちてるのを発見した。

心臓に銀の杭が打ち込まれている……あれではもう助からない。

王も最近はかなり力が衰えていたはずだ、弱っている所を狙われて刺されたのだろうか。

王の衰えを知っているということは犯人はまさか城内の吸血鬼の誰かだろうか？

主が妖精を傷つける事を良く思っていなかったフリッツだろうか？

……あまり信じたくはない。それに、ここで疑い合えば内部崩壊を引き起こしかねない。

犯人には逃げられた事にしておこう。

そんな事を考えていると、上空から羽音が聞こえた。

見上げると、特徴的な羽を持った一人の妖怪が旋回しながら王の遺体を観察しているようだった。

その妖怪は遺体を確認すると凄い速度で飛び去ってしまった。

（メディア族に見られた……部屋の近くに張り込まれていたのか、周囲に知れ渡るな……）

メディア族は『新聞』を発行している種族だ。

各地で情報を収集し、記事にして各国に新聞を配っている。

騒ぎを避けるため出来るだけ素早く、次の王を就任させる必要があった。

この隙をついてどこかの国が攻め込んでこないとも限らないからだ。

私は全ての吸血鬼達に王の娘の捜索を指示した。

娘は一度も見たことがなかったが、ヘンテコな石のようなあるマジックアイテムを使えば、魔力の色で王の娘かどうか判別できるので問題はなかった。

娘は地下に存在する闘技場にて毎日ヴラド王に戦闘訓練をつけられていたらしい。

となると娘は地下のどこかの部屋にいるはずだ。

城の幹部を集めて、この城の地下の大捜索が始まった。

私達吸血鬼は基本的に上階に住んでいる。外に出る時は翼を使うので手入れが行き届いていない地下にはほとんど来たこともなかった。

間もなくしてフリッツから私の頭に念話が飛んできた。

《おそらく娘を見つけた、確認するから来てくれ》

《了解》

呼ばれた場所へ行くとフリッツの前には布きれを被った少女がいた。

魔力の色を調べる石を当ててみると、色がヴラド王と一致していた。

間違いなく彼女が王の娘だろう。

私はフリッツに耳打ちした。

「じゃあ、私は全ての者たちに捜索の終了を伝えるわ。フリッツは陛下を部屋へと運んでくれる？」

「わ、分かっ……た！」

歯切れの悪い返事をするとフリッツは少女を抱えて部屋から出ていった。

きっと次の王である陛下を運ぶ事に緊張したのだろう。いや、フリッツのことだから単純に女性に触れることを躊躇《ちゅうちょ》したのかもしれない。

全ての者に伝え終わり、城内が落ち着くと、フリッツが王となる娘を連れて行ったであろう王の自室へと向かった。

ノックをするが、返事がない。

仕方がないのでそのまま入室した。

「失礼します」

部屋に入ると目に飛び込んできたのは一枚の名画だった。

赤いドレスを着た女神が窓辺でたたずんでいた。

その髪は柔らかな日差しを受けて美しくなびき、その肌は不可侵の聖域のような神々しさを感じさせ、頬に走ったその二本の傷はどこか背徳的な艶かしさを孕《はら》んでいた。

宝石のような瞳はどこかここととは違う別の世界を見ているようで、今まさに天国に向かって飛び立って行ってしまいそうだ。

私は呼吸を忘れるほどに目を奪われてしまっていた。

しかし、その女神が瞬きをした瞬間に私は何とか目の前の絵画が現実に行われていることだと理解することができた。

（……そうか、彼女こそが今代の吸血鬼達を束ねるお方だ）

このまましばらく彼女に心を奪われたまま時を過ごしたいという欲求を抑えつつ彼女の前に膝をつき、声をかけた。

「殿下！」

私の呼びかけに新たな王である少女はゆっくりと私の方へと向き直った。

「殿下、今は亡きヴラド王の娘として、とてもご立派なお姿でございます。ヴラド王の遺言状に記されていた通り、娘である殿下には王位を継いでいただきたく存じ上げます」

少女の表情はピクリとも動かなかった、変わらず、美しいままだった。

案外、自分の親の死に動じていないのかもしれない。

「さて、さっそくですが殿下には私たちにお話をしていただきたいのです。突然の事でまだ動揺されているかもしれませんが、ご準備が終わりましたら私をお呼びください、すぐにみなを集めます」

とはいえ、突然「就任演説を行え」と言われたらどんなに精神が成熟した大人であっても戸惑うものだろう。よくて二、三日はいや一、二ヶ月は、様子を見る必要があるかもしれない。

しばらくは国が混乱すると思うが、少女の心が落ち着いてからで良い。

しかし少女は変わらぬ表情で私の方を見ると、

「……気遣いには感謝するが、こういう事は早い方がいい」

と言った。

私は驚いた。

国中、いや実質的には世界へ向けて演説するにしては彼女は少し気軽すぎるような気がした。

「今すぐにでも話をさせてもらいたい」

まるで会議中に手をあげて、自分の意見を言わせてくれとでも言うような気軽さだ。

しかし、早ければ早いほど良いのは確かだ。

早いほど、混乱も早く収まり、他国のつけ入る隙を少なくすることができるからだ。

彼女はまだ若くしながらに外交というものがどういうものであるか理解しているようだった。

もしかしたら自分の親の死を予期していたのかもしれない。

「失礼いたしました、おっしゃる通りでございます。すぐに国民《みな》を集めます。準備ができましたらお呼びしますので少々お待ち下さい」

私は城の者達へと伝えたのち、城下町に向けて飛び立つと他の吸血鬼達と共に演説が行われることを国中に知らせた。

城下町の人々は自分達の支配者である吸血鬼達の呼び出しに畏れを持って応じる。

間もなく、城の庭園は民衆でいっぱいになった。

他の国のスパイも当然いるだろう。

他の国には人間と同じ見た目に擬態できる種族もいるし、同じように人間族を使役しているところもある。

演説一つとっても油断することは出来ないのだ。

準備が終わったので殿下のもとへと急いだ。

「準備ができました」

「分かった」

「では殿下、みなの所へ行きましょう」

庭園を見下ろせる位置に殿下を誘導しようとしたところで殿下が話を持ち掛けた。

「みなの前に出なくてはだめだろうか？　代わりに私の意思を伝えてくれるだけで良いんだが」

殿下は姿を見せずに演説を行うつもりのようだ。

しかし、なるほどそちらの方が良いと思える。

殿下の見た目は可憐な少女にしか見えず、遠目には頬の傷も見えないので威厳を示すには少し不向きかもしれない。

ともすれば、その見た目に惑わされ、謀反《むほん》を起こす馬鹿が現れる可能性がある。

そんな奴らをいちいち相手取る必要はない。

「……なるほど。それなら音を伝えるマジックアイテムがございます、こちらへどうぞ」

私は殿下をスピーカーの置いてある部屋へと案内した。

少し古いが、まだ魔力は十分に残っているはずだ、スイッチを入れれば動かせるだろう。

部屋に着くと、殿下は私に外で待つように言いつけた。

殿下が部屋の中に入ってから少しの間、室内からカチャカチャと音が聞こえたが、すぐにスピーカーが起動した反応を感じたので、私も部屋から少し離れ、演説に耳を澄ませた——

◇

……演説の内容は世界に宣戦布告をするという衝撃的な物であったが、それをするだけの実力が間違いなく備わっていると確信できるような、雄弁な語りであった。

純血を継いだ王の娘である、強いのは当然だろう。

演説が終わると陛下は部屋を出て、喝采が鳴りやまぬ庭園の方へと歩みを進められた。

「陛下の演説、おみごとでございました」

陛下は何も言わず、ただ民衆を見下ろしていた。

しかし、その眼は民衆ではなくどこかもっと遠い所を見ているようだった。

すでに王の目にはこの国だけではなく、世界を見据えているのだろう。

畏敬を持って地に膝をつけると、私はさらに言葉をつづける。

「全ては陛下の思いのままに。我らは忠誠を誓います」

「……クックッ！　ハッハッハッ！」

王は優雅に笑った。

ひとしきり笑い終えると、王は少女とは思えないほど妖艶な笑みを浮かべ、踵を返した。その華奢な後ろ姿には、疑いの余地なき威厳が漂う。

「……少し部屋で休む」

「かしこまりました、どうぞごゆっくり」

王は再びゆっくりと歩きだし、自室へと戻っていった。

恐ろしい……。

しかしそれ以上に魅力的だ、彼女の言葉全てに心が惹きつけられる。

出会ってからまだ数時間、私が彼女に抱いた印象だった。

スピーカーの魔力反応がまだ残っていたので、私はスピーカーのある部屋へと入室した。

恐らく、スイッチがまだ切れていなかったのだろう。

「――これは」

部屋に入ると、スピーカーの横に小さな塊《かたまり》が置かれていた。

この塊が何なのか私はすぐに分かった。

魔力を感知すると、爆発を起こして近くの者を殺傷するマジックアイテムだ。

前王は敵を作る事が多かったので、スピーカーを改造したこの道具を使って暗殺を目論む者がいたのだろう。

スピーカーに仕込まれていたこれを陛下が見抜き、自ら取り外したらしい。

そのままスピーカーを起動させていたなら間違いなく発動していた。

もっとも、こんな物で陛下が傷を負うとは思えないが、特筆に値するのは陛下が行った自らの魔力コントロールだ。

陛下はその内に秘めているであろう強大な魔力を完全に断ち、この塊をスピーカーから取り外してみせたのだ。

生半可な技ではない。

少なくとも、前代の王、ヴラドはこんな器用なマネは出来なかっただろう。

陛下の卓越したその御業に寒気を感じつつ、私は魔力をほとんど持たない人間族を呼び出し、この塊を地中深くに処分させた。

フィーリアの戸惑い

私、フィーリアは妖精族の兵士として働いていました。

いえ、今も兵士として働いています。

剣の代わりに箒を、盾の代わりに塵《ちり》取りを携え、吸血鬼の城のゴミや汚れを始末しています。

吸血鬼達の力は強大です、攻め込まれたら妖精族なんてひとたまりもありません。

なので、その昔、妖精の国は吸血鬼の国に頼み込む形で協定を結びました。

『妖精達を吸血鬼の城で働かせるかわりに吸血鬼の国は妖精族の国へは侵略行為を行わない』という協定です。

つまり私達は吸血鬼の城でメイドとして働く事によって、故郷である妖精の国を守っているのです。

一応、『不当に妖精を傷つけてはならない』という条件もありますが、城の主である吸血鬼の王ヴラドは些細な理由で私達に酷い仕打ちを与えます。

いつ殺されるかも分からない日常を私達は受け入れざるをえませんでした。

……ある日、いつも通りにお掃除をしていると、他の妖精メイド達が慌てて私のもとへとやってきました。

話を聞くと、どうやら主様が他界されたらしいのです。

妖精達はみな喜びました。

当然です、あの吸血鬼に私達の仲間がいたずらに一体何人殺されたか分かりません。

しかし、私は喜べずにいました。

あの極悪非道な王の娘ならば、その娘もまた残忍に違いないからです。

すぐに娘が王位を継承し、その演説を聞く為に私達は中庭へと集められました。


……状況は最悪でした。

演説を聞き、新しい王は戦争を好む、嗜虐的《しぎゃくてき》な性格であると誰もが理解しました。

それでも私達は叫ばなければなりません。

「新国王万歳！」

全員、涙を流していました。

もちろん、それは喜びの涙ではありません。

私達は引き続き、死の恐怖に晒されながら生きなければならないからです。

そして、初仕事はすぐにやってきました。

食堂にはガタガタと震えてうずくまっている妖精がいました。

私が「どうしたの?」と聞くと、彼女は真っ青な表情のまま私に理由を話してくれました。

彼女はペトラ様から新しい主様に食事を運ぶようにご命令があったらしいのです。

ペトラ様は念話を使う事ができて、きっと無作為に選んだのでしょうが、彼女にとっては死刑宣告のようなものでした。

こんなに怯えた状態で、粗相《そそう》をせずに食事をテーブルに乗せ、片付けることは出来ないでしょう。

私は意を決して、彼女の代わりをすることにしました。

私は彼女よりも年上なので、お姉さんとして彼女を助ける事にしたのです。

死ぬことはもちろん怖いですが、粗相をしなければいいのです。

スッと入り、パパッと食事を置き、片付ければ良いのです。

私は食事を乗せたカートを押して、主様の部屋の前まで来ました。

こういう事は時間をかければかけるほど緊張してしまう事を知っていたので、私はすぐにドアをノックします。

「入りたまえ」

「しっ、失礼します!」

入室すると、ドレスを着た可憐な少女が窓際でたたずんでいました。

きっと彼女こそが新しい吸血鬼の王でしょう。

体が緊張で動かなくなる前にテーブルに朝食を並べていきます。

そして何とか全ての食事を並べると、私は一安心しました。

後は主様が食事を終えたら片付けるだけです。

そう、片付けるだけ――

「悪いが、私は小食でな、残すのも悪いし――」

陛下が食事の量が多くて怒っていらっしゃる！

殺される！

冗談ではなく前の主様はそれくらいの理由で妖精を殺す事があったので、私は心臓が止まりかけました。

「良ければ少し食べるのを手伝ってくれないか？」

……陛下は私に食事を与えるつもりらしいです。

普通であれば嬉しいお誘いですが、粗相一つだけで殺されてしまうこの空間においてはこれほど恐ろしい事はありませんでした。

「わ、私のような者が陛下とご一緒に食事をとるわけにはいきません！」

私がそう断ると、

「嫌か？」

陛下は少し悲しい顔をして私の方を見ました。

そう、『悲しい顔』です。

『この名も知らぬ妖精は王の誘いを断り、今から死んでしまうのか』という追悼の感情がそこには込められているようでした。

死ぬ。

断れば死ぬ。

「めっ、滅相もございません！　ぜひ、ご一緒させていただきます!!」

私は陛下と食事をすることになりました。

「君の名前は？」

「ふ、フィーリアです」

「君達メイドの種族はなんだね？」

「よ、妖精です」

しかしどうやら新しい主様はかなりの世間知らずのようでした。

ただ私に興味が湧いただけのようです。

そして私の緊張感も次第にマヒしていきました。

「さて、冷める前に食事をいただこう」

「は、はい！」

いつもは米が支給され、それを炊いて、運が良ければそれに塩や野菜の切れ端などを混ぜ込んで食べているだけなので、目の前のお肉やパン、スープはまさしくご馳走でした。

最後の晩餐《ばんさん》ならぬ最後の朝食だとでも思えば、見合ったものかもしれません。

縁起でもないですが……。

王が私を見つめていました、私が口をつけるのを待っているのでしょう。

食べた瞬間に首を切り落とされ、食物が胃にまで到達しない可能性もありますが……、

「すごい！　こんな豪華なお食事、初めて食べました！」

食事は凄く美味しかったです。

お肉を食べたのなんて久しぶりでした。

私は結局は主様の気分次第で殺されてしまうのだから、もう食事を楽しんでしまおうというやけくそな気分になっていました。

このご時世、いつ死ぬかなんて分からないですから、どうせなら死ぬときくらいは笑顔でいたいです。

「喜んでもらえてよかった。私はいいから、お腹いっぱい食べたまえ」

そういうと、主様は私に食事を勧めてくれました。

こんなに人が良さそうな吸血鬼が世界征服を目論んでいるのだから考えるだけでぞっとします。

主様は食事を続けている私をしばらく見つめていました。

どうやら主様にとってはこの食事は満足のいくものではなかったようです。

私は主様が食事を残す事を良く思わない事を思い出して、遠慮なく食事を全部平らげようと努め

ました。

そして食事をほとんど食べ終えた所で主様が再び私に話しかけてきました。

「フィーリア、私はずっと地下の部屋で育ってきたから実はかなりの世間知らずなんだ。色々と聞いてもいいか？」

そういえば、主様は一日中、前主様に稽古をつけられていたので、地下の隠し部屋からほとんど出してもらえなかったと聞いたことがあります。

もしかしたら、前の主様は娘の前では父としての優しい顔しかみせていなかったのかもしれません。

「はっ、はい！　なんなりとお聞きください！」

「私のお父上様はどんな人だったんだ？」

やはり、前主様は今の主様の中でも謎を多く残したまま死んでしまったようです。

だとしたら、目の前の主様はその残虐的な性質を受け継いでいない可能性がある……と考えるのは少し楽観的でしょうか……。

とにかく私は質問にお答えしました。

「はい、前王、ヴラド＝ツェペシュ様ですね。とにかく、吸血鬼の中でも桁違いに強いお方でした。そしてその右腕から繰り出される攻撃は滅殺の槍と呼ばれていて、恐ろしい破壊力であったと……」

私は前主様が妖精の国に従属するように脅しをかけに来た時に妖精王のそばで直接ヴラド様の妖気を感じてしまっていたので、いやというほどにその強さが分かっていました。

その時は、意識を保つ事で精一杯でした。

そして、何とか意識を保つ事が出来た私達兵士達が、国を守る為にここで働く事を志願したのです。

「ヴラド様の爪は鉄をも引き裂き、その翼は烏天狗族に匹敵するほどの高速飛行を可能にさせ、周辺の国々を恐怖に落とし入れ、北のドラゴン族達ですら一目おいていたようです。……といっても陛下にとってはどれも驚くようなことではないですよね……」

どれも私が聞いた話でしかありませんが、話している途中で私は、私よりも幼いであろう目の前の少女にも同じ事が出来るかもしれない事に気が付き、苦笑いをしました。

「沢山種族があるんだな、私は昔の人間族くらいしか知らなかったよ」

しかし陛下は『種族』のことすらよく分かっておられないようでした。

「古代人間族ですか？　確か、ずっと昔にこの世界を支配していた種族ですよね。同種族間で争いあって滅んだと聞いております」

「地下に資料が沢山残っていてね、実はそれらを研究するのが私の趣味なんだ」

陛下は読書が趣味のようでした、道理で落ち着いているわけです。

吸血鬼と言ったら、何でも力でねじ伏せる種族だと思っていたので意外でした。

「それは、凄いですね。古代人間達の書物は世界を滅ぼす物として禁書扱いされている上に、そもそも謎の言語で書かれている為に読もうとする者なんてまずいませんから」

私がそう言うと、陛下の目の色が一瞬変わった気がしました。

私は何か地雷を踏みかけていたのかも知れません。

そして、陛下がテーブルのパンに手を伸ばしました。

陛下もやはり少しはお腹が減っていたのでしょう。

しかし、私はそのパンにぶら下がった物を見て驚愕しました。

私のペットのネズミがパンに齧《かじ》りついていたのです。

もはや陛下でなくとも激怒してもおかしくない粗相でした。

「ひぃぃ！」

私は悲鳴をあげると、ネズミを抱きかかえて、土下座をしました。

「どうかお許し下さい、どうかご慈悲を……」

せめて、このネズミだけでも見逃してもらおうと思ったのです。

私はこの部屋に入った瞬間から半ば、死を覚悟していたようなものです。

しかし、このネズミは私の失態です。

愚かにも食事を提供することで頭がいっぱいになり、ネズミをポケットに入れたままにしていた私の落ち度です。

死ぬなら私だけでいい。

しかし、陛下は全く気にしていない様子でした。

「フィーリアのネズミか？」

「はい！　申し訳ございません！　ポケットに入れていたのですが！」

「かまわん、パンはネズミにやろうか。ネズミは何という名前なんだ？」

なんと、陛下は簡単に私を許し、ネズミに興味を持ってくれました。

「ア、アレイスターと名付けました！」

私はそこでやっと理解しました。

陛下はきっと『優しい人』です。

「実は私も動物を飼っていてな、まだ名前がないんだ。よかったら付けてやってくれないか」

「わ、私なんかでよろしければ……何の動物でしょうか？」

「私のもネズミだ。残飯を漁っては、ビクビクと怯えながら今日まで生きてきた。可愛くはないんだが、どうにも愛着がわいてしまってな。手放すことができん」

しかもなんと、私と同じくネズミを飼っていました。

小動物を愛する心を持っているのかもしれません。

私は今まで、陛下を極端に恐れていた自分を恥じました。

確かに父親は残忍だったかもしれません。宣言をした通り、世界征服を目論んでいるのかもしれません。

しかし、私は陛下その人を今日初めて見たのです。

私は会う事もなく、偏見で相手の人柄を決めてしまっていたのです。

思えば、私はこの部屋に入ってから主様に嫌悪を感じる事は一切ありませんでした。

それに、ネズミが好きな人に悪い人はきっといません。

私は真剣に名前を考えました。

「『リブ』という名前はどうでしょう」

「ふむ、ずいぶんシンプルだな」

「はい、これは妖精語で『生きる』という意味です。弱いながらも必死に生きている、生きてほしいという気持ちから思い浮かびました」

「なるほど、良い名前だ。いただくよ」

「ご期待に応えることができたなら幸いです」

陛下も満足していただけたようでした。

いつか陛下のペットである『リブ』を見せていただきたいものです。

話が終わったところでふたたび、ノックが聞こえました。

私は急いで、立ち上がり直立します。

妖精が主様と食事を同席していたなんて不敬罪で処刑されてしまうかもしれません。

主様は優しいかも知れませんが、幹部達は違うのです。

幹部で唯一妖精に優しいのはきっとフリッツ様だけです。

「陛下、ペトラです。お食事はお済みですか？」

「済んだぞ、入れ」

「失礼します」

ペトラ様は部屋に入ると、私に命じました。

「食器を下げろ」

「はっ、はい！　すぐに！」

私は急いで食器をカートに積みはじめました。

「陛下、皆が広間の円卓に集まっております。ご準備はお済ですか？」

広間で会議をするらしいです。

王の御目通しも兼ねているのであろうその集まりに、私はしかし、食器の片付けがあるので参加することが出来ませんでした。

「大丈夫だ。行こう。フィーリア、かたづけは頼んだぞ」

「はっ、はい！」

やはり、主様は良いお方です、少なくとも私の目にはそう映りました。

こんなしがない一人の妖精の名前を憶えて下さっているのですから。


……それから二日後、私は地下の廊下を掃除していました。

主様の顔合わせを兼ねた会議でハプニングがあったらしく、メイド妖精の何人かが動けなくなってしまっていたので私は仕事に追われていたのです。

妖精は臆病なので、精神的に衝撃を受けると動けなくなってしまう事があるのです。

あらかた掃除も終わり、廊下を歩いていると見慣れない赤髪の少女が心配そうに廊下をうろうろと歩いていました。

新しくメイドとして補充された妖精が、仕事も分からずに道に迷ってしまったのでしょうか？

メイド服すら着ていません。

「あなたは誰？　見ない顔だけど」

新入りの妖精だと見当をつけた私は話しかけました。

私に声をかけられた少女はビクリと体を震わせた後に、妖精の私を見るとホッとしたように体の力を抜きました。

やはり来たばかりで吸血鬼を恐れているようです。

ですが心配しなくても吸血鬼が地下に来ることはほとんどありません。

しかし、メイド服くらいは着ていないとペトラ様の機嫌を損ねる可能性があるので危険です。

ペトラ様は怒るだけで酷い事はしませんが、同じ吸血鬼なので、もし主様の命令があればためらいなく妖精を殺すでしょう。

赤髪の少女は取り繕うように口を開きました。

「私はレイチェルよ。二日前からリブの下で働く事になったの」

『リブ』……私が主様の飼っているネズミに付けた名前です。

ということは彼女は『主様のペットのお世話係』でしょうか。

「そう、レイチェルね。私はフィーリアよ。ところであなた、服はどうかしたの？」

私は先輩としてレイチェルにメイド服を着るように促さなければなりません。

この子の命を守る為に。

「あら、糸がほつれているわね。ありがとう、気が付かなかったわ」

しかし会話がかみ合いませんでした。

私が再びメイド服を着用するように言おうとしたその時、廊下に何かが倒れるような音がしました。

するとレイチェルは凄い速度で音がした方へと向かいます。

私が追いつくと、なんと主様が廊下に倒れていました。

レイチェルはその横で涙目でパニックになっています。

(何で地下の廊下なんかに主様が……？)

私は何か事件性があるのでは？　と身構えましたが、主様から可愛らしい寝息が聞こえてきたので胸をなで下ろしました。

「レイチェル、安心して。眠っているだけよ。恐らく睡眠不足だわ」

どんなに強い妖怪でも睡眠は必要です。

しかし、なんと無防備なのでしょうか……。

確かにこの城に主様に敵う者はいませんが、見た目が幼い少女なので少し心配になってしまいます。

私が落ち着いてレイチェルに言い聞かせると、レイチェルもホッとしたようで恥ずかしそうに咳払いをして自らを取り繕いました。

「とりあえず、主様のベッドまでお運びしましょう。足を持ってくれる？」

私がそう言うとレイチェルは顔を真っ赤にして再びうろたえました。

「あ、足なんて無理！　頭っ！　頭と肩を持たせて頂戴！　それが限界だわ！」

頭の方が重いのでは？　と思いましたが本人が強く希望するので頭を持ってもらいました。

しかし、主様は見た目通り軽かったので非力な妖精族二人でも何とか運べそうです。

運びながら私はレイチェルに質問しました。

「レイチェルは主様をどう思っているの？」

普通、妖精であるならば吸血鬼は敵のはずです。

それにもかかわらずさっきレイチェルは主様を本気で心配していました。

レイチェルもどこかで主様と接してみて、主様が善い人だと思ったのかもしれません。

「前の王は最低だったわ。でも今の王は最高よ、私を救ってくれたわ。フィーリアはどう思っているの？」

レイチェルの答えに私は少し得心がいきました。

やはり彼女は優しい王だと思います。

今はまだ世間知らずなだけかもしれないですが……。

「私は……まだ分からないわ。でも悪い人ではないと思う。世界征服なんてするようには見えないわ」

後輩であるレイチェルにそう答えると、レイチェルは「そうよね……」と一言だけ呟きました。

私達は主様の部屋の扉を開けて、無事に主様をベッドに寝かせる事に成功しました。

レイチェルは運び終えるとすぐに、

「ベッドは流石にヤバイわ！　フィーリア！　後はよろしくね！」

と言ってどっかに行ってしまいました。

最後までよく分からない子でした。

メイド服を着るよう言いつけるのも忘れていました。

眠っている主様に布団をかけると、私は初めて主様の顔をしっかり見る事ができました。

お食事をお運びして、一緒にお食事をした際は怖くてあまりみることが出来なかったのです。

主様は私よりも少し身長が低く、寝顔を見ているとまるで自分の妹を見ているように愛おしく、護ってあげたくなります。

まぁ、もちろん現実には護るなんておこがましいにもほどがありますが……。

主様はおいくつなのでしょうか？

吸血鬼の寿命は九百年程度、主様はまだ数十年しか生きていないように見えます。

「私の方がお姉さんだといいな……」

そんなことをつぶやきながら私は無意識に主様の長くて綺麗な髪を手で梳《す》いていました。

しかし私はすぐに我に返り、眠ったままの主様に「失礼いたしました！」と頭を深く下げて部屋を出ていきました。


バレちゃった……？


目を覚ますと、私は自室のベッドで寝ていた。

薬作りで疲れて、廊下で寝てしまった私を誰かが運んでくれたのだろう。

窓から空を見ると日が昇りきろうとしていた。
人間達に投薬した薬は一応即効性だ、そろそろ効き始めている頃だろうか？
念話を使ってペトラに呼びかけ、聞いてみる。
《ペトラ、私だ》
《これは陛下、お目覚めですか？　すぐ、お部屋に向かいます》
頭の中での会話も何となく慣れてきた。
《湯浴みをするからゆっくりでいいぞ》
薬を作っていたからといって二日間もお風呂入らなかったのは流石に女性としてマズい。
念入りに体を洗おう。
《今回もメイドは向かわせなくてよろしいのですか？》
《結構だ》
王様というのはやっぱり部下に体を洗わせるものなのだろうか。
そういえば、古代人間族の一部の地域ではお互いに背中を洗い合う事によって信頼関係を築く文化があったと書物で読んだことがある。
私もいずれはやってみたいが、まだ恥ずかしいし、メイド達も私にビクビクしているからもうちょっと仲良くなってからが良いだろう。
そんなお得意の妄想をしながら私は部屋に付いている専用のバスルームへと向かった。

ドレスに着替えて、バスルームから出ると、ペトラが部屋の端で立ったまま私を待っていた。

「楽にしていいぞ」

「失礼します」

私が座るように促すと、部屋の中央のテーブルに向かい合う形で座った。

「さて、先日私が頼んでおいた薬は患者達に与えてくれたか？」

「滞りなく。拒否した者にも無理やり服用させました」

んんっ⁉

インフォームドコンセントが全く守られていない気もするが、人間も我々を信用してくれるか分からないし、命が救われるなら良しとするか。

「それにしても――」

今度はペトラから口を開いた。

「『薬』でしたら陛下自らが御作りにならなくても、拷問用の物が城に残っておりましたのに」

私は再び困惑した。

しかし、私は古代人間達の知識ばかりでこの世界の知識がまだ少ないのだ。

素直に質問していって、一つずつ学んでいくことにした。

「それはどんな薬だ？」

「強さは様々ですが、人間相手ならどれも変わりません。服用すれば、幸せのうちに死ぬことができます」

なるほど、ペトラが言っているのはいわゆる『危ないお薬』の事だ。

恐らく、治療には回復魔法ばかりが使われる為に、体を治療する意味での薬の意味はなくなり、気を狂わせたりする『ドラッグ』という意味での薬が主流になったのだろう。

ということはペトラは私が病気の人々を安楽死させようとしてると思っていることになる。

それってやばくない？

「……ちなみに人々の反応は？」

「陛下の優しいお心遣いに感謝しながら飲む者もいれば、最後まで自分でありたいとゴネる者もいました。まぁ、陛下の指示ですのでもちろん無理やり飲ませましたが」

なにその地獄絵図。

というか、ペトラちゃんも仕事とはいえ無慈悲過ぎるでしょ……。

しかし、結果としては上々だ。

お昼ご飯を食べたら城下町へ、様子を見に行こう。

「今日のお昼の食事は私が作るから、メイドには作らないように言っておいてくれ」

「まっ、また陛下が御作りになるのですか⁉」

「何か問題か？」

「いえっ、至福の極みです！　しかし、陛下は少しお疲れなのでは？」

「私が好きで作るんだ。手間のうちにも入らんさ」

というか、また料理を振る舞えるので正直ウキウキしていた。

食事の用意のために部屋を出ると、少し離れた位置から声がかかった。

「あっ、あら！　奇遇ね！　やっと目を覚ましたのかしら」

十五メートルくらい前方を見やると廊下の先にレイチェルがいた。

なぜかいつもより私と距離をとっている。

「レイチェルか、おはよう」

「……」

返事がもらえない、寂しい。

「レイチェル、まだここにいたのね。今日のお昼は陛下が作って下さるそうよ、良かったわね」

ペトラがレイチェルに親しく話しかける。

この二人は相性が良いようだ。

超羨ましい。

「そっ、そう！　勝手にすれば⁉」

レイチェルはあからさまに嬉しそうな顔をしながらそっぽを向いた。

しかし、これは使える。

レイチェルは少なくとも『私の料理』は気にいっているようだ。

この調子で餌付けしてゆけばゆくゆくはレイチェルの為に毎日料理を作るような関係にまでなれるかもしれない。

（告白かっ！）と心の中でツッコミをいれつつ、私はさらに良い案を思いついた。

「レイチェル、もし良かったら料理を手伝ってくれないか？」

そう、一緒に料理を作る事だ。

共同作業は仲良くなる手段としては上策だろう。

「し、しょうがないわね！」

レイチェルも快諾してくれた。

「ふふっ、楽しみにしております」

ペトラが少しほほえましそうに私達を見守っている。

レイチェルは私と身長が同じくらいなので、姉妹にでも見えているのかもしれない。

いや、中年の私と姉妹に見える訳はないか。

「ところで、レイチェルに襲い掛かって、哀れにも返り討ちにあった吸血鬼達はどうなっている？」

私は、腕っぷしには自信があったらしい吸血鬼達の様子を聞いてみた。

決してバカにしているわけではない。

「あの、少女一人に対して全員で襲い掛かって、みじめにも返り討ちにあった吸血鬼達なら先ほど、全員の包帯がとれたところです」

あれ？　ペトラさんもやっぱり彼らが嫌いなの？

「じゃあ、彼らの分も作ろうか」

「円卓に集まるように伝えておきます」

私がそう言うと、レイチェルが「あ〜あ、もったいない」と呟いた。

彼らが少しかわいそうになってきた。


レイチェルと共に調理場に着くと、私は今日の料理を発表した。

「今日は炒飯を作るぞ」

「チャーハン？　何でもいいわ、美味しいんでしょ？」

美味しいだけではない、簡単なのだ。

レイチェルの花嫁修業にも役立つかもしれない。

材料は、ご飯、卵、長ネギ、生姜、ニンニク……ニンニク⁉

今更だが、吸血鬼はニンニク大丈夫なのだろうか？

いや、私が大丈夫だから大丈夫なんだろうけど。

「レイチェル、ニンニクは食べられるか？」

「あんたの料理なら何でも食べられるわ」

いや、そういう話じゃないんですけど……。

でもニンニクの匂いが苦手ということは人間でもよくある事だ。

恐らく鼻がよくきく吸血鬼は特に嫌がるというだけだろう。

だがきっと料理にしてしまえば問題ないはずだ。

「さて、まずは火をおこさないとな」

私が地下室の部屋まで火おこしの道具を取りに行こうとすると——

「あら、火なんか魔法でつければいいじゃない」

と言い、レイチェルは手のひらからかまどに火を放った。

私が驚いてその様子を見ていると、レイチェルは訝《いぶか》しんだ目で私の事を見た。

「まさか……この程度の魔法も使えないの？」

ギクッ！　っと思わず口に出してしまいそうなほど動揺した。

私の弱さがばれてしまったら今ここで殺されかねないので何とか取り繕——

「もしかして……あんた、すごく弱い？」


終わった。


私の国王としての第二の人生はこんなにも早く、終わってしまった。

私は偽称罪で処刑されるか、王座を狙う誰かにいともたやすく殺されてしまうだろう。

というか、今レイチェルに殺されるかもしれない。

「火！　消えちゃうわよ！　早く薪《まき》をくべないと！」

「あっ、あぁ。そうだな！」

レイチェルに促されて私は薪をくべた。

「別に驚かないわよ。そうじゃないかと思ってたし」

レイチェルは静かにそう言った。

何故かレイチェルにはバレていたらしい。

大して関心がなさそうにレイチェルは言葉を続けた。

「ねぇ、あんた何でこんな国の王様になったの？」

レイチェルのこの質問は私に自身の在り方を問い直させる物であった。

なぜ私は王なったのか。

最初は、わけも分からず、不幸な偶然も手伝って王に据えられていた。

しかし円卓に集まった時に私はその役目を放棄する事もできたのだ。

王になってから、これまで一人で孤独に生きてきた私に初めて人との関わりができた。

そして私はそれを手放したくないと無意識のうちに失う事を恐れていたのだろう。

つまり私がこの国の王でいることは単なる私のワガママだ。

しかし……。

私が答えられずにいると、レイチェルはゆっくりと優しい声で私に話しかけた。

「ねぇ、もしよかったらこのまま二人で遠くに――」

「私はっ――！」

ようやく苦し紛れの答えを絞り出した私はレイチェルの言葉をさえぎって、先の質問に答えた。

「私は、人間が好きだ。吸血鬼も好きだし、妖精も好きだ……誰にも……悲しんでほしくない」

心の叫びだった。

ようやく私は自分の言葉で話す事が出来た気がした。

「私は……私が王であるうちは、みんなには少しでも多く幸せを見つけてもらいたいんだ」

私の本音だった。

少なくとも私は前王である父を知っている。

ためらいもなくメイドを殺すようなとんでもない奴だった。

そんな奴がこの国を支配していたんだ、みんながおかしくなるのも当然だ。

「……そう」

レイチェルは少し残念そうに、しかしどこか嬉しそうに呟くと、私に向き直った。

「で？　私は何をすればいいの？」

「へ？」

「作るんでしょ？　チャーハン」

レイチェルは長ネギの先端を突き付けて私に聞いてきた。

冷静になると私はかなり恥ずかしい事を言っていた気がする。

しかし、ベッドに顔を埋めてバタバタするのは後回しだ、今は料理を完成させなければ。

「そ……そうだなっ！　まずはご飯を炊こう、少し硬めに炊けるように火にかけたら、食材を切ってくれ」

レイチェルも手際が良く、しっかりとこちらの指示に従ってくれた。

私が近づき過ぎると怒られたが……。

「あと、言っておくけど」

私がフライパンでご飯を炒めていると、レイチェルがそれを遠くから眺めながら話しかけてきた。

「あんたが弱いって事は秘密にしておいた方がいいわ。バレたら、あの馬鹿な吸血鬼達の誰かに殺されて、王座をめぐっての殺し合いが始まるわ」

レイチェルは私が弱い事を黙っていてくれるらしい。

しかし分かってはいたが、いざ言葉にされるととんでもなく怖い。

私が弱い事はバレてしまわないように気をつけよう。

「あと、火の魔法くらいは使えないと不便でしょ。私が教えてあげるから、時間があったら私の部屋に来なさい」

レイチェル、何ていい子なんだ。

フライパンを持っていなかったら、思わず抱き着いて私の全力を持って感謝していただろうが、きっとさらに嫌われるに違いないのでやはりやらなくてよかった。

「ありがとう、是非お願いするよ」

感謝の言葉を伝えると、料理もちょうど全員分出来たのでお皿に盛りつけた。

完成した料理はペトラに頼んで、メイド妖精達に後から運んでもらうように手配した。

円卓ではちょうど、十一人の吸血鬼達が集まった所だった。

しかし、たった一人の生意気な少女にやられてしまった吸血鬼達は見るからにフラストレーションが溜まっており、妖精メイド達は自分達にその矛先が向いてしまうのではないかと怯えていた。

料理よりも先に私とレイチェルが広間に着くと、吸血鬼達は立ち上がり、私に敬礼した。

そして名も知らぬ男性の吸血鬼が近づいてきた。

「いやはや、流石は陛下様であります。何でも、私達が少し油断をし、気絶している間にこの少女を倒してしまったとか。おや？　こいつに枷は付けなくても大丈夫なのですか？」

「レイチェルだ、我々と一緒にここで住む事になった。ほらレイチェル、自己紹介だ」

私がそういうと、吸血鬼達は顔を引きつらせた。

当然だろう、自分達をこんな目に遭わせた相手だ。

「ふんっ！　私だって油断さえしなければこんな雑魚《ざこ》になんて負けなかったわよ！」

ちょっと、レイチェルさんっ⁉

さっき秘密にしようって話したばかりじゃないですか⁉

私が内心冷や汗を流していると、丁度よくメイドが私の作った料理を運んできた。

冷めないように、ちゃんとフタもしている。

「と、とりあえず食事にしよう！」

私は慌てて、そう言うと席に着いた。

レイチェルはわざわざ私から離れた席に着く。

（いつもの事だけどやっぱり傷つくわぁ……）

「陛下と共に食事をとれるなんて光栄です！」

顔がまだ少し歪んでいる名も知らぬ吸血鬼がそう言うと、みんなはフタを開けた。

しかし、吸血鬼達はフタを開けるとみなそれぞれに顔を歪ませた（元々歪んでるけど）。

皿の上にのっていたのは米に端肉や野菜のクズが混ぜ込まれたような、彼らにとっては残飯にしか見えない物だったからだ。

「おい！　何だこの妖精の餌は⁉　これが陛下にお出しする物か⁉」

「何たる無礼だ！　すぐに代わりの料理を用意しろ！」

吸血鬼達が口々に怒声を飛ばしたが、この料理を作ったのは私だ。

そういえば、この国では米は人間や妖精などが飢えをしのぐ為に食べる物だったたか。

美味しいのに……チャーハン。

レイチェルとペトラはため息をついていたが、フリッツは気が付いたようだった。

「もしや、これは陛下がお作りになられたのでは？」

その発言に広間が凍り付く。

「その、口に合うと良いのだが……」

私が少し恥ずかしそうに言うと、吸血鬼達は理解したのか、明らかに焦りだした。

「陛下はお料理もされるのですか！　何と多芸な！」

「失礼いたしました。どうやら私の目が曇っていたようでございます」

小悪党もドン引きの掌返しを見せると、全員は恐る恐る口をつけはじめた。

ちなみにレイチェルはすでに自分のお皿の半分くらいを食べ終えていた。

「「…………」」

沈黙であった。

吸血鬼達はチャーハンを口に入れると、フリーズした。

私は口に合わなかったか？　と少しドキドキしていたが、フリッツがその沈黙を破った。

「陛下、美味いです」

まるで言葉を探すのを諦めたかのような顔でそれだけ言うと、フリッツは満面の笑みを浮かべた。

すると、次々に他の吸血鬼達も素直な感想を言いだした。

「なんだ、これは。こんなに美味しい物は食べた事がない」

「これは本当に米か？　何と言う力強い味わいだ」

私は一安心した。

「ふふっ、米も侮《あなど》れないだろう？　人間族や妖精も同じだ、要は我々の接し方次第ということだな」

何かそれっぽい事を言うと、私も食事をとる事にした。

「いただきます」

古代の人間族にならって私が手を合わせていると、ペトラが尋ねてきた。

「陛下のその祈りは何なのでしょうか？」

「古代人間族の食事の前の作法でな。米を作ってくれた人とか、卵を産んでくれた鶏などに感謝をしていいるんだ」

「なぜ感謝をするのです？　当然の事でしょう？」

やはり、吸血鬼達には搾取して当然という考え方があるようだ。

そこで、私は少しズルい方法でこの『いただきます』を使わせる事にした。

「因みにこの祈りは、料理を作ってくれた人に対して感謝する意味もある」

「なるほど、確かに毎回色んな言葉を並べ立てて感謝するのではお互いに疲れてしまいますね。では陛下、『いただきます』」

ペトラがそう言うと、吸血鬼達全員が口々に『いただきます』と言い出した。

これで副次的に人間達にも感謝してくれると嬉しいのだが……。

ちなみにレイチェルも小声でいただきますと言っているのを私は聞き逃さなかった。

心地の良い感情

食事を終えると、私はペトラとフリッツ達を連れて城下町の人々の様子を見に行くつもりだった。

しかし、その前にやりたい事があったので、私は一度みなを解散させた。

『やりたい事』とは、妖精のフィーリアに私の食事を振る舞うことだ。

フィーリアは私の友達（断言）なのでチャーハンもちゃんとフィーリアの分を作っておいたのだ。

広間を出て、近くで掃除をしていた妖精メイドにフィーリアの居場所を尋ねてみる。

「フィーリアという、妖精はどこにいるか知らないか？」

「あ、主様っ⁉　フィーリアですね！　す、すぐに探してきますっ！」

妖精メイドはそう言うと、掃除用具を置いて、慌てて探しに行ってくれた。

私は掃除の邪魔をしてしまった事が心苦しかったので、置いていった掃除用具を借りて掃除を手伝う事にした。

ドレスを着たままだけど。

私がゴミを掃いていると、先ほどの妖精がフィーリアを連れて戻ってきた。

何故か、フィーリアの後ろで小さく両手を合わせて祈りながら。

「フィーリアです。主様、お呼びでしょうか」

フィーリアは私の前でひざまずいた。

いや、そんな他人行儀な。

まぁでも、私は王様だし、他の妖精の目がある中ではこれが当然なのだろう。

すると先ほどのメイドが私が掃除をしていた事に気が付き、慌てて私に駆け寄った。

「お、お掃除は私達がやりますので！　主様は御くつろぎ下さい！」

「なに、私も掃除は好きなんだ気にするな。やはり『城の中のゴミはこまめに捨てないと』な」

私がそう言って笑いかけると、そのメイドは絶望的な顔をした。

「フィーリアは！　とても良い子なんです！　どうか、お手柔らかにお願いいたします！」

私に土下座をすると彼女は必死で懇願した。

「サンディ、私なら平気よ……。失礼いたしました、どうか彼女はお許し下さい」

「う、うん」

何か、今生の別れみたいになっているが、私はフィーリアにチャーハンを食べてもらいたいだけだ。

思わず、威厳も何もないような返事をしてしまった。

◇フィーリア視点◇

私が自分の分の食事の支給をいただこうと一階のメイド用の食堂に向かっていると、同僚のサンディが血相を変えて私の下へと駆けてきました。

「フィーリア！　あなた、主様に何か粗相でもしたの⁉」

話を聞いてみるとどうやら主様が私を呼び出しているようです。

吸血鬼の王がわざわざ一介の妖精を指名して呼び出すなんて事はまずありません。

あるとしたら、罰を与えるためです。

服の仕立てが気にいらないから、作った者を殺す為に呼び出したりすることなどが前の主様はありました。

そのため、サンディはこんなにも慌てているのでしょう。

私は何か粗相をしてしまったのでしょうか？

少し考えると昨日、主様をベッドまでお運びした事を思いだしました。

私は、主様をベッドに寝かせた後に、寝ている主様を見て故郷に置いてきた妹を思い出し、しばらくの間眠っている主様の髪を手で梳いていたのです。

確かにとんでもない粗相ですが、主様は眠っていたはず……。

私がその事を言うと、サンディはため息をつきました。

「妖力や魔力が高いと寝ていても自分の周りで起こる事はある程度把握出来るの。でないと王といえど配下に寝首をかかれてしまうわ。フィーリア、あなたがしてしまった事も主様は気がついておられるわ……」

私は凍りつきました。

しかも私は「自分の方が年上だったら良い」なんてことまで呟いていたのです。

本来ならば殺されてしまうでしょう。

しかし私には最後の希望がありました。

主様が『実は優しい方』かもしれないという希望です。

私はそれをサンディに言ってみました。

「はぁ、フィーリアは知らないのね……。主様は『薬』を作っておられたの。主様が変わってからはまだ妖精は殺されていないけれど、もしかしたら死ぬことさえ出来ずに苦しむ薬の実験台にされる可能性があるわ」

私は再び衝撃を受けました。

『薬』といえば精神を狂わせて、正気を失わせたり、廃人にしてしまう最悪な物体です。

あの優しそうな主様がそんなものを作っているなんて信じられません。

しかしサンディは続けます。

「主様は地下に存在する隠し部屋の研究室で『薬』を製造していたらしいわ。フィーリアが寝ている主様を発見したのも地下の廊下でしょ？　きっと都合の良い『薬』の実験台を探す為にあえて廊下で寝ていたのね。一応、妖精国との取り決めで理由がなく私達を虐《しいた》げることは出来ない事になっているから……」

私は頭の中でパズルが解けるように、納得がいってしまいました。

死ぬまで『薬』の実験台にするなんて殺すよりもはるかに非道な行いです。

投薬されたらどんなに誇り高い人でも獣のように意味不明な唸り声をあげながら四つん這いでよだれを垂れ流し、這い回る生物に成り下がります（噂ですが）。

相応の理由を作る為に私を油断させて、投薬に足る不始末な行いを誘発させていたのだとするなら納得がいきます。

私は裏切られた気持ちでした。

投薬されるくらいなら今すぐここで死ぬ方が百倍マシです。

しかし、私が死ぬと代わりに他の妖精が投薬されることになるでしょう。

やはり私が犠牲になるしかありません。

生き物としての尊厳を捨てる覚悟を決めると私は主様のもとへと向かいました。

私とフィーリアは調理場に立ち寄り、保温の為にフタをしたままの皿を持って私の部屋へと向かった。

◇

フィーリアを私の向かいに座らせると、私はフィーリアの前にフタをしたままの皿を置いた。

皿が置かれる音にビクリと体を震わせたフィーリアだったが、すぐに覚悟を決めたような眼差しで私を見つめた。

「そんなに緊張しないでくれ。リラックスしないと（食事を）楽しめないだろ？」

「覚悟は出来ています、ですが！　心まで屈する気はありません！」

これは、つまり、「簡単には美味いとは言わないよ！」という事だろうか。

フィーリアは意外とグルメなのかもしれない。

料理は軽く温めなおしたが冷める前に食べてもらおう。

私がフタを開けると、フィーリアは目の前に現れたチャーハンに困惑の表情を浮かべた。

「さぁ、召し上がれ」

私がこう言うと、フィーリアはしばらく難しい顔をして考え込んだ。

「このお料理に入っているんですね……」

フィーリアはそんなことを呟いた。

やはり美食家として私の料理から何かを感じ取っているのだろうか。

そして、しばらくすると決意を固めたように力強く目を見開き、チャーハンを口に運んだ。

「うっ！　ううっ！」

フィーリアはなんと泣き出してしまった。

「美味しいですぅ！　すごく、すごく美味しいですぅ！」

なんと、泣くほど美味しかったのか。

泣きながらフィーリアが食べ終えると、私は本題に入った。

「さて、フィーリア。君にお願いがある」

「私の体はもう主様の物です。お好きにしてください」

何故かフィーリアは目の輝きが消えて、どこか遠くを見ていた。

「ふふっ」

フィーリアの百面相に私は思わず笑ってしまっていた。

他の妖精もフィーリアのように感情豊かな面白い子たちなのだろうか。

「お願いというのは、部屋で二人だけの時は敬語を使わないで欲しいということだ」

そう、私はもっと仲良くなる為の作戦として、『敬語の禁止』を思い付いたのだった。

親しき仲にも礼儀ありというが、フィーリアなら問題ないだろう。

「はい……ってそれは駄目です！　無理です！　不可能です！」

やはりフィーリアは難色を示したが、何度も会う内にきっと徐々に慣れていってくれるはずだ。

「まぁ、少しずつでいいよ、もう少し話をしたいけど今日はこの後予定があるんだ。また一緒に話そう」

私は早速、くだけた口調で話すと、フィーリアの食べ終えた食器を持ち上げた。

「ちょっ、ちょっと！　何で主様が片付けようとしてるんですか⁉」

するとフィーリアもつられて素の口調が少し出たようだった。

しかし、まだ敬語は抜けていない。

私がニヤニヤしながらフィーリアを見ていると、フィーリアは自身の失態に気がつき、慌てて訂正した。

「す、すみません！　食器は私が片付けますので、陛下はどうか御くつろぎ下さい」

また、ペコペコしながらいつもの敬語に戻ってしまっていた。

でも土下座じゃなくなっただけましだ。

仕方がないので食器の片付けも今回は譲り、私はペトラ、フリッツ、レイチェルと共に城下町に様子を見るため出発した。

◇

またレイチェルからマスクを貰い、服を地味な物へと着替えて城の外へと出た。

外へ出る際はこのように変装している。

まだ顔は知られていないが、不要なリスクは避けるべきだろう。

門を開いて外へ出ると……なんと百人位の人々が城門の前に集まっていた。

謀反を危惧したレイチェルは即座に私の前に回り込んだ。

私は弱すぎて人間にすら殺されかねない事を知っていたからだ。

しかし人々は一斉に私達に、というよりペトラに向けて頭を下げた。

「病気の者達を救っていただいてありがとうございますっ！」

ボロボロの服を身に纏った人々は口々に感謝の言葉を述べた。

見れば小さな子供から老人までいる。

みな、感謝をするためにいつ出てくるか分からない私達をずっと城の外で待っていたのだろう。

ペトラは無表情だが困惑していた。

いつもは食料である年貢の取り立ての為に町に降りてきているだけなので、憎まれこそすれ、感謝された事は一度もないからかもしれない。

特に涙を流しながら感謝されるなど人生で初めての経験だったのだろう。

「それで、患者達は良くなったのか？」

この有様を見ればだいたい予想はつくが、私は一応確認をとる。

「はい、薬を飲んだ者の多くが助かりました。ペトラ様が病人全員に間違いなく薬剤を飲ませてくださったおかげです」

ようやく合点がいったペトラが慌てた様子で訂正を促す。

「私はそんなつもりではっ――」

「ペトラ！」

しかし、私はそれをさせない。

「たとえ勘違いだろうと感謝させておけ。食料もその方が取り立てやすいだろう」

ペトラは合理的に物事を考える性格だと思う。

だから私もペトラの考え方に合わせてペトラを小声で説得した。

「……かしこまりました」

それに私では吸血鬼を信じていない者達全員に薬を飲ませる事なんて出来なかった。

結果としてペトラの強引な手法が人々の命を救ったのだ。

涙ながらに何度も頭を下げる人々に対して、ペトラは平静を取り戻そうとしたが人々の激情の波に気圧されたのか、言葉を失ったまま、まるで何かを思い出すかのようにただ人びとの喜ぶ様子を眺めていた。

フリッツはというと……人々に感化されたのか大泣きしていた。

「ちくしょう、何だこれ……」

とめどなく出てくる涙とひたすら格闘している様子で呟く。

フリッツは今まであの上辺だけを取り繕って生きている吸血鬼達と城の中で生活してきたのだ。

こうやってむき出しの感情に触れる機会もそんなに無かったのだろう。

——と考察をしている私も泣いていた。

上手くは言えないが、人が助かって、それを喜ぶ姿は例え自分とは関わりがなくとも感動してしまう。

人間達の心からの言葉が、表情が、喜びが、理屈抜きに私達の涙腺を揺らすのだ。

少し遠くでまた人間達の歓声が上がる。

病魔から逃れる事が出来た誰かが家族と再会でもしているのだろうか。

でもきっと嫌な感情ではないはずだ。

ペトラもフリッツも少しは人間を好きになってくれると嬉しいんだが……。

レイチェルは私の前にいたので様子は確認は出来なかったが、体が小刻みに震えているような気がした。


薬の効果を確認出来たので城に戻ると、目を真っ赤にしたレイチェルが再び私からマスクを奪い取りながら言った。

「あんたが話してた事、少し分かった気がするわ」

恐らく、私がレイチェルに「人間が好き」と言ったことだろう。

人間族は弱いからこそ協力し、助け合う。だからこそ互いを愛おしく想うものだ。

――そしてもちろん私もめちゃくちゃ弱いので、存分に愛して欲しい。

高度な心理戦

多くの人々を救う事が出来たその日の夜。

私は自分の部屋の机で詩を書いていた。

誰に見せるわけでもなく、自分が満足するためだ。

むしろ見られたら恥ずかしくて死ぬ自信がある。

そんなプライベートタイムを楽しんでいると、私の敏感な肌は部屋の空気の流れが微妙に変わった事を感じ取った。

まるで真後ろに誰かが来たような……。

「何だ？」

私が振り向くと、綺麗なドレスを着た、宝石の様なオレンジ色の髪の女性が社交的な笑みを浮かべて私を見ていた。

「こんばんは、吸血鬼の王」

彼女は私を見据えたままそう言った。

何て事のない挨拶である。

しかし、私は怒っていた。

だれだか知らないが、ノックもなしに人の部屋に入るなんて非常識も甚《はなは》だしい。もし部屋の中の人が、見られたら永久に黒歴史として人生を蝕《むしば》まれるような恥ずかしい自作ポエムでも書いていたらどうするんだ！　それ、私だっ!!

「おや？　レディの部屋に入るのにノックもなしか？」

しかし私はニヤリと笑いながら、やんわりと怒る事にした。

ここで焦ったりしたらよけい怪しまれてしまう可能性があるからだ。

今、一番避けなければならないのは、私が書いているこの恥ずかしポエムが彼女に見つかり、拡散され、一生表を歩けなくなることだ。

メイド服ではなくドレスを着ているという事は彼女もこの城の吸血鬼だろうか？

「犬小屋を覗く時にわざわざノックはしないでしょう？　私にとって貴方達はただのペットのようなものなのよ？」

……え？　女王様プレイですか？

すみません、私そういうのはまだちょっとついていけないです。

彼女はもしかしたら私のポエムが引き寄せてしまった変態なのかもしれない。

私が好きなのは『ポエム』であって、『エム』ではないんですけどぉぉ!?

とにかく、色んな意味で危険だ、さっさと要件を済ませて帰っていただこう。

「……それで？　こんな満月の晩に何の用だ？」

私の質問に、彼女は笑みを崩さずに答えた。

「私の飼ってる犬の中にどうやら狂犬病にかかってる奴がいるらしくてね。主人として調教しに来たのよ」

やっぱり変態じゃないか。

どうしよう、でも私王様だし、彼女が私の配下なら、王様権限で勘弁してもらえるかもしれない。

その考え方自体がすでに少し調教されている感じがするが、私は彼女の身元を確認する事にした。

「犬だって自分の飼い主が何者なのかくらいは知っても良いだろう？　泥棒と間違えて噛み付いてしまうかもしれない」

自分の事を簡単に犬だって言っちゃうあたり、私はけっこう素質があるのかもしれない。

彼女は右手に持っていた扇子《せんす》を広げると、静かに名乗った。

「私はシスティナ＝ハプスブルク、大陸の西側に住んでいますわ。種族は『貴族』。あなたの前代の吸血鬼の王も昔は暴れてたから私が静かにさせたのよ？」

うわぁ、父親のそんな趣味聞きたくなかったぁ……。

そして次は私を使ってＳＭプレイを楽しもうってわけね。

しかし、私は断固として拒否する！

まだ誰ともお付き合いすらしてないのに、そんな特殊性癖、身につけたくないわ！

「私はリブ＝ツェペシュ。吸血鬼の王だ」

とりあえず、私も自己紹介をする。

礼節は大事だ。

それにしても貴族なんて種族まであるなんて、世界は広いなぁ。

ってあれ？　私の城また侵入されてない？

しかし、ペトラの話では近隣では吸血鬼族にタイマンで敵う種族はいないらしい。

北の少し離れたところには強力なドラゴン族が住んでいるらしいが、彼らは人間に擬態すると角が出てしまうので目の前のオレンジ髪の美女は違う。

という事は少し威嚇すれば帰ってくれるだろう。

「さて、システィナよ。見逃してやるから早く帰れ」

あなたのそのSM趣味は見なかったことにしますから、早く帰って下さい。

というか、私も人のこと言えないくらい、恥ずかしい趣味持ってるし。

今回は痛み分けということで……。

「あら？　吸血鬼風情が吠えるのね？」

それにしてもこんなに綺麗なお姉さんがSM趣味を持ってるなんて……。

あの残忍で冷徹なお父様を調教してたなんて……。

やばい、想像したら笑えてきた。

「ククククッ！　ハッハッハ!!」

「っ!?」

私が笑うと、システィナは今日初めて驚いた顔を見せた。

「あら、私の気当たりをこんなに近くで受けても平気だなんて。前代の吸血鬼の王は気絶こそしなかったものの、チワワみたいに震えちゃってかわいかったわよ」

システィナが何か言っているが、多分ＳＭ用語だ関わらないでおこう。

そして私はハッキリと言っておかなければならない。

「私はお父様とは違う。私は私だ」

そう、私は別にＳＭ趣味とかは無いのだ。

親がそうであるからといって子もそうであると決めつけられたのではたまったものではない。

「……少しあなたを見くびっていたようだわ。本当はその純血を絶やしてやろうかと思ったんだけど、貴方を殺《や》るのは骨が折れそうね」

私の『純潔を絶やす』とか、私を『ヤる』とか……。

もう本当に土下座でも何でもしますから勘弁して下さい。

「今日はもう帰る事にするわ」

彼女がそう言った瞬間、私は自分の貞操を守りきることが出来た喜びで打ち震えていた。

「リブ＝ツェペシュ……だったわね、覚えたわ。あなたはこんな弱い者達しかいない東の地にいるべき妖怪じゃない。待ってるわ」

彼女はそう言い残し、カードのような物をかざすと、一瞬にして姿を消した。

すると直後に部屋の扉が開かれた。

「リブ！　あんた無事!?」

入ってきたのはレイチェルだ。

私が無事かどうか聞いているが、むしろレイチェルが無事ではない。

頭からダラダラと血を流している。

そしてレイチェルは私を見るやいなやヘナヘナとその場で腰を抜かした。

「レイチェル!? 一体何があったの!?」

「私が知りたいわよ! 一体さっきのバカげた妖力は何!?」

◇システィナ視点◇

私は久しぶりに自分の城に戻ると、小間使いを呼んで、状況を報告させた。

そして最後に私は問う。

「東部の国々には異常はないかしら?」

私は大陸の西部に存在する国の主の一人だ。

しかし、私は同時に東部の国々の管理も(勝手に)行っている。

といっても最近は忙しかった為にかなり放置していたが。

「吸血鬼の国の王が死に、娘が相続しました」

「あら」

東の吸血鬼の王はヴラドという名だったはず。

私が目の前で妖力を開放しても、朦朧《もうろう》とした意識のまま一撃を放ってきた奴だったから覚えていた。

東部の国にしては骨のある奴だったが、死んだのか。

「で、その娘はどんな子なの？」

「姿は確認できませんでしたが、就任演説にて、『戦争をし、世界を手に入れる』と」

「あらあらお盛んねぇ」

どうやらまたお灸をすえに行く必要があるらしい。

しかし、吸血鬼の王室はすでに行ったことがあるので私の『能力』を使えば直接行くことができる。

大した手間ではない。

ちょっと行って、力を見せつけて、帰ってくるだけだ。


——そう、思っていた。


「じゃあ、ちょっと躾《しつ》けてくるわね」

私はそう言って『フリーパス』を掲げた。

空間が裂けて、私を呑み込んだ。

「何だ？」

吸血鬼の王室に着くと、即座に少女が私に振り向き、質問を投げかけてきた。

私は表情には出さず、しかし少し驚いた。

何故なら私はこの空間に入る際、音はもちろん、気配も妖力も魔力も完全に断っていたから、振り返りもせずに気づかれるとは思っていなかったのだ。

この少女、意外に侮れないのかもしれない。

「こんばんは、吸血鬼の王」

吸血鬼の王はまだ幼い少女であった。

しかし、見た目が幼いからといってこの世界においては何を決定づける理由にもならない。

現に私がそうだ、『種族特性』で若さを保ち続けているが実際は幾年も生き続けている大妖怪だ。

「おや？　レディの部屋に入るのにノックもなしか？」

少女は私の突然の訪問に取り乱す様子もなく言葉を返した。

なるほど、ヴラドはどうやら私の事は娘には伝えていないらしい。

自分を屈服させた相手の事などなかったことにしたいのが当然か。

「犬小屋を覗く時にわざわざノックはしないでしょう？　私にとって貴方達はただのペットのようなものなのよ？」

挑発をする。

ここで襲い掛かってくる単細胞なら、御しやすいのだが。

「……それで？　こんな月夜の晩に何のようだ？」

しかし彼女は冷静にこちらを探ってきた。

「えぇ、私の飼ってる犬の中にどうやら狂犬病にかかってる奴がいるらしくてね。主人として調教しに来たのよ」

実際、私にとって暴れている吸血鬼なんてそこらの獣とほとんど変わりがない。

彼女の場合、見た目が可愛いから、ちょっと殺処分するのは心が痛むなーくらいの気持ちである。

「犬だって自分の飼い主が何者なのかくらいは知ってても良いだろう？　泥棒と間違えて噛み付いてしまうかもしれない」

意外にもすんなりと彼女は言葉を返してきた。

その言葉には私のことを命を奪いに来た敵とすらみなしていないような余裕さえ感じる。

おかしい、吸血鬼なんて自らの力を過信した、頭に血が上りやすいバカどもしかいなかったはず。

「私はシスティナ＝ハプスブルク、大陸の西側に住んでいますわ。種族は貴族。あなたの前代の吸血鬼の王も暴れてたから私が静かにさせたのよ？」

「私はリブ＝ツェペシュ。吸血鬼の王だ」

私の自己紹介にも特に反応を示すことなく丁寧に自己紹介で返してきた。

彼女はやはり吸血鬼の王としては異質だ。

彼女は今までの出会ったどの吸血鬼よりも落ち着いていて、穏やかな――

「さて、システィナよ。見逃してやるから早く帰れ」

前言撤回だ。

やはり身の程を知らぬ吸血鬼がここまでのA評価に値する受け答えを台無しにしてしまった。

「あら？　吸血鬼風情が吠えるのね？」

私は自分の『妖力』を開放して気当たりをした。

ドラゴン族でさえ、この妖力を感じれば必死に許しを請うだろう。

しかし――

「クククッ！　ハッハッハ!!」

「っ!?」

あろうことか目の前の吸血鬼は私の気当たりを受けて、優雅に笑っていた。

こんな事は実に数百年ぶりだ。

私の気当たりをまるでものともしないというのは、『妖力の事をまるで理解していない妖怪の赤子か人間』、あるいは『私と比肩《ひけん》するほどの力の持ち主』である。

考えるまでもなく、吸血鬼の王であるこの少女は後者だろう。

「あら、私の気当たりをこんなに近くで受けても平気だなんて。前代の吸血鬼の王は気絶こそしなかったものの、チワワみたいに震えちゃってかわいかったわよ」

今回は私の心がわずかに震えていた。

一介の吸血鬼に遅れをとるとは思わないが、しかし、彼女が持っているのは単なる強さだけではない。

現に、大妖怪である私をここまで本気にさせているのだから。

「私はお父様とは違う。私は私だ」

彼女の力強い瞳と言葉に私の心が躍る。

「少しあなたを見くびっていたようだわ。本当はその純血を絶やしてやろうかと思ったんだけど、貴方を殺るのは骨が折れそうね」

今回は私の負けだ。

しかし、彼女という存在を知る事が出来てよかった。

「今日はもう帰る事にするわ」

いつか、この戦乱の世で彼女と戦う日が来るだろう。

出来れば向かい合うのではなく、肩を並べて戦いたいけど……。

「リブ＝ツェペシュ……だったわね、覚えたわ。あなたはこんな弱い者達しかいない東の地にいるべき妖怪じゃない。待ってるわ」

私は思いもよらぬ良い発見に上機嫌で城へと戻った。

◇

「お帰りなさいませシスティナ様。システィナ様を前にして、吸血鬼の王は気絶されませんでしたか？」

小間使いは嘲笑交じりに私に問いかけてきた。

「いいえ、それどころか、私が返り討ちにされちゃったわ」

私がそう言うと小間使いはたいそう驚いた。

「いい？　これからはしばらく『東の』吸血鬼の国の情報を逐一私に報告しなさい！　あの吸血鬼に興味が湧いたわ！」

私の声色に本気を感じ取った小間使いは背筋を伸ばし、「承知しました」と返事をした。

◇

月の綺麗な夜、突然、とんでもないほどに『強大な妖力』が吸血鬼の城を中心として観測された。

妖精の国は王を除く全ての民、兵士が気を当てられ失神し、ドラゴン族の国でさえその多くの者達が混乱し、めちゃくちゃに火を吐き始めたのだ。

そして東部の全ての国が理解した。

『これこそが今代の吸血鬼の王の妖力である』

これが威嚇なのか、それともどこかの愚か者が、彼《か》の吸血鬼の王の怒りを買ったのかはさだかではないが、遠く離れたドラゴンの国にまで影響を及ぼしたのだ。

『妖力』の大きさはそのままその『妖怪の強さ』に直結する。

その実力はもはや疑う余地がなかった。

そして各国は吸血鬼の王の演説を再び想起した。

備えなければならない、何か手を打たなければならない。

なぜなら吸血鬼の王はその力を持って宣言通り他の国を侵略し始めるはずだからだ。

レイチェルの過去《前半戦》

私、レイチェル＝ツェペシュは残忍な吸血鬼の王ヴラド＝ツェペシュの娘である。

いつ、私に物心がついたのかは分からないが、その頃にはすでに私はお父様、ヴラド＝ツェペシュに身も心も屈服していた。

そして『王座を継ぐ者』として毎日お父様から直々に英才教育を受けさせられていた。

私は地下にある自分の部屋に軟禁されていて、外部との接触は着替えや食事を持ってくる専属のメイドだけだった。

お父様は吸血鬼達を『恐怖』によって支配していた。

なのでまだ未熟な私を配下の吸血鬼達に見せない事で私が王になっても侮られないようにしているらしい。

豪華な食事やドレス、ふかふかのベッド、広すぎる程のバスルームは王の娘である私には相応しいもののようだった。

しかし、英才教育という名の戦闘訓練はとても辛い。

吸血鬼達をその実力をもって束ねているお父様と地下の闘技場で一対一で戦うのだ。

私の部屋には地下闘技場が併設されている、もともと控室として使われていた部屋を私の部屋とするためにわざわざこんなに豪華な部屋へと作り変えたらしい。

お父様と私では実力が違い過ぎた。

まるで巨大な槍を持った相手に対してこちらは細身の剣でつばぜり合いをしているような、持っている力の違いを感じた。

訓練は辛かったが、逃げ回ったり、体調の不良を訴えたりすると『お仕置き』されてしまうので、毎日死ぬ気で戦うしかなかった。

生きた心地がしない毎日ではあったが、私には心の支えがあった。

自分のいる地下室まで衣服や食事を運んでくれるメイド妖精の存在だ。

エイミーという名前の彼女と毎日話をするのが楽しみだった。

主の娘とその召使いという立場の違いはあったものの、私達は何とか打ち解けるとお互いに自分達の境遇を慰め合った。

エイミーはまず私にお裁縫《さいほう》を教えてくれた。

戦い以外の事を知らない私を気の毒に思ったのだろう。

エイミーは布を私の部屋に持って来ると、針と糸を出現させ、私にリボンを作ってくれた。

私はエイミーが私の知らない魔法を使って針と糸を出したのだと思っていたが、どうやら魔法とは違う能力らしい。

この『裁縫』の能力はほとんどの妖精が持っているそうだ。

世界中で着られている服を生産しているのは実は妖精族だという話を聞いて私は妖精族を心から

尊敬した。

私が毎日素敵なお洋服を着る事が出来ているのも妖精族のおかげだ。

初めは針と糸をエイミーに持って来てもらって裁縫をしていたが、間もなく私も『裁縫』の能力に目覚めた。

裁縫を続けるうちにこの能力も育ってゆき、糸と針、さらに布まで出現させて裁縫が出来るようになった。

私とエイミーは素敵なドレスや可愛いぬいぐるみを毎日二人で一緒に作った。

初めての女の子らしいお遊びやお話しは日々戦闘の訓練の明け暮れていた私の生活を明るく照らしてくれた。

やがて私はエイミーの為に一人で服を作ってあげられるくらい、裁縫が上達した。

エイミーは私の上達をとても喜んでくれて、私も嬉しかった。

戦闘訓練じゃなくて、毎日お裁縫の練習ならいいのに……。

常々そう思いながらもお父様に連れられて今日も闘技場への扉を開けた。

◇

……ある日の訓練で。

お父様は私の目の前で妖精を殺してみせた。

私に獲物を殺す方法を教える為だ。

連れてこられたもう一人の妖精はそれを見て泣きながら必死に逃げ出した。

お父様が私に命じる。

「殺せ」

私は毎日の訓練でお父様に洗脳されている状態ではあったが、それでも頭と心が拒否反応を起こし、体は動こうとしなかった。

出来るわけがない。

彼女達は立派に生きている。

私なんかよりもずっと偉い、尊敬すべき種族だ。

普段では戦闘訓練に決して持ち出さない私自身の『心』が部屋の隙間から抜け出してきてしまったようだった。

私が妖精を前に動く事も出来ずにいると、お父様は最悪の言葉で私に脅しをかけた。

「殺せ、さもなくば『お仕置き』だ、レイチェル」

『お仕置き』という言葉を聞いて、私の体は震え上がった。

吸血鬼には明確な弱点がある、さらに不幸な事に回復が早い。

『お仕置き』という名の拷問は休む暇すら与えずに私の身体を、精神を、破壊してゆくのだ。

お願いだから私を殺して。

『お仕置き』の最中はその考えしか浮かばない。

死ぬよりも辛いのだ、そして吸血鬼は銀のナイフでも与えてもらえなければ自殺する事も出来ない。

『お仕置き』という言葉を聞いて、私の体は自動的に動き出した。

もはやそこに自分の意思なんてものは介在していない。

私は逃げ回る妖精に簡単に追いつくと、妖精を出来るだけ見ないようにして腕を振り下ろした。

目は瞑《つむ》っていても、感触が、匂いが、音が、『妖精を殺害した』という事実を私に伝える。

「よくやった、レイチェル。では、今日もいつも通り私との戦闘訓練だ」

私は気を失ってしまいたいほどに精神を疲弊させていたが、そんな事をしてしまえば『お仕置き』されてしまう事が分かっていたので何とか心をしっかりと持ち直した……。

その日の夕食を運んで来たエイミーに、私は顔を合わせる事が出来なかった。

いつもと様子が違う私に、エイミーも無理に聞き出そうとはせず、ただ優しく私を抱きしめてくれた。

殺人は妖精族の掟にある最大のタブーだ。

何者にも無意味に命を奪う権利などないとエイミーは私に教えてくれた事がある。

私はもうエイミーと普通に話す事が出来る自信がなかった。

妖精を殺害した瞬間、私の心の中の大事な何かが音を立てて壊れてしまったのだ。

このまま出来るだけ静かに生きて、チャンスがあったら勇気を出して自害しよう。

そんな私の気持ちとは裏腹にエイミーは私の為に『行動』を起こしてしまっていた……。

◇

数ヶ月後、お父様は私を部屋から連れ出した。

私は久しぶりに部屋から出してもらえた事、さらに地上の階層まで来ることが出来たことを心から喜んだ。

肌を優しく撫でる風は心地良く、私の荒んだ心の闇をいくらか振り払ってくれるような気さえした。

これは私が今までお父様の言う事を聞いて、訓練を頑張ってきたご褒美に違いない。

私は突然の外の世界に少し戸惑いながらも、数ヶ月ぶりに正常な感情を取り戻していた。

そして、お父様は私を連れて、ある一つの部屋へと入った。

扉を開けると、エイミーが窓際で震えていた。

幸せな気持ちから一転、私の全身に今まで感じた事もないような嫌な予感が走った。

「なぁ、レイチェル、このメイドが私に意見してきたんだ。『お前を休ませてやって欲しい』……となｌ」

私は理解した。

あの日から今日までの私の様子があまりにおかしかったから、エイミーがお父様にお願いしたのだろう。

しかしそれを吸血鬼の王であるお父様に進言するという事は殺されても仕方がないような事だ。

「妖精風情が吸血鬼に意見するなどあってはならないことだ。そうだろう?」

お父様はそう言うと、エイミーをゆっくりと見下ろした。

そして、私はここに連れてこられた理由を理解してしまった。

嫌だ、お父様！

お願いだからそれだけは言わないで！

そう願いながらも、いともたやすくその一言は放たれた。

「このメイドも殺せ、レイチェル」

「そんな……こんな事って」

エイミーは私があの日、何をさせられたのかを理解したのだろう。彼女の目が大きく見開かれた。

私は動けなくなっていた。

心の中には葛藤が生まれる余裕すら存在せず、私の頭はただただ真っ白になっていった。

「やらなければ『お仕置き』だ。殺してもらえるなどと期待はするなよ」

「っ⁉」

『お仕置き』という言葉に身体が反応する。

考えがまとまらないまま、足はゆっくりとエイミーの方へと歩き出す。

「お願い、やめて！　私達、友達でしょ⁉」

エイミーが私に何か言っている。

きっとそれは私が聞かない方が良い言葉だ。

私の心を惑わせる言葉だ。

私はもう心も身体も限界だった。

また『お仕置き』を受けたら私は間違いなく狂ってしまう。

「ごめんね、エイミー。ごめんね、ごめん。ごめん……」

うわ言のようにそう呟くしかなかった。

エイミーは友達だ。

私よりお姉さんで優しいからきっと許してくれる。

許してくれなかったら謝ろう、許してくれるまでずっとずっと謝ろう。

もはやそこに正常な思考など存在しなかった。無意識に思考能力を退行させて、身体が精神の崩壊をなんとか防いでいた。

「あぁ、お願い……気をしっかり持って」

後ずさりしつつ、窓ぎわへと向かうエイミーに、私はゆっくりと近づいた。

「良いぞ！　さぁ殺――」


――ドカッ！


それは突然の事だった。

振り返ると、見知らぬ少女がフライパンでお父様の顔面を思いっきり打ち抜いていた。

お父様にはほとんどダメージはなかったが、何年間も逆らった配下の者などいなかったからだろう、しばらく唖然としていた。

そしてそれはチャンスであり、エイミーが窓から飛んで逃げ出すには十分な時間であった。

フライパンを構えると、私と同じく長い紫色の髪を持ったその少女は、お父様に立ちはだかった。

突然の事に、私も度肝を抜かれてしまっていたが、エイミーが無事に逃げだせた事を理解すると、酷く安心して、へたれ込んでしまった。

この絶望的な状況で何者かが、助けに来てくれたのだろうか。

しかし、この城でお父様に敵う者などいないはずだ。

私の位置からは顔を見る事は出来なかったが、その少女は恐怖し、震えている事が分かった。

きっと彼女も自分がお父様に敵うとは思っていないのだろう。

しかし、彼女は私なんかとは明らかに違う。

私は『お仕置き』に屈服して恐怖し、動けなかったのだから。

それに比べて彼女は自身がお父様に全く敵わない事を覚悟しつつ、見事にエイミーを逃してみせた。

仲間の為に、自らの命を捨てたのだ。

「この非力さ、お前も妖精メイドか？　仲間を助けに来たのだな？」

少女は何も答えない。

お父様の前に黙って立っているだけだ。

というより、恐怖で動けなくなっているようにも見えた。

しかし、彼女は先ほど動いたのだ、そしてあのお父様に一撃を加えた。

毎日手合わせをしている私ですらお父様にまともに一撃を与えられた事はなかったのに。

私の胸は高鳴った。

彼女はまるで私の夢をそのまま実現したような人だったから。

「喋れないのか、ならば一生喋る手間を無くしてやろう」

私は思った。

彼女は死んではならない。

彼女のような勇敢な心を持った人が助かるのならば、私はいくら拷問を受けても構わない。

彼女はその身を犠牲にしてエイミーを逃がしてくれたのだ。

彼女が来なかったら私は間違いなくエイミーをこの手にかけていただろう。

そして、私は自分を理性で律する手段を失い、道徳観は侵され、私が最も忌み嫌う父のような生き方を歩みだしていたかもしれない。

それは最悪な結末だ。

私は必死に叫んだ。

「お父様、止めて！　『お仕置き』ならいくらでも受けるからっ！　その子には手を出さないで！」

私は生まれて初めてお父様に意見した。

『意見』というより、『願い』だった。

父親に支配されるだけの人生において、踏み出す事が出来た大きな一歩。

しかし、その願いが聞き入れられる事はなかった。

「お前が『お仕置き』を受けるのは当然だ、あの妖精メイドを逃したんだからな！　それよりもこいつは殺さんと気が済まん！」

　そう言うと、お父様は少女をフライパンごと殴りつけた。

　フライパンは見事にひしゃげて、少女は壁に吹っ飛んだ。

　吸血鬼はみな、怪力である。

　特にお父様はこの城の吸血鬼の中でも飛び抜けて力が強い。

　妖精などでは一度殴られただけで、簡単に絶命するだろう。

　しかし、壁が破壊され、砂けむりから出て来たのは動かなくかった死体ではなく、痛みで悶絶している少女の姿だった。

　あらわになった顔は、妖精よりも血色が良く、むしろ吸血鬼に似ていた。

　傷一つ無い、とても美しい顔だ。

　フライパンが上手く力を逸らしてくれたのだろうか、私は胸をなで下ろした。

「お父様、お願い！　やるなら私にやって！　彼女はもう逆らわないわ！」

　しかし、手加減していたとはいえ、一撃で殺せなかった事がお父様をより怒らせた。

　お父様は自身の『能力』を使った。

　ツェペシュの血族は代々、『突き刺す』能力に長けていた。

　お父様はその『突き刺す』能力を最大まで爪に付加すると、わざわざ強化の魔法もつかって、少女の顔を再び殴り飛ばした。

　恐らくこれは見せしめであった。

お父様は今までの戦闘訓練ですら一度も見せた事のない最大の力をわざとあの少女に打ち込み、私に見せつけたのだ。

私は悲痛な声を上げた。

少女はお父様の爪を顔に受け、壁を再び破壊すると城の近くの山の中へと吹き飛んでいった。

「そ、そんな……」

彼女は私にとって間違いなく英雄だった。

しかし、この世界では力こそが正義になってしまう。

「さて、次はお前に『お仕置き』だな」

お父様は虚空を見つめたまま動かなくなった私の髪を掴むと、地下のお仕置き部屋まで引きずっていった……。

◇

この事件こそが私にとって大きな意味を持つこととなった。

私は殺されてしまった彼女の仇を討つ為に必ず生きて、お父様を殺すと誓ったのだった。

レイチェルの過去　《後半戦》

あの事件から数年後……。

——王が死んだ。


その報せで城中が騒然としていたが、私は平然としていた。

当たり前だ、私が殺したのだから。

吸血鬼は老いても見た目が変わらないから分かりにくかったが、お父様はかなりの高齢だったようだ。

私は日に日に力が弱まっているお父様に気が付いていた。

そして何よりもあの日、勇敢にも仲間を助けに来た少女が私に、お父様に立ち向かう勇気を与えてくれたのだ。

◇

その日から数年後、私は自分が囚われている地下室にほどこされた魔法の結界を破壊できるほどに強く成長していた。

軟禁されていた部屋から脱出すると、お父様の自室を突き止め扉を開いた。

するとお父様も私の乱入に気が付き、静かに席を立って、構えた。

言葉は一言も交わされず、私が何をしにきたのかをあらかじめ知っているかのように落ち着いていた。


私は仇を討つ為、お父様を殺しにきたのだ。

私は戦闘訓練で自分のある能力を隠していた。

お父様の能力はまさしく『槍』だ。

その重く鋭い攻撃は私も受け流す事で精一杯だった。

私の能力も同じく突き刺すことが主であったが、お父様の力に比べると劣る。

ミシン針のように連打することはできるが、槍には敵わない。

しかし、その代わりに私は『縫い付ける』能力が自分には備わっている事を発見した。

ちょうど、裁縫でもするように、糸や針を出すことで、固い石だろうが肉体だろうが、縫い付ける事が出来るのだ。そして私はその糸の色や太さを自在に操ることが出来た。

私は一片の躊躇もなく、お父様の顔面を吹き飛ばすべく右手で殴りつけた。

しかし、お父様は私の攻撃を左手で反らすと、右手で突いてきた。

お父様も私の本気の殺意を感じ取ったのだろう。

いつもの戦闘訓練とは違い、お父様の突きには殺意が込められていた。

私は『太い糸の塊』を結ぶようにして、私とその突きの間に糸の塊を作りだし、衝撃を和らげた。

『裁縫』の能力による防御技のような物だ。

糸の塊はお父様の鋭い突きが私に刺さらないように守ってくれる。

それでも衝撃を吸収しきれず、私は部屋の壁へと吹き飛ばされてしまった。

「……能力を隠していたか」

お父様が呟くと、ほとんどダメージを受けていなかった私は再び殴りかかった。

しかし、結果は同じだった。

左手で受け止められ、右手で突き返され、それを糸の塊で防ぐ。

「衰えたとはいえ、私の突きを防ぐとは良い能力だな。私も鼻が高いぞ」

(……もう一回っ！)

私はもう一度殴りかかった。

「だが……くどい！」

お父様はそう叫ぶと、再び、同じ作業を繰り返した。

左手で受け止め、右手で突く。

「興ざめだ。そんな攻撃しか出来ないなら……もう死んでしまえ。お前なんぞに国は任せられん」

お父様は私から興味を失ったようにそう言うと、その右腕から必殺の一撃を繰り出した。

この瞬間を待っていた。

私は自身の左腕を前方から思いっきり前に引いた。

私はあらかじめ、自分の左腕と吸血鬼の弱点である『銀の杭』を糸で結びつけていた。

銀は吸血鬼の弱点である。

お仕置き部屋で私を脅す為に置かれていた物だ。

私の腕に引っ張られて、銀の杭が勢いよく部屋の端から飛び出してきた。

私は糸を上手く操作し、お父様の心臓を狙った。

当然、お父様はその杭を防ぐべく心臓の前に左手を構えたが、私が右腕で糸を全力で引っ張ると、お父様の左腕もそれに連動して心臓の前から位置を移動した。

私は三度、お父様に向かって殴りかかる時、同時に糸で自分の右腕とお父様の左腕を結び付けていた。

何重にも巻かれた見えない糸は、本気の吸血鬼の力にも耐えうる強度になっていた。

普通に力比べをしていたら、私がお父様に勝てるかは分からないが、不意を突いて引っ張れば一瞬だけ競り勝つ事は容易だった。

銀の杭は見事、お父様の心臓に突き刺さった。

しかし、たとえ心臓に杭が刺さろうともお父様が右腕で放った必殺の突きは繰り出されたままだ。

対して、両腕をフルに使って銀の杭を心臓に突き刺す事に成功した私にそれを防ぐ手立てはなかった。

だが、私はそれで良かった。元々私は自分の親と刺し違える気でいたのだ。

私は何の罪もない妖精を一人殺している。

それは、脅されての事であったが、決して許されない事だ。

『妖精の能力』を使いお父様を殺し、自分も死ぬ事があの妖精に対しての唯一の贖罪《しょくざい》になると思ったのだ。

しかし……。

お父様の突きは急に軌道を変えると私の右隣で空を切った。

床がえぐれ、風圧で壁が大破する。

心臓に杭を刺したまま、お父様は床に倒れた。

「レイ……チェル……」

私の名を小さく呟いた。いつもの血走った眼ではなく、とても穏やかな瞳で私を視界に入れると
そのまま眠るように目を閉じた。

そんないつもと違う様子に私は少しだけ戸惑いつつも、心臓にささった銀の杭が間違いなく致命傷である事を確認する。

……これで天国の彼女も少しは浮かばれるだろうか。

部屋の外から足音が聞こえてきた。誰かが騒ぎの音を聞きつけたらしい。

慌てた私は遺体を窓から投げ捨てて、窓から飛んで逃げた。

とっさに遺体を隠したのである。

（……生き残ってしまった）

思わず飛んで逃げてしまったが、あのまま捕らえられ、処刑されても良かったのかもしれない。

しかし、このまま力尽きるまで世界中を飛び回った方が楽しそうだ。

最後くらいは外の世界を目に焼き付けても良いだろう。

そう思ったが、ふと自分の体が返り血で汚れている事に気がついた。

忌々しい父親の血が体に付着しているのは耐えがたいほどに不快だったので、一度自分の地下部屋に戻って、洗い落とし、着替える事にした。

城に戻り、地下の自分の部屋で血を洗い落すと、新しいドレスに着替えた。

すると、城内が騒がしくなってきた。

どうやら、お父様の死が公表されたようだ。

人が来たので思わず遺体を窓から投げ捨ててしまったが、逆に多くの人の目に晒される結果となったのかもしれない。

「あはは、『お父様』だって……」

私はつい声に出して、呟いてしまった。

もうあんな奴を『お父様』なんて呼ぶ必要はないのに。

私が部屋の外を覗くとすでに他の吸血鬼達は地下まで降りて来ていた。

ヴラド（お父様）以外の吸血鬼は初めて見た。きっと娘の私を王座に据えるつもりだろう。

しかし私はそんなことはまっぴらごめんだった。

私はやりすごす為に部屋の中に隠れた。

しかし、足音は近づいて来ない。

私はしびれを切らして再びこっそりと部屋の外を覗いた。

廊下には誰もいなかった。

この城の地下はバカみたいに広そうなので、別の部屋を捜索しているのだろう。

外へ出るなら今がチャンスだと思った私はそのまま地上への階段へと向かったが、その近くの部屋の前に吸血鬼達が集まっていた。

何かを発見したのだろうか？

気づかれずに通りぬけるのは難しそうなので、私はこっそりとその様子を眺めていた。

すると、その部屋から吸血鬼の声が聞こえてきた。

「王の娘がおられたぞ！」

その報告に私は驚いた。

どうやら誰かが私と勘違いされたらしい。

これはむしろ好都合だった。

出て行く前にその可哀想な身代わりの顔を拝むこととしよう。

これでとんでもないブサイクだったりしたら名乗り出る……なんてバカな事はしない。

そんな事を考えながら私は青髪の若い吸血鬼の腕に収まっている少女を盗み見た……。


そんな。

ありえない。

そんなはずはない。

私は自分の目を全力で疑いにかかった。

……あの日、
私が大きく成長し、お父様の呪縛から解き放たれた日。

私がお父様に立ち向かう勇気を持つことが出来た日。

あの名も知らない勇敢な少女に出会ったあの日。

臆病者だった私はあの少女が目の前で殺される様子をただ見ている事しか出来なかった。

私は確かに見たのだ、ヴラドの必殺の一撃が少女の顔を屠《ほふ》ったのを。

少女の体はそのまま壁を破壊し、山の中腹へと吹き飛ばされていった。

忘れられるわけなどない、彼女は私にとってのヒーローだったのだから。

その彼女が今、私には青髪の吸血鬼に抱きかかえられているように見える。

綺麗な紫色の髪もそのままだ。

憧れが強すぎて、ついに幻視までするようになってしまったかもしれない。

しかし、私の期待は止まらなかった。

彼女は生きていたのかもしれない……と。

目の前の少女の頬には二本の傷があった。

とすると、ありえない、本当に何か奇跡が起こって、あの一撃に耐えきったのかもしれない。

自分の死に方ばかりを考えていた私の凍りついた胸が再び高鳴った。

彼女に会いたい……！

私はどうにかして彼女に会いに行く事にした。

しかし、髪の色が父と同じ、紫色だと、私が王の娘であると感づかれてしまうかもしれない。

きっとあの少女も髪の色が偶然お父様とおなじだったから誤解されたのだろう。

どうしようか部屋でしばらく考えているうちに、大きな音声が聞こえてきた。

どうやら、就任演説のようだ。

あの少女は人違いなのだが、ヴラドの部下なだけあってあの吸血鬼達も話を聞かない奴らしい。

彼女の声を聴く為に私はその演説に耳を澄ませた。

◇

私はその演説に驚かされた。

私の知る、あの心優しい少女の演説とは到底思えなかった。

畏敬の念を禁じ得ない、吸血鬼達を統べる王としてはこれ以上にないほどに相応しい演説のように思えた。

どうしても確かめる必要がある。

私の『能力』は染色する事も出来る。

布地にしか使った事がないが、時間をかければ自身の髪の色を変えるくらいは出来るかもしれない。

私は時間をかけて自身の髪を紫から赤に染める事にした。

なぜ赤かというと、さきほど地下でみかけた赤髪の吸血鬼が大人の魅力が溢れていて素敵だと思ったからだ。

――翌日、私は自分の髪を何とか染め終えるといよいよ乗り込む事にした。

様子を伺いながら部屋の外に出ると、妖精メイド達が急いでどこかへと向かって走っていた。

慌てる様子からみて、王のもとへと向かっているのかもしれない。

妖精達の後をつけてゆくと、妖精達は二階の大きな扉の中へと入っていった。

私が到着するとすぐに、複数の足音が背後から聞こえてきたので私は身をひそめた。

私の能力は私自身を壁や天井に縫い付ける事が出来るので隠れるのにはなかなか便利だった。

それに万が一見つかって下から覗き込まれても、スカートもしっかり縫い付けてあるから安心だ。

足音は吸血鬼達によるものだった。

どうやらこの大きな扉の中で集まりがあるらしい。

きっと、あの少女もいるだろう。

しかし、私の心の準備ができていなかった。

何年間も憧れ続け、夢に見続け、もう会えなくなってしまったと思っていた人に会えるかもしれないのだ。

私は緊張で冷や汗まみれになってしまった。

なので、一度自身の部屋へと戻って、汗を流し、自家製の旅人風の服に着替え、髪を整えて、再び扉の前に戻って来た。

服を変えたのは旅人の吸血鬼にカモフラージュするためだ。

私は緊張で体が動かなくなる前に、思い切って扉を開き、自身の緊張をほぐす為に思いっきり叫んだ。

「私は旅人の吸血鬼、レイチェルよ！　ここで雇われてあげてもいいわ！」

私はもう誰かに支配されるような弱い吸血鬼ではない、そういう気持ちも込めてわざと不敵に宣言してみせた。

もし彼女が本物なら私は人生の全てを彼女に捧げるつもりだ、新しい人生ではもう気弱な私とはおさらばしたい。

バスルームで何度も練習した言葉を言うと、私が室内を見てとる前に吸血鬼達が襲い掛かってきた。おおかた、私を新王を狙った暗殺者とでも思っているのだろう。

「小娘などいらん！」

そう言うと、十人ほどだろうか私に向かってきたので、私は整えた髪型が乱れないように丁寧に彼らを踏みつぶした。

制圧し終えると、広間の一番奥の席の前に昨日見た、青髪の男性吸血鬼と、赤髪の女性吸血鬼が残っていた。

「あなたたちは来ないのかしら⁉」

赤髪の彼女はともかく、青髪の男はあの少女を抱きかかえているところを遠目から確認していたので、気にくわなかった。

積年の思いで私にとってあの少女はもはや神のような存在にまで昇華されていた。

そんな彼女がこんな男に抱きかかえられたのだ。私はそんな不当な怒りを覚えていた。

今まで男性は私の父しか会った事はないが、きっと男性なんてみな同じようにロクな奴ではないだろう。

襲い掛かってきたらそのやけに整った、綺麗な顔を正当防衛で歪ませてやろう。

そう企んでいた。

二人が私の挑発に乗ってか乗らずか、飛び出してきたので、私は構えた。

「下がれ！」

すると、二人の影になっていて見なかったが、一番奥の席に誰かが座っていた。

いや、むしろ二人は彼女を守る為に彼女を隠し、一直線に飛び出してきたのだろうことにその時気がついた。

「私が行こう」

「そんなっ、陛下！　いくらあなたでも危険です！」

「お願いします！　私たちが時間を稼ぎます！　お逃げ下さい！」

陛下と呼ばれたその少女はゆっくりと立ちあがり、二人の横を通りすぎて、私の方へと歩いてきた。

――間違いなくあの少女だった。

あの時、震えながらも私の父に立ち向かっていった時のような力強いその瞳が、さらに凛々しさを増して、私を見据えていた。

その決意の瞳が私を見ていると思うと、私は再び緊張やら興奮やらで、動けなくなっていた。

心拍が早まり、全く色あせることのないあの日の少女の雄姿が、走馬燈のように私の脳内でフラッシュバックする。

そして、何とか、我に返ると自分の近くにその少女の美しい姿があった。

いよいよ、私の興奮は最高潮に達し――

私は鼻血を噴き出して倒れてしまった。

レイチェルの過去　《延長戦》

……気絶から目を覚ますと、私は枷で繋がれていた。

「暴れるな、もし暴れるようであれば、また陛下のお力でお前を制圧する」

青い髪の吸血鬼が高圧的に話しかけてきたので言い返す。

「暴れないわよ！　もともとはそっちから襲い掛かってきたんでしょ！」

「あなたは何者なの？」

何回かの会話の応酬の後、赤髪の吸血鬼が私に尋ねた。

「ただの旅人の吸血鬼よ。この国に興味を持ってね。仕えてみる事にしたの」

この嘘はあらかじめ考えていた。

とにかく間違っても私が王の娘だとバレて、次の吸血鬼の王にさせられることはごめんだった。

私の人生はまだ終われない。

あの少女が私に勇気を与えてくれた恩を何が何でも返さなくてはならないと思った。

「どこの国の出身だ？」

「……言えないわ、でも安心して、私はその国が嫌いでたまらないから飛び出してきたの。スパイではないわ」

「なんとでも言える」

「本当にスパイだったらもっとスマートにやると思うけど？」

扉がノックされた。

「私だ、入ってもいいか？」

「これは陛下、今、扉をお開けしま――」

「駄目っ！」

私は叫んだ。

彼女の前であんな醜態を晒してしまった事が酷く恥ずかしかったからだ。

心の準備も全くできていない。

「お前が陛下の行動に口出しする権利はない！」

青髪がそう怒鳴り返すと赤髪の吸血鬼が扉を開けた。

「起きたようだな。レイチェル……といったか？　気分はいかがかな？」

彼女が私の名前を呼んでくれた。

それだけで、頭がくらくらしたが、何とか耐える。

「そっ、それ以上近づいたらこの青髪の吸血鬼を殴るわよ！」

「やってみろ！」

テレ隠しと、本当にあまり近づかれると自分がどうなってしまうのか分からないので、青髪の吸血鬼で脅しをかけた。

もはや慌て過ぎて、自分でも何をしているのかがよく分からなくなっていた。

「近づかないから、安心してくれ。ところでもう昼時だ。一緒に食事をとれば、仲も良くなるさ。枷を外してやってくれ」

「良いのですか、陛下⁉　こいつはっ……」

「うちで働きたいのだろう？　レイチェルが最初に言っていたではないか。そもそも話も聞かずに襲い掛かったのはこちらの方だ。枷をつけるべき相手は彼女ではなく、あの吸血鬼達だと思うが？」

彼女がしゃべる言葉一つ一つに聞きほれてしまいそうになる。

その歌のような声の響きに意識を持っていかれそうになってしまう。

このままでは危険だ。

また醜態を晒さないようにするためにももう少し距離を取りたかったが、枷に含まれた銀との接触面積が大きく、枷を破壊するほどの力を出せなかった。

「おい、お前！　暴れないと誓うか？」

「だから暴れないって言ってるでしょ！　このバカ！」

私は枷が外されると、すぐに彼女との距離をとった。

「食事は広間の円卓に用意してある。簡単な物しか用意出来なかったが」

「陛下がお作りになられたのですか⁉」

「そうだ、キッチンを少し使わせてもらってな。人に振る舞うのは初めてだから、口に合うかは分から――」

「食べる！」

思わず叫んでいた。

いきなり彼女の手料理を食べるチャンスがきたのだから仕方がないが、今のは少し、はしたなかったと思い、恥ずかしくなった。

「その……食べてあげる」

何とか言い直したが、彼女に食いしん坊だと思われたかもしれないと考えると、恥ずかしすぎて顔を上げる事ができなかった。

すでに作ってしまったキャラクターとテレ隠しの為に口調も自然と乱雑になってしまう。

いや、これからは彼女を護る剣となり、盾となるのだ。これくらい強気な方が良いのだろう。

円卓がおいてある大部屋に再び戻ると、食事が用意されていた。

嗅いだことのない匂いと見た事のない食べ物だったが、彼女が作った物であれば、たとえ泥水でも致死量の毒が盛られていても、私にとってはご馳走だった。

私は並べられた料理を一つ取ると、十分な距離をとる為に席を離して、待ち切れずに口に運んだ。

「うっ……！」

私は彼女の料理が私の口の中に入った事に感極まり、軽く吐きだしそうになってしまったが何とかこらえた。

すると、今まで贅沢な食事を与えられてきた私の舌も唸るような、繊細にして力強い旨みが私の口の中に広がった。

「すっごく、美味しい……」

体裁も何もかもを忘れ、無意識に呟いていていた。

「良かった。この料理はカレーライスと言って、古代人間達の間では一般的な食べ物だったんだ。米とカレーは一緒に食べると良いぞ」

「なんとっ！」

「おいしいっ！」

他二人の吸血鬼もその美味しさに驚いていていた。

どうやら、私の脳内麻薬が味覚を狂わせていたようではなかったようなので少し安心した。

……食事を終えると、私は三人の名前を聞いた。

それぞれ、フリッツ、ペトラ、そしてリブという名前らしい。

リブ……私はしっかりとその名前を胸に刻み込んだ。

リブがこの吸血鬼二人を連れて、城下町へと向かうと言い出した。

私が父を殺し、窓から飛び出した際にチラリとだけ城下町を見たが酷く荒れ果てているようだった。

それに、話を聞いてみると、どうやら疫病が流行っているらしい。

「むしろ、あんたが直接見に行く必要ないんじゃない？」

「私は現場主義なんだ」

「あっそう、じゃあこのマスクを着けなさい」

私は心配だった。

病気がリブに感染してしまうのではないだろうか？

いやいや、流石に人間の病気にかかるほど弱くはないだろうとは思いながらも、私は『裁縫』の能力で布を何重かに縫い合わせると、マスクを作ってリブに手渡した。


城下町はやはり酷い有様だった。

彼らから奪った食料で今日まで出されてきたご馳走を食べてきたと思うと、申し訳ない気持ちでいっぱいになる。

リブが病人を診ている様はまるで聖母のようで、私はしばらく目を奪われていたが、リブの顔に何となく精神的な疲れが見えた気がしたので私がわがままを言って帰る事にした。

リブが着けていたマスクはちゃんと回収した。

城に戻るとリブは「作業をするから二日ほど地下の部屋にこもる」と言い出した。

何をするかは分からないが、二日も部屋にこもるのは大変なことだ。

私はリブが体調を崩したりしないか心配だったので二日間地下の廊下をうろうろしていた。

リブに食事を運んでいるペトラに何度も様子を聞いていたが、睡眠をとっていないようだ。

私の心配は時間とともに増していった。

今すぐにでもリブに寝てほしかったが、私はリブが自ら選んだ行動を阻害したり、水を差すようなマネだけはしたくなかった。

リブの意思を何よりも優先すべきだ。

私の自分勝手な善意はリブの邪魔をしてしまう。

私は本当に大切な人が出来た事によってその事を本能的に理解していた。

結局私も安心して眠りにつけたのはリブが自分のベッドに横たわる事が出来た後である。

フィーリアという妖精が一緒にリブを運んでくれた。

円卓のある広間で私が起こしてしまった一件以来、私は妖精達に怖がられてしまっていると思っていたので、声をかけてもらえた時はとても嬉しかった。

フィーリアはこんな私とも仲良くなってくれるのだろうか。

いや、私にそんな資格はもうないか……。


眠りから目を覚ますと私はリブの部屋の前に向かった。

体調を崩していないか様子を見に行く為だったが、今朝、リブを運ぶために彼女に直接触れた事を思い出すと、恥ずかしくて部屋には入れずにいた。

やがてペトラが来て、一緒に部屋へと入る事を提案してくれたが私はやはり心の準備が出来ず、一人で廊下に立っていた。

少し時間が経ち、扉が開くと私は思わずいつも以上に距離をとってしまった。

そして出てきたのは天使……ではなくリブだった。

「あっ、あら！　奇遇ね！　やっと目を覚ましたのかしら」

私はいつも通り強がるが、心臓が口から飛び出そうになっていた。

あの美しい身体に少しだけ、私はさっき触れていたのだ。

「レイチェルか、おはよう」

「……」

名前を呼ばれて、私は惚けてしまっていた。

口角が吊り上がって変な顔を見せないように自分の顔を見えない糸で縫い付けた。

この時に初めて気が付いたのだが私の糸は物理的な接触がなくても縫い付けることも可能らしい。

つまり、痛みなく肉体を縫い付けて固定することができる魔法の糸だ。

私にとってはどうでも良いことだったが、この瞬間に私の能力は必要に迫られて凄まじく進化していた。

私が自身の新たな能力を駆使して仏頂面を作っていると、なんとリブが一緒に料理を作る事を提案してくれた。

こんなに幸せで良いのだろうかと思いつつも、私はたまらず了承した。

私は料理など初めての経験だったので、足を引っ張らないようにリブの指示に従っていた。

その時に、リブが本当は弱い事を知った、そしてリブの本心も。

あの演説はきっと他の血気盛んな吸血鬼たちから自身の身を護るための方便だろう。

リブが王様としてこの先も続けてゆくなら私はリブを護る為に最善を尽くすだけだ。

そして魔法を教える為、自分の部屋にくるようにリブを誘ってしまった。

きっと私の人生で一番勇気をふりしぼった瞬間である。

私はリブを守る為に自らにルールを課した。

『リブとあまり仲良くならない事』である。

リブの一番身近な敵は吸血鬼達だ。彼らは簡単にリブを殺すことが出来る。

まずは吸血鬼達からリブを守らなければならない。

私は一度リブを襲撃して返り討ちに遭った事になっている。

しかし、『私はまだリブに対する闘争心を失ってはいない』と他の吸血鬼達に思わせる事によって、謀反を企む吸血鬼が私へと話を持ちかけるように仕向けようと考えた。

なので、私はあえて「油断さえしなければこんな雑魚になんて負けなかった」と発言した。

これで、私にリブを傷つけようとする輩が話を持ちかけようものなら即座にボコボコにして国から追い出してやろう。

私はリブと仲良くなれるなどとつけあがってはいない。

私の手はすでに殺人によって汚れてしまっているのだ。

今までは緊張で自然とそうなってしまっていたが、これからは少し意識的にそっけなくリブと接する事にした。

◇

リブ、ペトラ、青髪の吸血鬼と再び城下町へ行くと、人間達が涙を流して感謝し始めた。

どうやらリブが部屋にこもって作り上げた『薬』によって、人々の多くの命が救われたようだ。

人々の瞳から零れ落ちる涙は命の尊さを強く訴えかけていた。

そんな光景を見て私は改めて思う――。


とんでもない。

リブは本当にとんでもないほどに『特別』だ。


なんて素晴らしいのだろう。

なんて尊いのだろう。

なんてカッコイイのだろう。

再会からまだ三日と経っていないが、私がリブに心酔するには十分な時間だった。

リブは私にこんなに綺麗なものを見せてくれるのだ。

辛い時以外にも涙が流れる事を私は初めて知った。

私の情けない泣き顔はリブに上手く隠し通せただろうか……。

◇

その日の夜、天気が良いので満月が良く見えていた。

私は地下の自分の部屋でリブがつけていたマスクを丁寧に包むとタンスにしまおうとしていた。

その時――

突如として上階から信じられないほどの妖力を感じとった。

意識が遠のく……。

しかし、リブの安否を確認するまでは私は倒れるわけにはいかなかった。

この城にいる者は恐らく私以外全員意識を失っているだろう。

並みの吸血鬼ごときでは意識を保つことはできないほどの規格外の妖力だ。

私はリブのもとへと行く為に体を動かそうとしたが、倒れて壁にもたれかかってしまった。

恐怖で足が上手く動かないようだ。

しかし、私はすぐに機転をきかせて自分の頭を殴りつけた。

痛みで恐怖心を緩和させるためだ。

昔の私なら簡単に諦めて意識を失っていたであろう。

こうやって立ち向かう行動を起こす事が出来るようになったのもきっとリブのおかげだ。

上手くいったようで、一歩、また一歩と私の足は動き始めた。

そうして何とかリブの部屋までたどり着き、扉を開けた。

しかし妖気の元はすでに退散していたようで、椅子に座ったリブが私を見て驚いていた。

「レイチェル⁉　一体何があったの⁉」

「私が知りたいわよ！　一体さっきのバカげた妖力は何⁉」

リブが無事である事を確認すると私は腰を抜かしてその場でへたれこんでしまった。

それと同時に部屋の外から『ドチャリ』という小さな音がした。

私は警戒を最大にして、なんとか自分を奮い立たせ、様子を見に行った。

すると部屋の外で青髪の吸血鬼が倒れていた。

（こいつ……あの妖力の中で意識を保ち、ここまで這ってきたの⁉）

意外と骨があるのかもしれない。

魔力か妖力か、あの『妖力による威嚇』に対抗出来るほどの力を持っている可能性がある。

それとも忠誠心や執念の成せるわざだろうか。

どちらにせよ、私はこの青髪の吸血鬼……フリッツの評価を少し改めた。

もしかしたら、リブを護る手段の一つになり得るかもしれない。

企み

システィナが吸血鬼の城に乱入した翌日。

妖精の国では、妖精の王が一人、ベッドに横たわっていた。

昨夜の気当たりを受け、妖精の国の妖精族達は意識を失ってしまっていたが、幸い大事に至った妖精はいないようだった。

妖精の王、シルビアは昨夜の妖力による気当たりで恐らく唯一意識を保った妖精族である。

国民達にけが人がいないか、一晩中国内を奔走していたので疲労こんぱいであったが、なかなか寝付く事ができずにいた。

シルビアは、吸血鬼国の前王ヴラドに脅されて、こちらが頼み込む形で吸血鬼の国と不可侵条約を結ばされた。

それによって吸血鬼達に怯えながらも国として存命することが出来ている。

しかし、ヴラドと直接対峙した事のあるシルビアだから理解することが出来た。

（……昨夜に感じた妖力はヴラドの力を上回っていた）

その妖力とはもちろん吸血鬼の新しい王のものだろう。

ヴラドの娘ということでまだ幼いはずだが、だからこそ恐ろしい。

妖精を通じて、録音された就任演説を聞いたが、かなり好戦的なようだ。
シルビアはため息をついた。
この国が滅ぼされるのも時間の問題なのかもしれない。
不安に押しつぶされ、十分に睡眠をとることができずにいた。
ストレスで胃に穴が開きそうだ。
そこに追い打ちをかけるように新たなストレスの種がやってきた。
「たのもぉぉぉー！」
城の外から声が聞こえてきた。
自分が城の最上階のベッドにいても聞こえた事を考えるととんでもない大声である。
妖精達はまだ昏睡《こんすい》しているはずなので、国外から誰かが訪問してきたのだろうか。
外に出てみるとシルビアは思わず、
「うわっ……」
と声に出してしまった。
獣人族の王、ザムド＝ザッケンバーが一人で来ていたからである。
『「うわっ」とは妖精国で流行りの挨拶か？　それより話がある、客間に案内しろ」
シルビアはしぶしぶこの大男を城の中へと通した。
ザムドは客間のソファーに大きな態度で座った。
体もデカイので椅子が軋《きし》む。

ザムドは『獣人族』という名前の通り体に獣の毛が生えているのでシルビアは『抜け毛が散らかるのでは？』とどうでもいい心配をしていた。

多分、眠気でどうかしていたのだと思う。

そんなシルビアの様子をどう勘違いしたのかザムドが口を開いた。

「俺も同じだ、あんな妖気を感じては気が高ぶって敵わん。お互い苦労するな」

獣人族の国は吸血鬼の国からは少し距離があるが、昨夜の化け物じみた妖力はやはり獣人族の王にも感じさせるに至ったらしい。

「それで、本日はどんなご用件ですか？　ザムド様」

シルビアは妖精族の王女としていつもの外交をする際の態度を取り繕った。

眠気とストレスで少し素の態度が出てしまったが、シルビアにとって獣人族も吸血鬼族と同様に細心の注意を払わなくてはならない相手である。

妖精族は弱い。

媚びなくては生きてゆけないのだ。

「楽にしろ。俺は吸血鬼とは違ってそんな些細なことで癇癪を起こしたりはせん」

「そうですか……」

しかし、こいつの場合はむしろ率直な、正直な態度のほうがかえって気を良くさせるようだ。

獣人族といえばヴラド本人とは数回の闘争経験のある吸血鬼の敵国である。

シルビアは少し嫌な予感がした。

「話は昨夜の妖気についてだ。あれほどの妖力、獣人族の王である俺でも多分敵わん」

プライドの高い獣人族の王がハッキリと自らの敗北を宣言したのでシルビアは正直驚いていた。

嘘を吐くような奴ではないが、負けん気だけは強い奴だったはずだ。

妖力は単純な力の強さを表す、昨夜の妖力がそれほどに大きかったという事だろう。

しかしシルビアはいまだに、なぜわざわざ自分にそんな事を告白しにきたのかザムドの意図が読めずにいた。

「ちなみに私達に人質としての価値はありませんよ？」

とりあえずは妖精達の安全が第一だ。

「そんなことは分かっている。しかし、お前自身には価値がある」

その意図がまだ理解できていないシルビアの前にザムドは小さな箱を置いた。

「これは毒だ」

「……毒殺、ですか」

しかし、吸血鬼相手に毒など効かないような気がするが……。

シルビアがそう考える事を察したのであろう、ザムドは説明を始めた。

「これは獣人族の国の秘伝の毒だ。桁違いの妖力を持っていたとしても吸血鬼の王はまだ子供のはず、そして吸血鬼としての体が完成するまでは少なくとも百年程度は必要だ」

箱の中の小瓶を取り出してシルビアに見せながらザムドは説明を続ける。

「完全に成人した吸血鬼には効くか分からんが、長くても数十年程度しか生きていないお子様吸血鬼には有効だろう。免疫力の問題だ」

「……子供を毒殺するのですか？」

「やらなきゃやられるだろうが……」

そう呟くとザムドは舌打ちをした。

ザムドにとっても不本意なことらしい。

「それで、なぜ私にこの話を？」

「察しが悪いな。お前は吸血鬼の国の属国なのだからそろそろ謁見《えっけん》しに行く頃だろう？」

「……私にやれということですか？」

「そうだ、飲み物にでもこっそりと混ぜればいい。お前なら出来るだろう？」

出来るはずがなかった。

殺人は妖精にとって最悪の掟破りだ。

いや、しかし……。

「上手くいったとして、吸血鬼の王を殺す事ができたとして、貴方達はどうするのですか？」

「お前も知っての通り、俺達獣人族は吸血鬼の国と何度か戦った事がある。しかし、奴らはヴラドに頼り過ぎていて、他の吸血鬼達はほとんど戦闘に参加しないし、数も少ない。正統な王族さえいなければ、奴らの国なぞ俺達で簡単に滅ぼす事が出来る」

シルビアはザムドの性格をある程度知っていた。

ザムドはつまらない虚勢を張るような奴ではない。

というか、バカ正直だ。

ザムドが敵わないと言えば本当に敵わないのだろうし、簡単に滅ぼせるというのであれば本当に滅ぼすだけの自信があるのだろう。

確かに吸血鬼の国が滅びれば、妖精族は一時的に自由になる。

しかしそれは妖精族にとっては支配する国が変わるだけで、状況が良くなるとは限らない。

「我ら、妖精の国は貴方達が支配するのですか？」

「あいにく、うちの国は人手が足りていてな。妖精族なんかの手を借りる必要もないし、興味も無いな。服でも売って細々と生きてゆけばいいんじゃないか？」

ザムドは嘘がつけるような奴ではない。

今回ばかりは獣人族特有の他種族蔑視が役に立ちそうだ。

少なくとも現在の、吸血鬼の国にまるで捨て石のように兵士達を送りだしている状況よりかはマシになるだろう。

「……分かりました。成功するかは分かりませんが、やりましょう」

「おっと、一つだけ問題があった」

そう言いながらもザムドはシルビアの方へと毒の小瓶が入った木箱を放り投げた。

この先の事を言ってもシルビアが承諾すると予期しているのだろう。

「その毒は速攻性だ、すぐにでも効き始めるだろう。俺達はお前の謁見の日の午後に攻め込むつもりだが、その場で吸血鬼の王が倒れたら、お前は捕まって殺されるかもな」

「……謁見は私一人で行くから問題ないです」

（そう、妖精達の暮らしが少しでも良くなるなら私の命など安いものです。それに私も——）

シルビアは箱を受け取った。

「お前ならそう言うと思ったよ。吸血鬼に捕まって、お前がまだ生きてたら助けてやるよ」

ザムドはそう言うと、帰っていった。

シルビアは軽くため息をつくと、置手紙という名の『遺書』を書く為に自室へと戻った。

システィナ乱入後とその翌日

——システィナが私の部屋に乱入した晩。

城の妖精達が全員意識を失ってしまったので、私とレイチェルは妖精達を全員ベッドに寝かせる為に城中を見て回った。

といっても時間も時間だったのでほとんど全員がそれぞれ自分の寝床のそばにいて、けがをした者もいないようだった。

廊下で倒れていたフリッツもレイチェルがその晩のうちに引きずって運んでくれた。

私は一体何が起こったのかが分からなかったのでレイチェルに聞いてみたが、レイチェルも何が起こったのかが分からないらしい。

ただ、先ほどのオレンジ髪の美女、システィナが原因のようだ。

私は先ほどの変態、もとい、システィナと名乗る美女と話をした事をレイチェルに伝えた。

私は面白い話として話したつもりだったが、聞いているレイチェルの表情は真剣だった。

「そいつがリブを守ってくれれば安泰ね……私がそいつの変態プレイに付き合えばいいのかしら？」

と、レイチェルがマジメな顔をして私に聞いてきたので私はあわてて止めた。

レイチェルは絶対に私がシスティナの魔の手から守らなければ……。

私は固く誓った。

全員を寝床に戻すと、私とレイチェルは別れを告げてお互いに眠りについた。

レイチェルはケガをしているにもかかわらず私を部屋まで送ってくれた。

可愛いだけでなくこんなに気が利くなんて、私が男だったら間違いなく求婚しているだろう。

こんなに頼りない男は願い下げだろうけど……。

◇

そして翌日……。

早朝に目を覚ますと、私はバスタブに湯を溜めた。

その間に洗面台で歯を磨き、朝の陽ざしと爽やかな風を迎え入れる為に窓を開けた。

鼻歌を歌いながら入浴を済ませ、寝間着からドレスに着替えると、部屋をノックする音が聞こえた。

きっとペトラだろう。

「入れ」

「失礼します」

ドレスに着替えた私を見てペトラは優しく微笑む。

「おはようございます、陛下は本当に朝が御早いですね」

「だが、どうやらペトラの方がわずかに早いらしい。私の髪はまだ乾いていないよ」

私の生活はガラリと変わった。

こんな豪勢な部屋で美人な秘書さんに挨拶をされながら素敵な朝を迎えるなんて、地下にいた頃なんかは考えもしなかった。

「もしよろしければ、乾かしましょうか？」

「頼む」

するとペトラは失礼しますと一言、私の後ろに回り込み、私の頭にタオルをやさしく当てて髪を乾かし始めた。

私は昨夜の事について聞いてみた。

「ペトラは昨日の夜は何か異常を感じたか？」

「特に何も……昨日は部屋で仕事をしていたのですが、知らない内に眠ってしまったみたいで……。何かございましたか？」

どうやら意識を失ったことは『寝落ちした』くらいの感覚らしい、混乱はなくて済みそうだ。

「いや、満月の夜だったから狼男でも見ていないかと思ってね」

「ふふっ、陛下は狼のような男性が見たいのですか？　そんなのは私が許しませんよ」

そんな事を言いながら二人で笑い合った。

時間がゆったりと流れてゆく。

今まで一度も味わったことのない暖かい時間が——

「ところで陛下、他国にはいつ頃攻め込まれるのでしょうか？」

唐突に終わった。

そういえば、私は戦争を仕掛けると宣言したことになっているのだった。

「——チャンスというものはピンチと同様に不意に訪れる。逃さないように、準備だけは怠るな」

「かしこまりました」

侵略などするつもりのない私は曖昧《あいまい》な言葉で乗り切る。

それに、国防も大事だ。

いつでも迎え撃てるように準備し続けなければならない。

こちらから攻め込む事がなくても攻め込まれる事は十分に在り得るのだ。

この前はレイチェルが仕官志望だったからこそよかったものの、敵であったなら確実に滅ぼされていただろう。

今まではお父様が主だったから周りも敬遠していたが、お父様亡き今、この城に攻め込む者がいてもおかしくはない。

特にこの城の吸血鬼達は血気が盛んなようで、ペトラとフリッツを除いた吸血鬼達は状況も確認せずにいち早く飛び出してレイチェルにこてんぱんにやられてしまっていた。

まさに虎の威を借る狐。

強い者の下についていたせいで、自分達の力を過信してしまったのだろう。

私の髪を乾かし終えると、ペトラは退室した。

妖精メイド達の統率をとっているのはペトラなので、どうやら忙しいようだ。

それでも私への毎日の挨拶は欠かさないところは流石だ。

朝食も間もなく運ばれてきた、運んでくれたのはフィーリアだ。

私が朝食はパンと目玉焼きだけでいいと言ったので、やけに豪勢で味のしない食事は出なくなった。

食事といえば、私は妖精達にも是非自分の料理を振る舞いたいと考えていた。

美味しいご飯を食べればきっとお仕事も頑張れるはずだ。

しかし、人数が多いはず……メニューも作りやすい物を選ばなければ。

「フィーリア、この城で働いている妖精は何人いるんだ？」

「はっ、はい！　百人ほどだと思います！」

やはり多いが、作れなくはなさそうだ。

「今日の妖精達の夜の食事の献立は何だ？」

「えっと、塩茹《ゆ》でしたパスタです！」

パスタか……確かに生産しやすく、一度に大量に作る事が可能だ。

一般的にはミートソースが人気だが、ソースを大量に作るのが大変だ。

となると、材料がとてもシンプル、かつ飽きがこないあの料理が良いだろう。

「今晩のメイド達の食事は私が用意する。美味しい料理を期待していてくれ」

私はそう言うと微笑んでみせた。

◇

リブとしては自然に笑いかけているつもりであったが、リブは表情を作るのがヘタなので、何かを企んでいるような笑みに見えてしまう。

意図せず作られるその小悪魔のような笑みは、その深みにどこまでも堕ちてゆきたいと思わせるような魔性の魅力を帯びている。

彼女の為ならいくらでも手を汚そうとさえ考える者がいても、おかしくないだろう。

しかし、命を握られている妖精にとっては話が別である。

恐ろしい実験台にでもされるのではないかと勘ぐってしまう。

フィーリアは前回ご馳走してもらったチャーハンを思い出していた。

結局、あれから体に変化はなかったのでやはり主様は自分に料理を振る舞ってくれただけだとフィーリアは考えを改め直していた。

主様は妖精の為に料理を振る舞って下さる優しいお方だと。

しかし、サンディなどの同僚の妖精達は、主様は自らが作った薬の実験台を探していると噂しているので、フィーリアは結局何を信じれば良いのかが分からなくなってしまっていた。

一体夕食には何が出されるのだろうか？

不安に思いながらも妖精に断る選択肢は存在しなかった。

◇

今日は予定も無いのでとりあえず自分の城を探検することにした。

私は今までほとんどの時間を地下の自室で過ごしてきた引きこもりなので、自分の城がどんな感じなのかがまだほとんど分かっていないのだ。

部屋を出たら、再び部屋の前にレイチェルがいた。

「あら？　奇遇ね？」

偶然も二度続くと、いよいよ怪しい。

何より、レイチェルの目の下にわずかに隈《くま》が出来ている。

「レイチェル、私が弱いからといって何も寝ずに見張らなくても……」

「そんな事するはずないでしょ！　たまたまよ！　たまたま！」

「頭のケガはもう治ったのか？」

「あれくらい、吸血鬼なら一晩で治るわよ」

「そうか、でも睡眠はしっかりととってくれ。ほら、私の部屋のベッドを使っていいから」

「あ、あんたのベッドでなんて寝れるはずないでしょーが！」

レイチェルは顔を真っ赤にして叫んだ。

私としてはもうお互いの布団でも眠れるくらいには気を許してくれていたと思っていたが、どうやらうぬぼれていたようだ。

「でもまぁ、そうね。日中はまだ安全――じゃなくて、日光は苦手だからしばらく自室で眠るわ。起こしてくれても構わないから、何かあったら私の部屋に来なさい」

そう言うと、レイチェルは自室へと戻っていった。

気を取り直して、私は城の探索を始めた。

しかし、城はやはりとても大きかった。

城の真ん中には大きな庭があり、城自体は四角形のドーナツのような形をしているのだが、空を飛ぶ事ができない私はいちいち回り道をしなければならないのだ。

メイドの妖精達も私を見るとビクビクとおびえるので何だか悪い気がする。

しばらく歩いた後に一休みして、庭を見てみるとフリッツが鍛錬をしていた。

たった一人で名も知らぬ吸血鬼達五人を相手どって組手をしている。

昨晩、私の部屋までたどり着けなかったことを気にしているのか、鍛錬にはかなり気迫がこもっているような気がした。

真剣な顔をしている男の子はやはり素敵だ、フリッツのようなイケメンならなおさらである。

私も実は毎日筋トレをして、少しでもみんなに追いつこうと頑張っている。

腕立て伏せも腹筋も、まだ体がようやく上がる程度だけど……。

今日は夜になったらレイチェルに魔法も教えてもらおうか。

もしかしたら、魔法は天才的な素質があったりするかもしれない。

そんな都合の良いことを考えた後、私は探検を再開した。

すると、一階に『懐かしい部屋』を発見した。

そこは私が主様にはむかって、殴り飛ばされた部屋だった……。


――数年前――


その日、私は調理場に忍びこんで、フライパンを拝借し、帰る途中だった。

開きっぱなしの扉から声がしたので、恐る恐る覗いてみると、珍しく、主様が一階にいたのだ。

私は幼い頃に目の前で妖精が殺されたことを思い出し、体の震えが止まらなかった。

何とか気をしっかりと持つと、できる限り物音を立てずに、その部屋を通り過ぎる事にした。

しかし私が通り過ぎようとすると、中の会話の一部が聞こえてしまった。

「……この……も殺せ……」

確かに、『殺せ』という言葉が聞こえた。

私は自分自身に「やめろ」と警鐘を鳴らしたが、体は無意識に部屋の中を再び覗いてしまっていた。

泣きながら震えているドレスを着た紫髪の少女が、同じく泣きながら腰を抜かし動けなくなっているメイドに立ちはだかり、主様はその様子を愉快そうに眺めていた。

私は即座に理解した。

なんて、最低な事をさせているのだろうか。

そう考えた瞬間、足は部屋の中へ向かって走りだそうとしていた。

しかし、私の理性がそれを押さえつけて、私は一人、部屋の入り口で人知れず転びそうになった。

私が今血気盛んに飛びだして行っても、死体が一つ増えるだけだ。

助けに入るにしても、策を練る必要がある。

私は自分の成長した心に感謝した。

恐怖で足が竦み動けなくなってしまう事も、怒りのまま飛び出して犬死にする事もない、かといってこのまま見過ごして逃げる賢さもない自分の愚かな心に。

幸い、殺すように命じられた少女はまだ混乱しているようで、メイドを手にかけるまでには少し時間があるようだった。

私は扉の影に隠れて、主様からは見えない位置を陣取ると、こっそりと妖精に小石を投げつけた。

妖精は腰を抜かしつつも小石に気が付き、視線を私へと向けた。

私は親指を立てると、自分に任せろとでも言うように自分自身の胸にそれを押し当てた。

とにかく、勇気づけて彼女が逃げられるように希望を持たせることが重要だと私は考えていた。

完全なる虚勢だが、彼女が無事に逃げられるまでは、私はこの虚勢を張り続ける必要がある。

彼女も私の行動に気が紛れたのか、メイドの彼女の動揺は少しづつ収まってきているように見えた。

「お願い、やめて！　私達、友達でしょ!?」

メイドが説得を続けているが、主様はきっと彼女が死なないと満足しないだろう。

私は説得が無駄だと気が付いていた。

メイドの彼女もきっと理解していたのだろう、最後の望みに賭けていた事が分かった。

メイドはゆっくりと座り直し、窓へとにじり寄っていた……いつでも逃げられるように。

「あぁ、お願い……気をしっかり持って」

メイドの言葉に、私も自分自身を鼓舞して、覚悟を決めた。私はきっと、主様に殺されるだろう。

しかし、脅されて友達を殺してしまう悲劇に比べたら、ずいぶんとマシだ。

幸い、私が死んでも悲しむ人はいない。

私は静かに、かつ出来るだけ速やかに主様に近づくとその顔面をフライパンで渾身の力を込めて叩いた。

——奇襲は成功した。

ダメージは全くなかったものの、思いがけない私の攻撃に主様は面食らっていた。

あのメイドはどうやらこの隙に窓から上手く逃げ出せたようだ。

ドレスを着た少女は……逃げ出さない。

しかし、どうやらメイドとは扱いが違うようだ。

ドレスを着ているという事は吸血鬼かもしれない、同族を殺すような事はきっとないだろう。

というか、そう祈るしかない。私ももう限界だった。

主様を前にしてただ立っている事しか出来ない。

メイドを逃がす事が出来たので気が抜けていた。後は私が殺されておしまいだ。

しかし、すぐに死ぬ事はなかった。

運悪く、主様の攻撃を私が構えていたフライパンが反らしてしまったらしい。

私は壁に吹き飛ばされ、痛みに悶えた。

(頼むから殺すなら一瞬で殺してくれ……)

私の願いがようやく届いたのか、痛みでハッキリしない意識の中、どうやら私に終わりを与えてくれるであろう一撃が放たれたのが見えた。

私は死んだ……。


と思っていたら、私は意識を取り戻した——山奥で。

吸血鬼の城が見える、ということはやはり冥界《めいかい》ではないようだ。

頬に鋭い痛みが走るので、触ってみると出血している事が分かった。

どうやら、間一髪攻撃が外れたらしい。

そして、死んだと思われた私は山奥へと捨てられたのだろうか。

それとも風圧で吹き飛ばされたのだろうか。

ずいぶんと詰めが甘いが、自分の命なんて主様にとってはミジンコのようなものなので生きていようが死んでいようが大して気にしなかったのかもしれない。

顔には大きな傷を残し、女性としてはもう死んでしまったが……。

今にして思えば、この事件である意味私は一度死んでいるので、実は私が主様の娘だったり、王様になってしまったりしてもある程度は適応出来ているのかもしれない。

そして、あの日に何とか逃げ出した妖精とドレスを着ていた少女は今もちゃんと幸せに生きているのだろうか。

紫の髪の吸血鬼は見かけていないので、きっと上手く城から逃げ出したのだろう……。

そんな妄想を膨らませながら私は城内探索を続けた。

◇

城内探索　～フィーリアと仲良くなろう～

廊下を歩いていると、フィーリアが一生懸命に館の窓を拭いていた。

私の中の悪魔が囁く、『アレ』をやってしまえと！

そう、仲の良い友達同士でならば許される『アレ』を！

私は気づかれないように、ゆっくりとフィーリアに近づくと両手でフィーリアの目を覆い、いつもより一段高い声で言った。

「だぁ～れだ♪」

「わっ⁉　もう！　スピカね？　ふざけてるとペトラ様に怒られちゃうでしょ⁉」

おおぅ、間違えられてしまったが、スピカちゃんはこういう事をしてくるような子なのか、是非ともお友達になりたい。

フィーリアが私の手を振りほどいて、笑顔で振り向いた。

そして、私を見て笑顔のまま固まり、手に持っていた窓ふき用のタオルを落とした。

私と話している時はこんなに満面の笑顔を見せてくれた事がない。フィーリアの可愛い笑顔をこんなに近くでじっくりと見ることが出来るなんて、やっぱり勇気を出してやって良かった。

なんだか笑顔がだんだんと青白くなっている気がするが……。

「ざんね～ん、私でした～……ってフィーリア、大丈夫か？　顔色がすごく悪いけど」

フィーリアの様子がおかしいのは明らかだった。

ここは私が何とかせねば！　親友として！

「あ、主様！　あ、あの！　これはっ――」

「大丈夫！　今日はもう休んでいいから！」

私はフィーリアを抱きかかえると、私の部屋まで運び、ベッドに寝かせた。

フィーリアはとても軽かったので、非力な私でも運ぶ事ができた。

ちゃんとご飯を食べているのか心配だ。

「あの！　陛下の布団が汚れてしまいます！」

「いいから寝ていなさい！　フィーリア、君は今日は休みだ！」

「ダメです！　あっ、すみません。でも私にはお仕事が……」

「そんなもの、私が代わりにやるさ。フィーリア、君の罪は重いぞ？　友達の私を心配させたのだからな。罰としてしばらく眠っているといい」

私はそう言い残すと、言い返される前に部屋を飛び出した。

友達作りに必要な事は、『相手を思いやる心よりも積極性の方が重要』だと私は考えている。

少し嫌な相手だろうと、何度も来られては無碍《むげ》には出来ない。

それに親友と呼べる仲になるなら、気遣いよりもむしろ遠慮のない間柄の方が良いだろう。

だから、きっとこれくらい強引な方が良い。

私の友達作りは明らかに順調に進んでいた。

フィーリアもきっといつの日か私に遠慮なく接してくれる日が来るだろう。

先ほど、フィーリアがいた場所に戻ると、私はタオルを持って窓を拭き始めた。

私は飛べないので、高いところは届かないのだが、なんか高そうな壺が飾ってある台を持ってきて、それを足場にして掃除する事ができた。

二時間ほどかけて、フィーリアの持ち場と思わしき場所を終わらせる。

次は何をすればいいんだろうか。

妖精達をまとめているのはペトラだったはずだ。

私はペトラに呼びかけた。

《ペトラ、今手は空いているか？　二階の西廊下に来て欲しいんだが》

《はっ！　すぐに参ります！》

ペトラは一分もせずに飛んできた。

掃除用具を持った私とピカピカに磨かれた窓を見て困惑する。

「ペトラ、私は今日はフィーリアの代わりだ。次は何をすればいい？」

「……陛下、仕事を押し付けられたのですか？」

「私から代わってもらったんだ」

「フィーリア、とは誰ですか？」

「妖精メイドの一人で、私の友達だ。今は私の自室で休んでいる」

ペトラはますます困惑した表情を浮べた。

◇

今まで、妖精は支配され続けてきた存在であり、吸血鬼から見ればまさに『使う為の種族』である。

それが、吸血鬼族の王たる陛下に友達とまで言わせしめて、更には自分の仕事を陛下にやらせ、自身はあろうことか陛下の部屋で休んでいるというのだ。

……今まで、妖精など気にかけた事もなかったが、それを良いことに深く、深く踏み入られていたのかもしれない。

『フィーリア』……ペトラはその名前を深く心に刻み込んだ。

妖精だからと言って油断できない相手だ。

「それで、次は何をすればいいんだ？」

「……え？　あぁ、そうでしたね。しかし、残念ながら私は清掃の担当をそこまで把握しておりません。その……『フィーリア様』に聞いてみてはいかがでしょうか？」

まさか、妖精相手に『様』を付けて話す日がくるとは思わなかったが、陛下のご友人とあらば丁重に扱わなければならない。

「そうか、わざわざすまなかったな」

「掃除用具は私が片付けておきます。陛下は掃除もお上手なのですね」

「料理と同じさ、掃除にもコツがある。窓拭きの場合はタオルをあまり濡らさない事だな」

◇

豆知識も披露出来てご満悦の私はそのまま自室へと向かった。

まぁ、全部本の受け売りなんだけどね……。

部屋の前に戻り、ノックをする。

「フィーリア、入ってもいいか？」

「どうぞっ！」

部屋に入ると、フィーリアは深々と私にお辞儀をした。

「しっかりと休めたか？」

「はい！　ですが、このような豪勢なベッドは私のような者の身には余るものでございました！」

だがその言葉に反してベッドは全く使われた跡がない。

私は落ち込みかけたが、自分も初日は使わなかったことを思い出した。

「その気持ちは分かるぞ、私もこのベッドは心地が良すぎて少し落ち着かない。今でもよく床で寝ているくらいだ。本当だぞ？」

フィーリアは私の話をポカーンとした顔で聞いている。

「で、窓掃除の次は何をすればいいんだ？」

「もう仕事はございません！　私はもう十分休ませていただきましたので、失礼いたします！」

部屋から出ていこうとするフィーリアの前に、しかし私は立ちはだかった。

「フィーリア、少しお茶でも飲んで話さないか？」

フィーリアはやはりいつも私といる時は気が休まらないような様子だ。

しかし、私はフィーリアと気の置けないようなフランクな友達になりたい。

ここで逃がすわけにはいかない。私は気が弱い相手には強気にでられるのだ。

なんだか自分で言っていて悲しくなってきた……。

「主様直々のお誘い、恐悦至極でございます。ですが、私なんかが――」

フィーリアが遠慮の言葉を言いかけると、部屋の扉がノックされた。

「入ってもよろしいかしら？」

「うっ、その声は……」

私は嫌な予感を感じつつも、入室を促した。

すると扉を開けて入室してきたのは、昨日会ったばかりのSMの嬢王、システィナだった。

城内探索　～お茶会～

「遊びに来たわ！　今度はちゃんとノックしたわよ！」

宝石のようなオレンジ色の髪をなびかせて、システィナが昨日の今日で遊びに来てくれた。

正直、あまり関わりたくない人だが、タイミングとしては悪くない。

「やぁ、システィナ。ちょうど今から私の『友達』のフィーリアとお茶をしようとしていたんだ。良かったら一緒にどうかな」

私はシスティナを利用してフィーリアが断りづらい雰囲気を作り出した。

フィーリアはきっと気が弱いのでこのまま雰囲気で流す事ができそうだ。

「あなたがフィーリア？　初めまして、私もお友達のシスティナ＝ハプスブルクよ」

「は、初めまして！　フィーリアです」

システィナがスカートを軽く摘み上げて優雅に挨拶をする反面、フィーリアは新入社員のように深々と頭を下げた。

そして私は知らぬ間にシスティナの友達にされていた。

人の事を一方的に友達に認定するなんて酷い人だ。

「お茶だったら私が用意するわ！」

そう言うと、システィナは私達を強引に部屋のテーブルに着かせた。

フィーリアも勢いに流されて緊張しながらも座らされている。

システィナが謎のカードをかざすと、テーブルにティーセットとクッキーのような焼き菓子が現れた。

これも『魔法』なのだろうか、私も早く火をおこすくらいの魔法は覚えなければ。

システィナは慣れた手つきで私達の分のカップに紅茶を注いでゆく。

紅茶の良し悪しは分からないが、システィナがわざわざ出してくれたんだ、きっと良い紅茶なのだろう。

まぁ、たとえどんなお茶だろうと私は最高に素敵なお茶会になる事を確信していた。

だって、生まれて初めてのお茶会なのだから！

しかもお友達が二人もいるし！

孤独に死んでゆく運命を半ば受け入れ初めていた私には今の状況はまぶしすぎた。

成り行きと最悪な偶然が重なって王に据えられてしまった私だが、まさに人生万事塞翁《さいおう》が馬というやつだ。

注がれた紅茶をこれまた上等そうなティーカップに注ぎ終わると、私は香りを楽しんだ後に口に流し込んだ。

「美味いぞ！」

味を言葉で表現するなんて高度な技術は私にはないし、多分頑張ってもボロが出るだけなので私は小学生並みの感想しか言えなかったが、システィナはにっこりと微笑んでくれた。

「お、美味しいです！」

ガチガチになりながらもフィーリアも紅茶を飲んで感想を述べる。

システィナもフィーリアに対して笑顔で賛辞のお礼を返していた。

しかしクッキーは味が薄かった。

今度、自家製の砂糖をプレゼントしてあげよう。

システィナは自分の分の紅茶を注ぐと、

「ところで――」

と席に着きながら口を開いた。

「毒でも入っているかもしれないのに確認もせずに飲むなんて、ずいぶんと豪胆ですのね」

……そういえば、私は王だった。

そういう可能性もあるのか、まったく考えていなかった。

しかし友人というのは鏡のようなものだと聞いたことがある。

もし、毒を盛られてしまったとしてもそれは私の行動の報いであるのかもしれない。

それにもし毒を飲まされてしまっていたとしても私は二人に見送られるのだから、地下でひっそりと孤独死して、白骨化するよりは大分マシというやつだろう。

きっと埋葬くらいはしてもらえるだろうし。

システィナは言葉を続ける。

「差し出した物を警戒されずに召し上がっていただけるなんて、この乱世ではずいぶんと久しぶりでしたから、少し感動してしまいましたわ」

どうやら、世の中は私が想像している以上に殺伐《さつばつ》としているらしい。

なんてこった、これじゃあ私が料理を振る舞っても食べてもらえない可能性がある。

「わ、私は自分の直感を信じているからなっ！　システィナならきっと大丈夫だと思ったんだ。自分の考えに従った結果ならばどうなろうと私はなんの後悔もないよ」

私は苦し紛れにそう言い返した。

いくらなんでも昨日初めて会っただけの人間を信用するのは能天気が過ぎるが、システィナは『豪胆』というとらえ方をしてくれたので私はそれに乗らせてもらう事にした。

「考えていませんでした」なんて言うと立場上は部下であるフィーリアに呆れられてしまうかもしれない、それは何よりもマズイ。

◇

そんなリブの考えとは裏腹にフィーリアはリブの苦し紛れな発言に少しだけ心を動かされていた。

『自分の直観に、自分の考えに従う』

周りを警戒しながらビクビクと生きてきた妖精族にとってはあまりにも刺激的な発言だった。

それはきっと強いから言えるのかもしれない。

だけど自分もそんな考え方で生きることができたなら、それはどんなに素敵なことだろう。

あまりに当たり前な考えだが保守的な妖精族にとっては、夢に見ることしかできないような鮮烈な生き方だった。

主様は残忍だった前主様の娘だからという理由で周りには恐れられている。

多くの妖精が「今にも殺されてしまう」と噂をしている、そして自分もそう思い込んでいた。

しかし、それは『自分の考えではない』。

少なくとも私が見てきた主様はおせっかい焼きで茶目っ気のある普通の少女ではないだろうか？

（私も自身の直観、自分の考えに従うならきっと主様は……）

◇

私の苦し紛れの返答を聞くとシスティナは少し間をおいてから口を開いた。

「あなたはまだ王になったばかり、きっとこれからその考え方のせいで何度も辛酸をなめさせられることになるでしょう。どんなに崇高な考えも、死んでしまっては時代錯誤の考えを持った敗者でしかありませんわ」

「それでも――」とシスティナは言葉を続ける。

「私は貴方のような考え方は好きですわよ。お互いに何の気兼ねもなくお茶会が出来る場所なんて本当に貴重なの。東部とはいえ油断は命取りですわ、お願いだから長生きして頂戴ね」

そう言うと、システィナは照れ臭そうに扇子を開いて自分の顔を軽く扇《あお》いだ。

フィーリアは主様相手にズバズバと言葉を言ってのけるシスティナに唖然としていた。

システィナのそんな言葉を聞いて、私は嬉しかったが、何かシスティナに関して忘れている事があったような気がしていた。

大事な何かを忘れている気が……。

「さて、それともう一つ」

システィナは少し厳しい表情をすると、再び口を開いた。

「なぜ、たかが妖精風情が、場違いにもこの素晴らしいお茶会に参加しているのかしら？」

そう言った瞬間、フィーリアの体はビクンっと跳ねた。

そして私は思いだした。

（そうだ、この人はドSで調教できる相手を探しているんだった……）

私が駄目そうだから、私の友人であるフィーリアに罵声を浴びせて『適正を測っている』ことは明らかだ。

「ねぇ、ここの吸血鬼達にとって妖精は『奴隷』のようなものでしょう？　それがなぜ、吸血鬼の王と一緒にお茶をしているのかしら？」

もしこれで、フィーリアが適応してしまったら最悪私も変態に堕ちる覚悟が必要だ。

早急に攻めか受けかを……ではなくフィーリアを魔の手から護らなければならない。

フィーリアも彼女の性癖に何となく気が付いたのか、ブルブルと震えだし、今にも逃げ出してしまいそうだ。

せっかくの楽しいお茶会もフィーリアがいなくては駄目だ。

「私、失礼します！」

「——フィーリア」

立ち上がろうとするフィーリアを私は呼び止める。

ここで逃げたのでは問題は解決しない。

昨日の今日で再びこの部屋に襲撃してきたところを見るに、恐らく彼女は自分のプレイの相手を探すことにかなり執着しているようだ。

そして私よりも気が弱いフィーリアを見つけてしまった、彼女はきっとフィーリアが首を縦にふるまでフィーリアを追い詰め続けるだろう。

「私は……フィーリアと一緒にお茶を飲むことが出来て、とても誇りに思うよ」

きっとシスティナは妖精がとても弱い種族だと認知しているから、手玉に取りやすいと思い、私からフィーリアへと標準を変えたのだろう。

ならば、フィーリアは、ひいては『妖精族は立派な種族である』とシスティナに分からせる必要がある。

「ここにいる妖精達は父が妖精の国を脅して、無理やり使用人として働かせている。だが、彼女達はもともと妖精の国の兵士だ、そして国を守る為に自ら志願して吸血鬼の国に来ているそうだ。剣を握っているわけではないが、彼女達は毎日戦っている。尊敬するには十分だろう」

そして何よりも素晴らしいのは戦う理由をはき違えていない事だ。

自国の妖精達の為に、兵士としての役割を全うし続けている。

それをあざ笑い、唾《つば》を吐きかけたのが私の父親なのだが……。

「そう……どうやらあなたはやはり前王とは違うようね。私、ますますあなたを気に入ってしまいましたわ！」

システィナが何故か私を見つめながら今度は聖母のような優しい笑顔でそう語る。

標的が再び私に移ってしまったようだが、フィーリアが護られるのならよしとしよう。

「そしてフィーリア。試す為にあなたを侮辱してしまったこと、利用したことを謝罪します。許してもらえるかしら？」

「いえ、そんな！　私など、たかが使用人に過ぎません！　顔を上げて下さい！」

フィーリアはシスティナの身なりから、位《くらい》の高い人物だと理解しているのだろう。

自らを蔑みながら狼狽えていた。

「そうだわ！　お詫びの印にプレゼントを受け取ってもらえるかしら？」

そう言うと、システィナは一度姿を消し、またすぐに現れた。

この瞬間移動みたいな魔法は覚えたら凄く便利そうだ。

私は二度目なので平気だったが、フィーリアは驚いていた。

やはり難しい魔法なのだろうか。

「私のお古なんだけど、よかったらどうかしら？　私の能力で作った物だから結構丈夫なはずよ」

そう言ってシスティナはフィーリアに綺麗な扇子を差し出した。

「こんなに綺麗な扇子！　私なんかがもらうわけにはいきません！」

「そう、フィーリアは私を許してはくれないのね……」

システィナが悲しむフリをしてみせる。

「う……ありがたく頂戴いたします」

やはりフィーリアはチョロかった。

このお姉さんに騙されないように私がしっかりと護ってあげなければ。

「あまり長居してもご迷惑になるわね。今日は楽しかったわ、ごきげんよう」

そう言うとカードをかざした。

カードをかざすと前回と同様に空間が裂けるようにしてシスティナを呑み込んだ。

システィナもフィーリアを諦めてくれたようだ。

私もフィーリアをしぶしぶ解放してあげた。

仕事がないと言っていたのはやはり私を気遣った為に吐いた嘘だったようで、私に深々とお辞儀をすると小走りで忙しそうにどこかへと走っていってしまった。

城内探索　～手合わせ～

フィーリアの後ろ姿を見送ると私も部屋から出た。

窓の外を見てみるともう日が傾き始めている。

そのまま中庭に視線を移すとフリッツがまだ一人で鍛錬をしていた。

練習相手の吸血鬼達は付き合いきれずにもう部屋へと帰っていったようだ。

鍛錬も大事だが、休息も大切だ。

私はフリッツに声をかけるために中庭へと降りて行った。

◇

「やぁ、調子はどうだ？　あまり根を詰め過ぎないようにしたまえ」

私の姿を確認するとフリッツはすぐに鍛錬を止め、深々と頭を下げた。

「これは、陛下！　ご心配ありがとうございます！」

フリッツはスーツではなく鍛錬の為に動きやすい格好をしていた。

カジュアルな格好なので気持ち的に少しだけ普段よりも話しやすい気がする。

私はシスティナが置いて行ってくれたポットに中庭の井戸から水を溜め、カップに注ぐとフリッツに手渡した。

「鍛錬も大切だと思うが、たまには休んで中庭の綺麗な花や植物に目を奪われても罰は当たらないだろう」

私がそう言うとフリッツは何故か少し恥ずかしそうに返事をしてカップを受け取った。

水を一気に飲み干してカップを置くと、フリッツは顔を少しうつむかせながら懺悔《ざんげ》でもするかのように私に語り始めた。

「……陛下、昨夜は情けない姿をお見せしてしまい申し訳ありませんでした。レイチェルから聞きました、昨晩の侵入者は陛下が追い払ったと……。俺も陛下に仕える者として相応《ふさわ》しい強さを身に付けます！」

フリッツは戦力としてこの国では大いに期待をされている存在のようだ。

だからこそ二度の襲撃において役に立てていない事をこんなにも悔しがっているのだろう。

私はその侵入者とつい先ほどまでお茶会をしていたのだが、混乱させそうなので黙っておいた。

何より、あんなに綺麗なお姉さんをフリッツに会わせてしまうと、変態プレイの餌食《えじき》になってしまう可能性がある。

フリッツをシスティナの魔の手から守らなければ……！　私は固く誓った。

フリッツがそんな無念と共に頭を下げていると、眠そうな目をこすりながらレイチェルが中庭に現れた。

昼寝を終えて、フリッツの鍛錬の様子を見にきたのだろうか。

「げっ、何でリブがここにいるのよ」

レイチェルが私を見ると少し都合が悪そうな顔をしてそう言った。非常に傷つく。

「席を外そうか？」

「勝手にしなさい」

レイチェルは相変わらず私に冷たい。

目を合わせようとしてもすぐに逸らされてしまう。

「レイチェルはどうしてここに？」

「中庭を見たらこいつが鍛錬しているのが見えたからね。少し稽古でもつけてあげようかと思って。どう？　私と少し戦ってみない？」

突然のレイチェルの提案にフリッツは少し驚いた顔をしたが、すぐに真剣な顔つきになった。

「……望むところだ。寝起きなんだろう？　準備運動はしなくていいのか？」

「ちょうどいいハンデだわ。リブは見ているつもりならこれを羽織っていなさい」

そう言うとレイチェルは服の上着を脱いで私に渡した。

少し肌寒かったので嬉しい、しかもレイチェルの上着なので凄く嬉しい。

二人が少し距離を取るとすぐに組手の実戦が始まった。

正直私には二人の戦いが凄すぎて、何が何なのか分からなかったが、フリッツが何度も吹き飛ばされていたのでレイチェルが優位に立っている事だけは分かった。

「魔法でも何でも使っていいわよ。手加減はするから全力で来なさい」

レイチェルがそう言うとフリッツは少し何かを詠唱してレイチェルに再び襲い掛かった。

フリッツは詠唱のあと、さらに加速していたが、それでもレイチェルは冷静かつ無慈悲にフリッツの攻撃を止め、自らの拳を叩きこんでいた。

「あんたねぇ、真正面から戦っても敵わないと分かったらすぐに戦い方を変えなさいよ。魔法で肉体強化だけしてまた突っ込んでくるなんて、他のバカ吸血鬼達と大差ないわよ？」

「くそっ！」

フリッツは動きに変化をつけるがやはりレイチェルに対応されてしまう。

「はぁ、結局この程度なのかしら」

レイチェルがそう言うと、フリッツは何か少し葛藤した様子を見せた。

そして、何かを決心した後、再びレイチェルに立ち向かった。

フリッツの左の拳がレイチェルの目の前で――、

――一輪の綺麗な花を咲かせた。

「わぁっ♡」

耳を疑うほどに可愛い声を上げたレイチェルは花に気を取られ、自分の腹部へと向かっているフリッツの右手の拳には気が付かなかった。

「ごふっ！」

フリッツの拳がレイチェルの腹に直撃し、レイチェルは吹っ飛んでいった。

「だ、だ、大丈夫かっ⁉ すまん、まさかこんなのが上手くいくとは……思いっきりみぞおちを殴ってしまった」

自分の拳がまさか当たるとは思っていなかったらしく、オロオロしていた。

しかしレイチェルはゆらりと立ち上がるともの凄い速度でフリッツを地面に組み伏せ、目に見えない糸でがんじがらめにし、その上に優雅に座ってみせた。

さっきの失態などなかったかのようだ。

しかし、私は心配だったのでついレイチェルに尋ねてしまった。

「レイチェル、お腹は大丈夫なの？」

「何の事かしらっ⁉」

どうやら聞いてはいけないらしい。

レイチェルのお尻の下でフリッツは悔しそうに体を動かそうともがいているが、糸は全く緩まない。

吸血鬼の怪力にも耐え得る、相当に頑丈な糸なのだろう。

（正直、フリッツが少し羨ましい……）

私がそんなバカな事を考えているうちにさらに必要以上に糸でがんじがらめにされたフリッツは、レイチェルに降参を宣言した。

城内探索　～特殊能力～

レイチェルがフリッツの拘束をようやく解いた。

「はぁ……今の拘束はお前の『能力』か？」

「そうよ、私は妖精と同じで糸や布を作り出す事が出来るの。あなたの能力はお花を咲かせる能力なのかしら？」

そう言いながらレイチェルがタオルを作り出してフリッツに手渡す。

フリッツは少し口ごもった後に少し恥ずかしそうに口を開いた。

「……花を咲かせたり、枯れるのを遅らせたり、植物の成長を促すことができる。大した能力じゃないがこれが俺の『能力』みたいだ」

なるほど、きっとこの庭の植物もフリッツが育てているのだろう。

先ほど、私が景観を褒めた際にフリッツが少しむずがゆそうな表情をした理由が分かった。

どうやら魔法にも様々な個性があるらしい。

ペトラの『念話』もきっと『特殊な能力』だろう。

それにしても……。

「凄い能力じゃないかっ！」

私は思わずフリッツに駆け寄って目を輝かせた。

なんて素敵な能力なのだろうか。

フリッツの能力を使えば城の花壇は守られたようなものだ。

私の部屋をお花だらけにしてもらえたりはしないのだろうか。

「お恥ずかしい限りです……すみません、ガッカリされたでしょう」

「何を恥じる事がある？　その能力、もっと活用してみてはどうかな？」

「ですが、俺は強くならなければならないのです。陛下に仕えている者として相応《ふさわ》しいように――」

レイチェルが不機嫌そうに口を挟んだ。

「リブの言う通り、能力を育ててみればいいじゃない。私も始めは布を縫うくらいの能力だったけれど今では相手の体ごと縫い付ける事が出来るようになったわ。何が役に立つか分からないものよ」

レイチェルはそう言うと凄い速度でマフラーを編み上げて私の首に巻きつけた。

「もっとも、自分の能力も愛せないようじゃやっても無駄かもね」

レイチェルはそう言いながらマフラーを巻いた私を品定めするように色々な角度から見つめている。

「えっと、レイチェルの能力も凄い……ね」

私がそう言うとレイチェルの顔は赤く染まっていき、素早く踵を返した。

「と、とにかくっ！　弱者には弱者の戦い方ってものがあるはずよ。闇雲《やみくも》に鍛える前によく考えてみなさい」

レイチェルは私に背を向けたまま物凄い速度で、城へと戻って行った。

この上着とマフラーは貰ってしまっても良いのだろうか。

フリッツはレイチェルの言葉を頭の中で反芻《はんすう》していたようで、真剣な表情のまま考え込んでいた。

「……陛下は、どうお考えですか？　俺は、どうしたら陛下のように強くなれるのでしょうか？」

私がそこらの人間の子供にすら劣るほどの雑魚である事を知らないフリッツは、真っすぐな眼を私に向けてきた。

私はというと内心冷や汗ダラダラだ。

ここで「私も毎日筋トレ頑張るから、一緒に頑張ろうね！」と言えたらどんなに楽だろうか。

しかし私は仮にも王である。

ここは王らしく上手くはぐらかさなければ――じゃなくて上手く導かなければならない。

「……フリッツ、私はフリッツの能力が好きだぞ！」

とっさに出た言葉がこれである。

しかし、私はこの言葉で良かったと思っている。

この国を護る方法は何も外敵と戦う事だけではない。

プランターとしてこの国を支えてゆく方法もあるのだ。

今までは吸血鬼として生まれ、あのお父様の下にいたせいで戦う事しか教えられなかったかもしれないが、花を咲かせるなんて素敵な能力を持った彼が本当に戦いを好んでいるとは思えない。

今はレイチェルという頼もしい仲間もいることだし、私だってこれから毎日鍛えてゆけば少しは戦力になるかもしれない。

とにかく無理して自分を戦いに向かわせる必要はない、私はそう思っていた。

「陛下……ありがとうございます。何よりの励みになります」

こんな何の役にも立たない言葉にでもフリッツは私に深く頭を下げた。

理想を抱いたからにはそれを実現する為の強さが必要だ。

私もみんなを護れるくらいに強くならなければならない。

何も持っていなかった私にとって、そう思えるだけで何だか幸せな気持ちになった。

◇

城に戻ると私は約束通り、メイド達の食事を作る事にした。

しかし、量が量だけに調味料を山小屋から運ぶだけでも一苦労だったので、ペトラを呼んで運ぶのを手伝ってもらった。

「……す、凄い匂いですね」

私の調味料小屋に入ったペトラの感想がこれだった。

味噌を熟成させていたり、醤油蔵も併設してあるので当然匂いも凄い。

いやはや、歯止めの利かない趣味と時間を持て余した者というのは出会ってはいけない組み合わせだ。

大量のオリーブオイル、にんにく、鷹《たか》の爪を持った私達は城の調理場へと向かった。

調理場に着いた私達は二つの大きな鍋にお湯を沸かすと、大量のパスタを投入した。

同時に隣で大きなフライパンに大量のオリーブオイルを入れてにんにくを火にかける。

にんにくの色がほんのりと変わったところで鷹の爪を入れるのだが、ペトラが難しそうな顔で鷹の爪をにらんでいた。

「どうした？　食材が命乞いでもしているのか？」

私が意味の分からない事を言っているのは、妖精達に料理を振る舞える事が嬉しくてテンションがおかしくなっているからだ。

「いえ、その……この赤い実は毒ではないのですか？」

なるほど、鷹の爪は唐辛子なので『辛いから毒』だと思われているのか。

……なんか可愛い勘違いだ。

「毒も正しい使い方をすれば薬さ。大丈夫、この『鷹の爪』はそんなに沢山は入れないから」

食べ物だよと言うとそのまま食べかねないので変な解釈をして対応する。

ペトラのようなしっかりとした人が唐辛子をかじって涙目になるなんて天然をぶちかましたら、私はあまりの可愛さに悶え死んで料理どころではなくなってしまうだろう。

パスタが茹で上がったのでペトラにフライパンに少しづつ移してもらい、オリーブオイルと絡めた。

さらにベーコンの代わりに魔獣の肉があったので使わせてもらった。

百人前となるとかなり大変だと思ったが、ペトラが力持ちで、要領がいいので意外にもすんなりと作る事が出来た。

ペペロンチーノの完成である。

冷めないうちにペトラから全ての妖精に食事を取りに来るように念話が発信されたが、私は味見ですでにお腹がいっぱいになって眠くなってしまっていたので配るのはペトラに任せて私は自室に戻る事にした。

湯あみをし、歯を磨き、布団に入った私は妖精達が自分の料理を気に入ってくれるのだろうかとドキドキしながら眠りについた。

ちなみに部屋へと戻る際、中庭を見ると庭の大木の下に座り込みながらフリッツが頭をかいていた。

悩み過ぎも良くないと思うのだが、真剣に悩む姿も大事だろう。

風邪だけはひかないようにして欲しいが。

そういえば、レイチェルに魔法を習いに行くのを完全に忘れていた。

◇フィーリア視点◇

「っ⁉ 今日のご飯、すっごく美味しいわ！」

「ペトラ様が配っていたけど、もしかしてペトラ様の手料理⁉」

「ペトラ様、お仕事だけでなくお料理もできるのね！」

食堂では妖精達が盛り上がっていた。多少の誤解が入り交じりながら。

「いや、これはペトラ様じゃなくて主様の――」

そこまで言いかけて、フィーリアはやめた。

吸血鬼の王が妖精のために料理を作ったなんて、言っても信じてもらえないからだ。

（すごく、美味しいわ。妖精のために食事を作ってくださるなんて、やっぱり主様は……）

ペペロンチーノを口に運びながら、フィーリアは一人、考えた。

◇フリッツ視点◇

俺は昔から植物が大好きだった。

水を与えるとすくすくと成長する様子を見て、自分も勇気づけられた。

自分も植物のように早く強く大きくなりたくて毎日鍛錬した。

この世は『強さ』こそが全てだ。

とにかく強くなることに必死になっていた俺は、植物の面倒をみる時間がとれなくなってしまっていた。

中庭で手合わせをする際に踏んでしまわないように端に寄せる程度の事しかしなくなった。

また同時に『植物を育てること自体』が強者のイメージにそぐわなかったので俺は植物を育てる事ができる才能をいつしか隠すようになってしまった。

やがて、俺は厳しい鍛錬のおかげでこの城にいる複数の吸血鬼相手でも戦えるくらいに腕をあげた。

少しだけ心に余裕が出来たので、鍛錬をたまに休んでまた中庭や花壇の植物の世話をし始めた。

だが、草や花を愛でている姿を見られてしまったら他の者達に侮られてしまう。

それでも俺は再認識してしまった『植物を育てる幸せ』を我慢する事が出来ず、隠れながらこっそりと枯れそうな植物を元気にしたり、庭木を増やしたりしていた。

この世界では戦闘で勝つ事が全てだ。

『戦闘』とは『植物を踏み荒らす行為』だ。

強い者は足元の草木なんかに注意を払わない……俺はやはり自分の能力を恥じたままでいた。

――だが、陛下は言ってくれた。

『私はフリッツの能力が好きだぞ！』

救われた気がした。

自分の本質を肯定されたからだ。

しかも他ならぬ陛下に……。

強くて美しい、自分では手など届かない憧れの人にそう言ってもらえた。それだけで俺は自分の植物を育てる能力が何よりも誇らしくなった。


どうやって自分のこの能力を成長させれば良いのか。

レイチェルとの手合わせが終わり、陛下が城の中へと戻られた後、俺は中庭の端にある大木の下で考え込んでいた。

レイチェルのいう通り、戦闘で使えなくもないのかもしれない。

しかし、所詮は植物、金属がひしゃげるような攻撃が飛び交う戦場で役に立つだろうか。

それに――。

《戦闘に使われる植物がかわいそうだ……》

俺が頭を悩ませていると、不意に声がかけられた。

《数十年程度しか生きていない若造に哀れみなど受けたくないわい》

驚いて周りを見回すが人影はない。

《おっ、声が聞こえたかの？　やっと自分の能力を受け入れたのじゃな》

再び声が聞こえたが、やはり周りに人はいない。

それに、声というよりも文字が頭に浮かび上がって理解が出来ている感覚だ。

音が聞こえているわけではないのでペトラの念話とは少し感覚が違う。

《ワシはお前の後ろにいる大木じゃ》

そう言われると、俺は自分の後ろの大木を見た。
試しに言葉を頭で念じてみる。
《お前は何者だ？　何で俺に言葉を送れる？》
《ふふっ気になるか？　木だけに？》
何故かドヤ顔まで見えた気がした。
《ワシの声が聞こえるのはお前の能力によるものじゃ。ワシはお前がこの城に来てからずっと見ていたぞ？》
こいつ、目はどこにあるんだ？　と思ったが、他にも聞きたい事は沢山あったのでスルーした。
《なぜ、今頃になって話しかけた？》
《今までも話しかけていたんじゃが、お前が自身の能力を受け入れないせいで気づいてくれなかったんじゃ》
……なるほど、さっきの陛下の一言で俺が自分の能力を受け入れたから聞こえるようになったのかもしれない。
ならば聞きたい事は一つ。
《お前らは戦闘で使われたらいやか？　殴られたり、燃やされたり、折られたり……》
《もちろん、ワシら植物も生き物じゃ。痛覚はないが、体を破壊されることは良い気がせん》
フリッツはガッカリしたが、その木は言葉を続ける。
《しかし、ワシらは一種類で一つの体じゃ。ワシの体も大陸中に存在し、全て一人のワシじゃ。百

や二百、体が壊されても全く影響はないぞ。むしろ役立ててくれたなら本望じゃ》
それを聞いて、俺はホッとした。
今後、植物が泣き叫ぶ声が聞こえるようになってしまったらきっと一生気が休まらないだろう。
《特にお前の植物に対するやさしさは、この城に存在する数十種類の植物全てが知っておる。みんな喜んで使われてくれるじゃろう》
そう言われると俺は照れ臭くて、ごまかすように頭をかいた。
《しかし、なぜ俺にこんな能力が？　やっぱり植物が好きだからか？》
《ワシは何万年と生き残ってきた種類の木じゃ、だから知識には自信があるのじゃが、何がキッカケで能力が発現するかは分からんなぁ》
大木の言葉を聞くとフリッツは腕を組んで少し考え込み、今度は別の質問をしてみた。
《……ではそもそも『能力』とは何なんだ？　俺達の認識だと『妖力でも魔力でもない個性的な力』、という感じだが》
そう、この能力と呼んでいる力は正体がよく分かっていない。
せっかくの機会なのでフリッツは一応、物知りを自称しているこの大木に尋ねてみた。
《そうじゃな、お前が言っている『能力』というものは道具や文化、職業の怨念《おんねん》のようなものじゃ。昔の人間族がその技術を生み出したのじゃが、人間族は愚かな殺し合いで大量に死滅した。長い間、使用者のいなくなった道具や文化などは目に見えない力となって色んな種族にとりついているのじゃ》
なんと……ダメもとで聞いてみたがけっこう答えてくれた。

どうやら本当に物知りらしい、この大木に聞いてゆけばかなりの謎が解明できそうだ。
《怨念などと言ってしまったが、依代《よりしろ》の無い付喪神《つくもがみ》とでも思った方がよさそうじゃな。自分を大事にしてくれそうな相手を選んで力を与えてるのじゃろう。おぬしの場合は『ガーデニング』の文化かの。『庭師』の職業かもしれん》
俺にとっては少し難しい話だったが、それでも何となく理解する事は出来た。
そうだったのか……俺を選んで……なのに俺は恥ずかしいなどと……。
――なんたる侮辱だろう。
俺がこそこそと隠しながら能力を扱うようなマネをして、さぞ悲しかったに違いない。
《……何万年と生きてきたということは俺の他にもこの能力を持った奴がいたんだろう？》
《同じ能力を持ったものは他にもいるが、植物と話が出来るほどに植物を愛し、能力を使いこなせた奴はほとんどおらん。なかなか出来ることではないぞ誇るがよい》
《俺は、もっと強くなれると思うか？》
《ふむ》
大木は少し口をつぐんだ。
《その……気を悪くしないで欲しいんじゃが、おぬし、一人の時はマジックアイテムを使って鍛錬しておったよな？》
《……？　あぁ、その通りだが？》
《魔力を込めると重くなるベルトをしたり手合わせをしてくれる人形などを使っていたな？》

《うむ》
《魔力を込め過ぎるとどうなった？》
《立てないほどにベルトが重くなったり、手に負えないほどに人形が強くなってボコボコにされたな》
《そしておぬしは興味本意でさらに魔力を注いだな？》
《あぁ、結果ベルトも人形も壊れてペトラに怒られたよ》
《おぬし……かなりの量の魔力を持っておる。身体能力が自身の魔力量に追いついておらんのじゃ。『魔法使い』として戦った方が良いのではないか？》
大木の発言に俺はため息を吐いた。
《冗談いうな、俺は初歩である強化魔法と火を放つ魔法しか使えん。お前も知っているだろうが、それ以上は覚えられなかったんだ》
《それはお前が魔法をマジメに勉強しなかったからじゃろう？　単純に力を鍛える方が手っ取り早く強さを実感できるからやらなかっただけじゃ》
《ぐっ……確かに》
《とにかく、『魔力の量』はお前が今まで必死に鍛えてきた妖力よりも勝っておる。『魔力の量』とは『心のエネルギー』じゃ。辛い思いをしたり、葛藤する度に自分を乗り越えて、精神の方が鍛えられてしまったのじゃな。本当に強くなりたいなら考えてみてもいいんじゃないか？》
《う～む》

俺は頭を抱え込んだ。
自分は頭が良くないので魔法を覚えることに自信がなかったのだ。
《とりあえず水の魔法でも教えてもらったらどうじゃ？　ほら、植物と相性良さそうじゃし》

大木と話している間に夜も深まってきた。
《俺はそろそろ寝ようと思う、お前も見ていた通り、今日は一日中鍛錬していて実はクタクタだ。お前も睡眠はとるのか？》
『草木も眠る丑三つ時』なんて言葉があるが、植物は眠るのだろうか？
《一応とるが、ワシはお前とこうして話している方が楽しいのう》
《またいつでも話すさ、今日はここまでだな。寝坊するわけにはいかん》
《いつもしているじゃないか》
《そういえば、ずっと俺の成長を見てきたんだったな……》
俺はため息をつきながら部屋へと戻ろうとしたが、最後に一つだけ質問した。
《……ずっと外にいて、寒くはないのか？》
そう言うとその大木は大笑いした。
《もっと他に聞くべきことがあるじゃろう！　やっぱりお前は面白い奴じゃ！　大丈夫じゃよ、安心して寝てこい》

小馬鹿にされたような大木の言葉に少しだけ恥ずかしさを感じながら俺は城へと戻った。

城に戻るとペトラが待っていた。

「お疲れさま、ほら食事よ。また陛下が作って下さったわ、今回も驚くほど美味しいわよ」

《あぁ、ありがとう》

「ちょっと？　何でわざわざ念話で話すの？」

念話で話してしまっていたらしい、もう頭がごちゃごちゃだ。

「陛下は？　感謝の気持ちを伝えたい」

「もうお休みになられているわ」

「そうか、明日お伝えしよう」

そう行って城内に戻ろうとする俺の腕をペトラは掴んだ。

「ねぇ、フリッツ。丁度二人きりだし、聞きたい事があるの」

ペトラはフリッツに小声で話しかけた。

「何だ？」

「……ヴラド様の様子がおかしくなった事について、本当は何か知ってるんじゃない？」

「……知らん」

俺はペトラの目を見ることなく答えた。

ペトラはため息を吐くと自論を語り始める。

「ヴラド様が『王の血』を手に入れて強くなった事は知っているわ。もしかして、その『王の血』が原因で――」

「あの方を貶めるな！　ヴラド様はあんな物に支配されるようなお方じゃない！」

ペトラの手を振り払うと、俺はペトラを睨んだ。

「……例えどんな事が原因であろうと、私がヴラド様に対して尊敬を失うことはないわ。私達を救ってくれた方だもの」

ペトラは落ち着き払ったまま、俺の瞳を真っ直ぐに見つめて語りかけた。

「……怒鳴って悪かった。ヴラド様は少し……人が変わられただけだ」

俺はそれだけ言い残すと、ペトラを置いて城の中へと戻って行った。

シルビアの謁見

レイチェルは私の前で手から火の玉を放ってみせた。

「どう？　こんな感じよ？」

今、私はレイチェルの部屋で魔法を教わっている。

体に流れる魔力を利用して火を出したりできるらしいが、見ていても全然分からない。

「ごめん、レイチェル。そもそも魔力がなんなのか分からなくて……」

というか私にあるのだろうか。

「じ、じゃあ！　まず、わ、わ、私のて、て、手ををを」

レイチェルは顔を真っ赤にすると手を差し出してきた。

手を握ればいいのだろうか？

私がレイチェルの手を握ると、体を軽く震わせた後、レイチェルは私の手をじっと見つめた。

魔力があるかどうか見ているのだろうか。

しばらく見つめた後、真剣な顔で私の目を見た。

一片の曇りもない、綺麗な瞳を向けて言い放った。

「舐めても……いい？」

「……え？」

いや、舐めるも何もレイチェルから見たらミジンコのような私なんて舐められて当然の存在だろう。

しかし本当に舐めた態度をとられたら思わず泣いてしまいそうだからやめてほしい。

「い、いやっ！　ごめんなさいっ！　忘れてちょうだい！」

我に返ったように慌てて首を振ると、レイチェルは急いで私の手を放した。

「えっとそれで、私の魔力はどうだった？」

「そうね、火の玉だったら多分二発くらい撃てるんじゃないかしらっ？」

どうやら魔力はあるらしい。

でも火の玉二発って……。

「吸血鬼の赤子くらいの魔力量ね」

レイチェルがわざわざ追い討ちをかける。

「とりあえず、火の玉を撃てるようにしましょう」

しかし、落ち込んでいる暇はない。

私はさっきレイチェルが火を出した姿を思い浮かべ、真似をした。

「やぁ！」

謎の掛け声と共に手を突き出すと、火の玉はあっさりと出てきてレイチェルの部屋のタンスにぶちあたった。

「や、ヤバイ！　火を消さないとっ！」

私は慌てたが、レイチェルは焦るどころかはしゃいでいる。

「凄いわ！　リブ！　こんなにすぐにできるようになるなんて！　タンスは気にしなくてもいいわよ」

レイチェルはそう言ってくれたが、突然思い出したように焦り始めた。

「いけない！　マスクが入っていたわ！」

そう言うとレイチェルは急いで燃え盛るタンスの引き出しを開けて二枚のマスクを回収すると水魔法で消火した。

いや、マスクなんてレイチェルなら簡単に作れるんじゃないの？

「魔法を覚える速度は天才的ね、勘がいいのかしら」

「あはは、これで料理を作るのが楽になるよ」

そこで私はもう一つ『能力』と呼ばれていた特別な魔法について思い出した。

「私もフリッツみたいに魔法で花を出したり出来ないのか？」

「あれは魔法じゃないわ……多分。私達は『能力』って呼んでるけど、よく分かっていないの」

「そうなのか。私も凄い『能力』が身につくと良いな」

一つ賢くなった所でペトラから念話が送られてきた。

《陛下、妖精の国の王、シルビア様が御目通りを希望しております。本日はご予定が合いますでしょうか？》

《うむ、今日は特に予定がないから問題ないぞ》

《かしこまりました。そのように伝えます》

念話が切れると、今の内容をレイチェルに伝えた。

「妖精族の王かぁ、素敵な名前だったし、きっと綺麗なお姫様なんだろうなぁ」

「あら？　男かもしれないわよ？」

「妖精族は女性の方が力を持っているらしい。だからきっとお姫様だよ」

「……リブはお姫様が好きなのかしら？」

「というよりやっぱり憧れるかな！　でも私の場合、お姫様に一生懸命仕えるメイドさんの方が好きかな」

「……そう」

なんて事のない話をすると、私は湯浴みをする為にレイチェルと別れて、部屋へともどった。

◇

入浴を終えた後、私は部屋でソワソワしていた。

先ほどはレイチェルがそばにいたために取り繕っていたが、実はかなり緊張している。

妖精の国はこの吸血鬼の国によって半分支配されているようなものなので、もちろん吸血鬼の事を良く思ってなどいないだろう。

ゆえに私は落ち着けずにいた。

敵意むき出しで来られたら怖くて泣き出してしまう可能性があるからだ。

自分は仮にも吸血鬼の王である。

悪口や皮肉を言われただけで泣き出すわけにはいかないのだ。

よって私は秘策として『フィーリアを同席させる』事をペトラに申し出た。

フィーリアなら友達だから優しくフォローを入れてくれるだろうというのが狙いだ。

心が休まらない内に部屋を叩く音が聞こえた。

「陛下、妖精の王、シルビア様がお見えになりました」

「うむ、すぐに向かう」

城のエントランスの近くに存在する小さな応接室に入ると、フリッツとペトラとレイチェルが椅子の傍で直立していた。

レイチェルは何故かメイド服を着ている。

きっと私が三人の間にある椅子に座ることになっているのだろう。

しかし、フィーリアがいない。するとペトラは私に耳打ちした。

「陛下、フィーリア様は着てくる服を間違えてしまったようで、着替えたらすぐに戻るそうです」


フィーリアがまだいないままだが、待たせるわけにもいかないので謁見はそのまま進めた。

私が自分の椅子に近づくと、テーブルを挟んだ向かいの椅子の傍には小さな可愛らしい、それでいて美しい妖精がたたずんでいた。

彼女は私を見ると、すぐにドレスを軽く摘み上げて優雅に挨拶をしてみせた。

「お初にお目にかかります吸血鬼の偉大なる王。本日はご挨拶に伺いました」

まさにお姫様だ。

私が絵本の世界で見てきたようなお姫様が目の前にいた。

私のような引きこもりが見様見真似で挨拶をまねようとも同じようには出来ないだろう。

育ちの違いのようなものをハッキリと感じた。

「あぁ、会うのを楽しみにしていたよ。疲れているだろう？　座ってくれ」

私が着席を促すと王女様は上品に座った。

着席一つとってもここまで優雅に魅せることができるのかと私は感心しっぱなしだった。

私も着席すると自己紹介をした。

「今代の吸血鬼の王、リブ＝ツェペシュだ」

「ではリブ様とお呼びしますね。私はシルビア＝ローレンスと申します」

「シルビアは今日は『一人で』きたのか？」

「えっ、ええ。今日は私しか手の空いている者がいなかったので」

◇シルビア視点◇

嘘であった。

本当は誰にも伝えずに城を抜け出してきていた。

城には『王を辞任する』という内容の手紙を置いてきている。

今日、シルビアは妖精の代表ではなく、ただの一匹のはぐれの妖精としてこの王を毒殺するつもりでいる。

「そうか、私もまだ仕事が手伝えないんだ。お互い部下には苦労をかけるな」

何も知らない吸血鬼の王は困ったように微笑んだ……。

他愛のない言葉を返しながらシルビアは吸血鬼の王が想像よりも礼節がしっかりしていることに驚いていた。

しかし騙されてはならない、シルビアはあの演説を思い出した。

雄弁にして、支配者のお手本とも言うべきあの演説を。

あんな演説を披露できる者が愚者であるはずがない。

とすれば、自分の支配している国の王に対してどんな態度をとるであろうか？

支配者として靴をなめさせるか？

吊るし上げて妖精達の前でサンドバッグにするか？

違う、それはどちらも目先の快楽に溺れる愚かな王だ。

本当に賢い王はそんな革命を誘発するルサンチマン——つまり弱者が強者に対して持つ復讐心を発生させないようにする。

この目の前の少女は確実にそれを理解しているだろう。とすればこの少女の目的は王である私を上手く懐柔《かいじゅう》することだ。

吸血鬼の国でメイドとして働かされているわが国の兵士達には酷い仕打ちを与え、王である私には善い王である事を装う。

そうすることによって私から妖精達を預けることへの信頼を得ようとしているのだ。

なんと……なんとぬかりのない狡猾《こうかつ》な王か。

たかが妖精といえど自分の国の駒《こま》の一つである事をしっかりと理解しているのだ。

自分も隙を見せてはならない、そう思いつつシルビアは用意した手土産を取り出した。

◇リブ視点◇

「リブ様、本日は献上品として妖精の国で採れた最高級の紅茶をご用意いたしました」

シルビアがそう言うとペトラが隣の給湯室からティーセットを持ってきた。

お湯が入ったポットも一緒に持ってきている。

「あぁ、ありがとう。話はペトラから聞いていたからティーセットだけ用意してあるんだ、ぜひ一緒に飲もう」

私は興奮を隠しきれずにそう言うと、シルビアに相談を持ちかけた。

「その、シルビアにお願いがあるのだが……」

「はい？　何でしょうか？」

「シルビアの手で紅茶を淹れてくれないか？」

以前、システィナが紅茶を淹れてくれたのだが、その際はすでに抽出し終わっている紅茶をポットからカップに注ぐだけだったので、私は紅茶を淹れる作法のようなものを知らないでいた。

古代人間族の書物で読んだが、日本茶を淹れる作法はあんなに厳しいのだ。紅茶の作法もきっと何か特別な淹れ方があるのだろう。

私はこれから友達をたくさん作って、何度もお茶会をするつもりでいるので、これを機に本物のお姫様から学んでしまおうと思ったのだ。

◇シルビア視点◇

紅茶に毒を入れようと企んでいたシルビアであったが、このリブの申し出はむしろ都合が悪かった。

シルビアは『物体を離れた場所に転送させる能力』を持っていた。

小さい物しか出来ない上に移動させられる範囲は自分の目の届く範囲というあまり役に立たない

能力ではあったが、毒を盛るには十分な能力だ。

ザムドがシルビアにこの話を持ちかけた理由の一つである。

本当はここで従者であるペトラか吸血鬼の誰かが紅茶を淹れ、同時に能力で毒をティーカップの中に含ませるつもりであった。

紅茶の茶葉は私が持ってきている物なので毒物のチェックをされるだろうが、葉には毒がないので問題はない。

それ以外は全て吸血鬼達が用意した物なので疑われない。

吸血鬼がお茶を淹れれば、飲む前に再度チェック……なんて事にはならないだろう。

しかし、『私が紅茶を淹れる』のでは少し話が変わる。

王が紅茶を飲む前に律儀なペトラが毒物のチェックをするかもしれない。

紅茶を淹れるという事はそれだけ、手を加えるチャンスがあるという事だからだ。

では、チェックの後に毒を移動させれば良いのではないか？　ダメだ。

シルビアの物体をワープさせる能力は一度にそんなにたくさんの量の毒を移動させることはできない。

この透明な毒を小瓶一本分カップの中に移動させるには少し時間が必要なのだ。カップに注がれた紅茶をチェックされた後に毒を移動させ始めるのでは致死量には足りず、味の変化にも気づかれて失敗に終わる可能性がある。

この話は断らなければならない……。

「すみません、私は実は自分で淹れた事がないのです。吸血鬼の王であるリブ様になんてとてもお出しできませんわ」

「でも淹れ方は知っているのだろう？　紅茶は茶葉によって蒸らす時間も変わると聞いた事がある。妖精族の素晴らしい茶葉の味を正しく引き出す為に淹れ方は知っておきたいのだが」

自信なさげなシルビアに私はさらに食いついた。

ゆくゆくはメイド妖精達ともお茶会をして、妖精族のお茶を淹れて、「あら、お上手ですね」なんて言われてみたいのだ。

何かを考えるようだったが、そんな私の熱意に押され、シルビアは遂に了承した。

「……分かりました、では僭越《せんえつ》ながら私の手で淹れさせていただきます。私も淹れるからには無礼のないように妖精の作法に乗っ取り、ちゃんと淹れさせていただきます。リブ様は『茶室』をご存知ですか？」

「うむ、茶道の用語の一つだな。お茶を飲むための正式な部屋とかだったと思うが」

「流石はリブ様です、博識なのですね！　ではその茶室は一対一でお茶を飲む場だと知っていましたか？」

「なるほど、確かに『秘密の話』などをする際に使われていたと聞いている。資料の茶室も小さかったな」

「妖精の紅茶作法も同じです。気軽なお茶会とは違い、有力者同士の会談では一対一になる必要があります」

「なにっ⁉　そうなのか⁉」

知らなかった。どうやら古代人間族の作法とは違うようだ。

「うむ、私からお願いしたことだ。本物の茶道を体験する為に他の者達にもお願いしよう」

せっかく王自らがお茶の作法を教えてくれるのだ、これを逃す手はない。

しかも二人っきりである。

会う前は緊張していたがシルビアは話しやすいし、多分もっと仲良くなれるだろう。

それと自分は本当は『平和主義の吸血鬼』だと説明するチャンスでもある。

私が了承すると、レイチェルが小さな声で聞いてきた。

「ちょっと、リブ……大丈夫なの？」

「妖精は力が弱いのだろう？　二人きりになっても問題ないさ」

「……私達はすぐ隣の給湯室で待機してるわよ。何か起こったらすぐに大声を上げるか、ペトラに念話をかけなさい」

「ありがとう、レイチェル。約束するよ」

レイチェルは理解を示した。

レイチェルは妖精という種族に信頼を置いている。

過保護なレイチェルも妖精の王であるシルビアを相手にそこまで危機感は抱かないようだ。

フリッツとペトラも「妖精族ごときでは陛下には傷一つつけられないでしょう」と同意を示した。

◇シルビア視点◇

「茶葉に毒がないか調べさせていただきます。こんなご時世なので……気を悪くされないでくださいね」

申し訳なさそうにそう言うとペトラはシルビアの持ってきた茶葉に毒検出の機械を当てた。

何も問題ないようで、そのまま茶葉はシルビアの手へと返された。

シルビアが提案したのは、妖精の文化として本当に存在するお茶の作法であった。

嘘を吐いているわけではないので話も真実味を帯びていた。

断られたなら吸血鬼が代わりに淹れる事になり、了承されれば毒のチェックをするだろうペトラを部屋から追い出す事ができる。

シルビアはどちらに転んでも良い選択肢を作りだしたのだ。

あまりにも話がうまく進む事にシルビアは驚いていた。

まるで散っていった妖精達の無念が吸血鬼の王を殺せと導いているかのようだ。

シルビアは自身の左のポケットに忍ばせた毒の小瓶をもう一度手で触り、存在を確認した。

リブとシルビアを部屋に残して他の三人は隣の給湯室に行く為の扉を開けて退室した。

シルビアはダメ押しでさらに一つ条件を提示する。

「もう一つだけお約束が……妖精族の茶道には権力を持ち込む事が出来ません」

「分かった、ここでは私もシルビアもただの一人の吸血鬼と妖精だ。お互い腹を割って話し合おう」

シルビアは茶葉の袋を開けると深呼吸した。

ティーポットに茶葉を入れ、お湯を注ぎ、蒸らし始める。

リブは作法を覚えようとしているのか興味深そうに見ている。

「フタは開けたままで良いのか？」

「ええっ、空気に触れさせた方が美味しくなるんです……」

◇

蒸らす時間は三分程度、小瓶の毒は一分ほどあれば全てカップに移す事が出来る。

毒は透明だ。

一分前から移し始め、上から紅茶を注げばバレないだろう。

しかしポケットの中で小瓶を掴んだシルビアの左手はそのまま動けなくなっていた。

殺すのか？　この子を？

今日話した限りでは悪い人だとは到底思えなかった。

とても素直で、気遣いもできる良い子だ。

しかしその話は先ほど自分の中で決着をつけたはずだ。

これはかりそめの姿だと。

やれっ！　これ以上の好条件はない！

一対一で、少女はその口からお互いにただ一人の吸血鬼、妖精だと認めてくれた。

形式的にはここで行われることはシルビア一人の罪として処理される。

それに午後にはザムドたち獣人族が残りの吸血鬼達を滅ぼしてくれるはずだ。

シルビア……やるんだ！

シルビアは自分に何度も言い聞かせた。

そして葛藤と共に体が震えてしまっていたようだ。

リブがこちらの葛藤に気付いたのか声をかけてきた。

「シルビア、もしかして寒いのか？」

「いっ、いえ！　私もちゃんとした茶道は初めてですので、緊張してしまって！」

声が少しうわずった。

やめろ。その偽物の気遣いを今すぐにやめてくれ。決心が揺らいでしまう。

シルビアは自身の唇をかみしめ、ポケットに突っ込んだままの左手からリブのティーカップへと毒の転送を開始した。

もしも妖精が怯えることなく笑って暮らせるようになるのなら。

吸血鬼に虐げられている妖精達が解放されるのなら。

構わない。自分が吸血鬼達に拷問されながら惨殺されようと。畜生道《ちくしょう》に堕ちるほどの罪を犯そうと。

自分が妖精の王になった時にすでに心構えは出来ていたはずだ。

計画は順調に進んだ。

吸血鬼の王のカップの底には透明な毒が注がれている。

シルビアは震える手でそこに何とか紅茶を注いだ。

「ありがとう！」

無邪気な笑顔でそう言われ、シルビアは思わずカップ伸ばされたリブの手を掴んだ。

「まだ、飲んじゃだめなのか？」

「えっと！　その！　飲まない方がっ！　そうだっ！　まだ熱いかもしれませんよ!?」

シルビアは自分で自分が何をしているのかが分からなくなっていた。

リブの感謝の言葉と、その真っすぐな眼に魅せられてしまったからだ。

彼女が残忍な王だと自信が持てなくなっていた。

◇リブ視点◇

シルビアに止められた直後に部屋の扉が静かに開かれた。

最初に私達が入室した方の扉である。

そこからフィーリアが恐る恐る部屋の中の様子を探るように顔を出した。

「あの〜……遅くなって申し訳ございません……ただいま到着いたしました」

茶道に気をとられて私はすっかり忘れてしまっていた。

「——そうだっ、フィーリアがいた！　シルビア、フィーリアを誘っていたことを忘れてしまっていた。せっかく本格的な茶道を教えてくれていたのに申し訳ない！」

「いっいえ！　構いませんわ！　私もフィーリアに久しぶりに会えて嬉しいですわ！」

「シルビアもフィーリアを知っているのか？」

「ええ、フィーリアとは旧知の仲ですの。フィーリアは私の側近を務めていた事もありますわ」

なんと、これは嬉しいつながりだ、と私は内心喜んだ。

友達を増やす方法は友達の紹介が基本だと本で読んだことがあった。

シルビアはお姫様なので自分には少し高嶺の花かと思ったが、もしかしたら一緒に庭で駆け回って、お花の冠をかぶせ合う事ができるくらい仲良くなれるかもしれない。

しかし、二人の再会を邪魔してはいけない。

今回シルビアは私が王位を継いだから挨拶に来たと言っていた。

つまり、こういう機会でもなければ二人は会えないという事だ。

きっと本当に久しぶりなのだろう、ならば――。

「積もる話もあるだろう。良かったら二人で話してくれてていいぞ」

「っ⁉　ではっ、お言葉に甘えさせていただきます！」

◇シルビア視点◇

シルビアにとってこれはチャンスだった。

目の前の少女が強大な妖力を備え、世界征服を目論む王であるとはどうしても確信が持てない。

フィーリアに聞く事でシルビアは確証を得ようとしていた。

『フィーリア、城での生活はどうなの⁉　彼女はどんな王なの⁉』

シルビアはフィーリアの手を引いて、さりげなくリブから距離を取ると、妖精語で話しかけた。

吸血鬼に会話の内容をさとらせないようにする為である。

こうすればフィーリアに本心を語らせる事ができる。

シルビアの質問にフィーリアも妖精語で応えた。

フィーリアは今までリブと接してきて感じたことを――、
先入観を取り払った、『自分の意見』をシルビアへとぶつけた。

『シルビア様、……彼女はきっと善き君主ですわ』

二転三転としてしまったが、それがこれまでフィーリアが見てきた吸血鬼の王に対する正当な評価だと言う。

『……先入観を持ってはいけません。私達を、妖精を尊敬しているとおっしゃってくださいました』

フィーリアの言葉には多少の熱がこもっていた。

確信とまではいかずともリブが悪い王ではないという判断に自信があるようだ。

妖精達の為に美味しい食事まで作って下さる主様が、ネズミを愛でていて私に名前を決めさせて下さった主様が、悪い人であるはずがないと。

『シルビア様、信じてください。主様はきっと私達妖精族の味方になってくれます！』

強い意志がハッキリと感じ取れた。

嘘ではない、こんな嘘など吐けない。

シルビアはフィーリアに元側近としての絶対の信頼を持っていた。

実はフィーリアが吸血鬼の城にゆくことを志願した際もシルビアは必死に止めたのだ。

しかし、フィーリアは国を守る為に吸血鬼の城へと行ってしまった。

そんな優しいフィーリアだ。


フィーリアの言葉であやまちに気がついたシルビアはすぐにリブへと視線をうつした。

――自らの行いを白状し、謝罪し、償うためだ。

◇

シルビアとフィーリアが母国語で話し始めてしまったので私は暇になってしまっていた。

二人が話し合う姿を見ていたい気持ちはあったが、きっと話しにくくさせてしまうだろう。

そうなると自然と意識は別の物へと向き、私の前には紅茶が置かれていた。

(流石に冷めちゃうと駄目だよね?)

シルビアは熱いかもしれないと言っていたが、そもそもけっこうな時間蒸らしていたので熱いはずがない。

むしろ飲むのであれば今のタイミングがベストだろう。

フィーリアが来る事を忘れて茶道を壊してしまったのは私の不注意だし、せっかく淹れてもらった紅茶くらいはちゃんと冷める前に飲まなくては。

私はカップを持って口へと近づけた。

すると、フィーリアと話していたシルビアが泣きそうな叫び声を上げてこちらに駆け寄ってきた。

「ダメッ！　お願い！　飲まないで！」

きっとまだ自分が淹れた紅茶に自信が持てないのだろう。

しかし、こういうのは私がぐいっと飲んで一言「うまいっ！」と言えば済む話だ。

「また飲ませてくれ」とでも言えばきっと自信がついてまたお茶会をしてくれるはずだ。

今度はフィーリアも一緒に誘って、二人の昔話でも聞かせてもらおう。

私は幸せなビジョンを頭に浮かべつつ紅茶を一気に飲み下した。

「……うん！　シルビア、美味いぞ！」

「あぁ、そんな……こんな事になるなんて……」

しかしシルビアはなぜかその場で泣き崩れた。

紅茶を飲んですぐ、私はむせてしまった。

呼吸器官に入ってしまったのだろうか、やはり飲み物は一気に飲むものではない。

ゲホゲホと咳き込み、手で口を抑えたが、紅茶を少し口から戻してしまった。

(――あれ？　紅茶ってこんなに赤かったっけ？)

シルビアの悲痛な叫び声を遠くに聞きながら、私はそのまま意識を失った――。

開戦

シルビアの叫び声を聞いてフリッツ、ペトラ、レイチェルが隣の給湯室から駆け込んだ。

血を吐き、倒れて意識を失っているリブを目の当たりにして、一番取り乱すと思われたレイチェルが、しかし誰よりも冷静だった。

レイチェルは以前、倒れていたリブを見た際に慌てるあまり何もできなかった自分を悔いて成長していたからだ。

『いち早く状況を受け入れて対処に動く』それがリブを救う為に一番必要だとレイチェルは学習していた。

今回は逆に血を見てしまったフィーリアの方がショックで動けなくなってしまっている。

そんなレイチェルはまずリブの心臓部分に耳を当てた。

生存を表す心臓の鼓動を確認すると、大きく安堵のため息を漏らす。

(大丈夫、まだ生きているわ。まだ助けられるはず……)

すぐに泣き崩れているシルビアに事情を聞いた。

「何があったの?」

レイチェルは涙をふく為の布を渡した。

布は歪な形をしていた。

厚手のハンカチにしようとしたが失敗したのだ。

普段であれば、ドレスだろうが数分もあれば完璧に作る事ができる。

レイチェルは心の中ではそれほどまでに動揺していた。

「私が……毒を……飲ませました」

シルビアはひっくひっくと嗚咽《おえつ》を繰り返しながら言葉を絞りだした。

しかしレイチェルは理解していた。

これは彼女の本意ではない。

彼女は後悔している。

何よりレイチェルが尊敬している妖精族、その王なのだ。

理由がないとは思えない。

しかし今は『理由』などどうでもよかった。

必要なのは『最短ルート』だ。

リブを最短で救う為なら自分の感情や理由などどうでもいい。

「毒の中和剤は？」

「持っていないの……ごめんなさい」

「毒はどこから？」

「獣人族の王に……渡されました」

「獣人族の国はどこ」

「ここから、北に真っすぐいったところです」

必要な情報だけをシルビアから聞き出しながら、レイチェルはすでに翼を広げていた。

「あんたたちはリブをよろしく！」

レイチェルはペトラとフリッツにそれだけ言い残すと、とんでもないスピードで獣人族の国へと飛び立った。

◇

レイチェルは一切スピードを緩めずに獣人族の国へと突撃した。

獣人族の本陣は城ではなく山を切り抜いた洞窟であった。

正面から飛び込んだレイチェルには、当然、侵入者を排除すべく獣人族の戦闘員達が周りに集まってきていた。

しかし、レイチェルは獣人族の王がいる玉座まで足を止めなかった。

まもなく玉座にまで辿りつき、獣人族の王であるザムドの前でレイチェルは……。

ひれ伏した。

「降参します。吸血鬼の国はもうあなた方には逆らいません。お願いします、毒を治す中和剤を下さい！」

それを見て周りの戦闘員達は大笑いした。

近国の強敵だった吸血鬼の国がこうもあっさりと白旗を振ったのだ。

しかも、土下座という無様で分かりやすい形で。

周りの戦闘員はレイチェルに罵声を浴びせながら石やゴミを投げつけるが、レイチェルは姿勢を崩さずにザムドに懇願を続けた。

「静かにしろ」

ザムドがそう言うと戦闘員達はピタリと止めた。

「吸血鬼の王が毒を飲んだのか？」

「はい、まだ生きてはいますが危険な状態です。貴方がたに従います、あるいは今後いっさい貴方がたの視界に入らない場所で生きていきます！　王をどうか助けてください！」

レイチェルが考えた最短の方法は争うことではなく降参して情けをかけてもらう事だった。

こうすれば戦闘をしない分、時間が短縮できてリブが助かる確率も高くなる。

しかし、そんなレイチェルの必死の叫びは無情な真実で返された。

「あの毒は獣人族の秘伝の毒だ。治療法は誰にも分からん」

戦闘員達からくすくすと嘲笑する声が上がる。

「本当になんでもします！　私でよろしければ奴隷として死ぬまで働きます！」

「そういう問題ではない。知らないのだ、必殺の毒にする為に資料は全て燃やされたらしい。国の場所も何度か変えたがあの毒一つだけがこの国の王達によって手渡されてきた」

「……そう」

レイチェルは立ち上がって、動きやすくする為に着ているメイド服を膝の位置で割いた。

「酷い事をされたくなければ中和剤のありか、あるいは何か治療の手がかりを吐きなさい」

レイチェルにとってはもうこここしかなかった。

他の治療法は今ごろペトラ達が試しているだろう。

しかし、リブが少しずつ弱ってきている報告も念話で聞こえている。

自分がすべきことは存在するかもしれない中和剤を探すことだ。

手がかりがないなら毒の出所であるここで手がかりがでるまで探すしかない。

拷問しようが、尋問しようが構わない。

レイチェルの発言に反応して獣人の戦闘員達がとびかかってきた。

吸血鬼に迫るほどの怪力を持つ、といわれているが魔法などの飛び道具がないのであれば集団であろうと怖くはない。

しかし、戦闘員の数が多い、千人はいるだろうか。

レイチェルは獣人達の大群の間を縫うように走り抜けると、文字通り彼らを縫い付けてしまっていた。

「殺せ！」という怒号が飛び交うが、レイチェルは対照的に全員を『生け捕り』にする気でいた。

火を吐く奴がいた。

布をかぶせて糸でがんじがらめにした。

空を飛べる奴がいた。

翼を縫い付けた。

腕が何本もある奴がいた。

勝手に糸に絡まった。

何人かクセのある敵がいたが、ものの数分で獣人達を全員捕らえる事に成功していた。

そしてそれを短時間でやってのけたレイチェルは無傷……ではなく体にクナイが何本か刺さっていた。

目に宿る闘志はいささかも衰えてはいないが、少し息が切れている。

レイチェルがクナイを引き抜くとザムドの前にはレイチェルより少しだけ背の高い黒髪の獣人が立っていた。

獣人というか、犬っぽい獣耳と尻尾がある意外は人間と変わらない。

顔が整っているという面を考えるとむしろ吸血鬼に似ているかもしれない。

「傷は浅いか……ザムド様、俺にやらせて下さい」

「……うむ」

ザムドは上の空といった感じで返事をした。

何か考え事をしているようだが、その様子がレイチェルに、『解毒の手がかりを実は持っているのでは？』と一末の希望を与えてしまっていた。

黒髪の獣耳は刀を取り出した。

何もないところから出した所をみると、何らかの能力らしい。

そして刀を向けると
「お前みたいなチビ女にここまで攻め込まれたのは屈辱的だ。獣人族の『男の誇り』にかけてお前を倒す！」

と言ってみせた。

しかし、レイチェルは気が付いていた。

この黒髪の獣人も女の子だ。

まず見た目が女性が男装しているようにしか見えない。

声も少し高い。

しかし、理由は分かる。

この獣人族の国は恐らく『女性軽視型の社会』だ。

獣人族の国に入ってから女性の戦闘員を見ていない、おそらく獣人族の女性は男性に対して力が劣っているからだろう。

目の前の彼女も恐らく虐げられないように、あるいは他の戦闘員の獣人族に侮られないように、性別を偽り今日まで男として生きてきたのだと想像できる。

レイチェルは目の前の黒髪の獣人族の見た目の可愛らしさもあり、彼女が酷く哀れに思えたが、今は同情している余裕はなかった。

だが、そんなレイチェルの読みは外れていた。

『彼』は烏天狗族と獣人族のハーフで、れっきとした男の子だった。

母方の烏天狗族の血が父方の獣人族の血よりも強かったので女性のような顔立ちになってしまったのである。

『烏天狗族』の特徴と言えばとにかくその俊敏さだ。

その柔軟で力強い漆黒の羽根は空中での細やかな動きも可能にさせる。

黒髪の獣耳はその自慢の速さで翻弄してレイチェルに背後から襲いかかったが、レイチェルは冷静に対処して掴もうとしてきた。

(――ッ⁉)

間一髪空へと逃れた黒髪だったが、レイチェルも翼を使い、空を飛んで追ってきた。

しかしこちらは烏天狗の血が入っている。

ひとまずは逃げ切れるだろうと思っていた黒髪だったが、距離は縮まらず、むしろ空中で方向転換するたびに追いつかれてきていた。

まきびしを投げるが、レイチェルはそれを素手で握り潰した。

「うそっ⁉」

そして追いつくと、レイチェルは黒髪を糸で縛りつけ、勝負はあっという間に終わった。

残るはザムドだけである。

レイチェルはザムドをにらんだ。

「毒について何か話す気にはなったかしら?」

「――おいっ、リディス！　やめとけ！」

ザムドがそう言った瞬間、レイチェルはたった今縛ったばかりの黒髪に背後から刀で突き刺された。

死闘

――やられたっ！

黒髪の完璧な不意打ちにレイチェルは思わず頭で強く思ってしまう。

そしてその思いは念話を通じてペトラへと通じてしまっていた。

不測の事態に焦り、無意識にペトラを頼ってしまったのだ。

城でリブの回復を試みているペトラは驚き、レイチェルに念話を折り返すも連絡がつかない。

レイチェルは戦闘に再び集中していた。

さっきの黒髪が糸を抜けたらしい。

（糸を抜ける能力⁉　面倒ね……）

黒髪はレイチェルを殺すつもりはなかったらしい、心臓は外れている。

深手であることは間違いないが、レイチェルはリブが助かるまでは戦闘を止める気はなかった。

レイチェルは大きな布を投げて目隠しにすると、そのまま黒髪の背後を奪い、右腕で首を絞めた。

黒髪が暴れてレイチェルの体をクナイで刺すが、レイチェルがそのまま頸動脈《けいどうみゃく》を圧迫すると、黒髪はやがて失神した。

◇ペトラ視点◇

ペトラはレイチェルに何度も念話で呼びかけるが、レイチェルは依然として反応しなかった。

吸血鬼達が総出で回復呪文を唱えているが、リブもあまり良くなっているようには見えない。

毒の進行をわずかに遅らせている程度のようだ。

「フリッツ！　レイチェルが深手を負ったようだわ！」

「くそっ！　あのおてんば娘め！」

さらなる敵襲を警戒して周囲を見回っていたフリッツはレイチェルの危機を知るとすぐに北へ向かって飛び立ってしまった。

その直後にリブが回復魔法をかけている吸血鬼の手を掴んだ。

「陛下！　お目覚めで――」

「お前達に命令する……」

リブは虚ろな目で、しかしハッキリと言った。

「レイチェルを……助けに行け」

「ですが――」

「命令だ……行け」

吸血鬼達が回復の手を止めた瞬間、背筋が凍るような恐ろしい気配を感じた。

あまりの恐怖にペトラを残した吸血鬼達は命令通りに獣人族の国に向かって飛び立って行った。

「ペトラもだ」

「それだと陛下が！」

「私は大丈夫だ。レイチェルに何かあったら許さんぞ……」

そう言われた瞬間、ペトラも恐怖に支配された。

従わないとヤバイ、何かがそう思わせていた。

「陛下、どうかご無事で!!」

そう言うとペトラも飛んで行った。

◇システィナ視点◇

……その後、部屋の扉が開き、長いオレンジの髪を揺らしながらシスティナが入室した。

システィナは倒れているリブと手枷をつけられ部屋の端で泣き続けているシルビア、その横で真っ青な顔をしているフィーリアを発見した
「フィーリア、これは一体何事なの？」

「主様が……毒を盛られてしまったのです」

システィナはリブの様子を観察した。

かなり苦しそうだ。

見た目通りの吸血鬼の年齢であればこの少女はまだ百歳にも満たないだろう。

毒の程度によるが、わざわざ王を暗殺する為に用意された毒だ、きっと耐えられる物ではない。

システィナはため息を吐いた。

「そう、せめて私達で見送ってあげましょう」

システィナはそう言うとリブを膝枕した。

「幼過ぎる肉体が命取りになったのね、悲しいわ」

システィナは小間使いから連絡を受けてこの城に来ていた。

「吸血鬼の城から沢山の吸血鬼達が北に向けて飛び立っている」と。

察するに、吸血鬼が総出で毒の中和剤でも探しに出ているのだろう……。

成人の吸血鬼であればもう少し毒と戦うだけの体内機能が備わっているだろうが、目の前の彼女はまだ幼すぎる。

きっともう……間に合わない。

◇レイチェル視点◇

レイチェルは気絶させた黒髪を地面に寝かせると、ふらつきながらもザムドをにらみつけた。

刀は心臓を外れていたので一命はとりとめている。

レイチェルは傷口を糸で縫合した。

「毒はどうすれば治るのかしら？　教えてくれないならこの黒髪の子に酷い事をするわよ？」

レイチェルは慣れない態度で人質をとった。

毒の情報が手に入るならもう何でもするつもりだ。

「……毒を作ったのは大昔の獣人族だ。今まで三本ほど小瓶に入れられた同じ毒があったが、飲ませた相手は例外なく死んでいる。吸血鬼の少女よ、名前は何というのだ？」

「……レイチェルよ」

「そうか、レイチェル。詫びと言うにもおかしな話だが……」

ザムドは真剣な表情でレイチェルの目をみつめた。

「俺と結婚してみないか？」

「——リブを、私達の王を助けなさい」

ザムドのプロポーズは無視に近い形ではねのけた。

ザムドはため息を吐く。

「もちろんそうしてやりたい。お前は強く、美しい。俺はお前に惚れてしまったらしい。しかし、だからこそハッキリと言っておきたい、吸血鬼の王は助からない。お前には新しい幸せを見つけて欲しい」

『吸血鬼の王は助からない』そう言われ、レイチェルはついにせき止めていた感情をあふれさせた。

妖力で肉体を限界まで強化し、ザムドの体に十発ほど拳を打ち込む。

◇ザムド視点◇

「ぐっ……」

肉体に妖力を込めてガードしていたザムドだが、苦しさに思わず体を少し後退させた。

（何と力強く素早い突きだ……あの国にこんな吸血鬼が隠れていたのか？）

「れ、レイチェル、希望は持つな……辛くなるだけだ。吸血鬼に毒を盛ったのは俺だ。しかし俺も国民達や自分の身の危険を感じたのだ。防衛する為には先制攻撃しかなかった」

ザムドはそう言うとゆっくりと構えた。

戦闘態勢に入ったのだ。

「まずは私達の兵士を一人も殺さないでくれた事に礼をいう」

「……こいつらをどうするかは貴方の態度次第だわ」

「それでもだ」

ザムドはそう言うと一度隙だらけの状態で頭を下げた。

「毒を盛った事に後悔はない。外敵から国民を守る為ならどんな罪も犯し、利用しよう。それが王だ」

ザムドは再び臨戦態勢になった。

「こちらにも王としての信条があるのだ。レイチェル、気が済むまで全力で俺に拳を振るえ。俺も獣人族の王として迎え撃とう」

ザムドは何とかレイチェルと戦わなくて済む方法を考えていた。

それが先ほどの婚姻の提案であった。

この国の王妃になってしまえば、そして自分が死ぬまで愛し続ければレイチェルの悲しみも風化するかもしれない。

そしてこの国に攻め込んできた事も問題にはならなくなる。

しかし、レイチェルは自分の王を救う事しか考えていなかった。

見上げた忠誠心だ、王の為なら自身が死ぬ事すら厭《いと》わないのだろう、その自己犠牲心がさらにザムドの心を打っていた。

婚約の申し出は間をおかずに拒否されてしまった。

ならば自分は拳を交えるしかない。

獣人族の王として。

例え攻め込んできた敵が高嶺に咲く一輪の花のように美しい相手であったとしても。

◇

ザムドはレイチェルに拳を放った。

レイチェルの強さを肌で感じとったザムドに一切の手加減は無い。

レイチェルはザムドを殴りつけた時にザムドの体に付けていた透明な糸を力任せに引っ張り、回避し、そのまま再び殴りつけたが、ザムドのもう片方の腕で受け止められてしまった。

「くそっ、何かつけられているな」

すぐ糸の存在に気が付いたザムドは糸の当たりをつけ、純粋な腕力で紐をねじ切り、獣のような動きでレイチェルに体当たりをした。

レイチェルはそのまま吹っ飛ばされたが、布を空中でひっかけて、ハンモックのようなもので自らをキャッチした。

（強い……）

『ぶちかまし』と呼ばれるザムドの体当たりは大岩が激突するような衝撃をレイチェルに与えていた。

吸血鬼の頑丈な体を持ったレイチェルでさえ骨に、内臓に、ダメージを受けていた。

ザムドはまたすぐに突進してきた。

レイチェルはザムドの顔に布をかぶせて視界を奪うと、そのまま回避しつつ渾身の蹴りをいれた。

「くそっ！　闘牛になった気分だ！」

ザムドは言葉を吐き捨てると、目隠し布を外して冷静に分析を始めた。

レイチェルの能力はたかだか妖精の扱っている能力だとあなどっていたが想像以上に厄介だった。

ザムドのぶちかましはたとえ避けようとしても獣人族の並外れた動体視力で捕らえ、軌道修正して確実に体当たりを決めることができる。

しかし、レイチェルの布はザムドの視界を奪い、レイチェルを空中で受け止め、ザムドの攻撃の手を中断させる。

レイチェルの糸は布を固定したり、ザムド自身に張り付けたり、壁にくっつけたりしてレイチェルの三次元的な動きをさらに機敏なものにしていた。

「まっすぐぶつかってくる男は嫌いか？」

ザムドはすぐに戦闘のスタイルを変えた。

まだ軽口も出てくるほどにザムドには余裕があった。

ザムドは獣らしい不規則な動きで再び急接近すると、今度は足を止めて拳を振るった。

レイチェルはヴラドの突きを防いだ時のように糸の『玉止め』で防いだが、防ぎきれずに吹き飛ばされた。

しかし空中で体を回転させると布を足場にして跳ね返り、ザムドに反撃を加えた。

(信じられん……こいつが王ではなくただのメイドの吸血鬼だと?)

ザムドはレイチェルの強さを知るたびに余裕がなくなっていた。

全盛期のヴラドとまでは言わないまでも、自分の攻撃はヴラドの突きと同等の強さがあると思っていたのでそれを防がれたザムドは少し焦っていた。

しかもレイチェルの一撃一撃も見た目に反してかなり重い。

あと、レイチェルをメイドだと勘違いしていた。

しかし、ザムドは攻略法を見出す事に成功した。

『インファイト』である。

タフネスとパワーはこちらが勝っている。

『接近したまま殴り合えば』恐らくこちらに分があるとザムドは思ったのだ。

糸や布を張る暇を与えぬ追撃が有効である……と。

レイチェルが能力を駆使したヒット&アウェイで戦ってきた場合はまずいが、今のレイチェルは焦っている。

決着を早めて、一秒でも早く情報を集めようと躍起になっているからだ。

ゆえにレイチェルも殴り合いに応じてくるだろう。

ザムドは一撃を食らいつつも強引に距離を詰めてレイチェルに近づいた。

しかし、あえて殴りかかるような事はせず、レイチェルの攻撃を待った。

相手に隙が生まれるのは相手が攻撃を行ってきた時だ。

レイチェルは素早い、攻撃を躱《かわ》されてしまう可能性がある。

攻撃をカウンターに変えることで確実に自らの渾身の一撃を当てようとしていた。

やはり焦っていたのだろうレイチェルは誘いに応じ、ザムドに向けて殴りかかった。

ザムドはそのレイチェルの拳ごと正面から殴りつけた。

力が真っ向からぶつかればザムドに軍配が上がる。

レイチェルは攻撃をまともに受け、血を吐きながら飛んでいった。

ザムドも殴りつけた腕が痺《しび》れて動かなくなったが、ここで距離を詰めて追撃を加えなければならなかった。

レイチェルは布を張って自らを受け止めるが、ザムドはさらに飛んで行ったレイチェルに追いつき、反対の腕で追撃を与えようとしていた。

決着を決めかねないその一撃……。

しかしザムドの攻撃は名も知らぬ青髪の男が横からぶつかってきたせいで空振りに終わった。

「……また知らぬ吸血鬼か、ヴラドが晩年に攻めてこなかったのはこいつらを育てていたからなのか？」

青髪の吸血鬼はレイチェルを抱きかかえると、ザムドと距離をとった。

レイチェルは再び苦しそうに吐血した。

「おいっ！　大丈夫かっ⁉」

「フリッツ……リブの、様子は？」

レイチェルが弱々しく、恐る恐る聞いた。

戦いに集中するためにペトラからの念話を切っていたので状況を知らずにいたのだろう。

「陛下はまだ毒と戦っておられる。俺はどうすればいい？」

すぐにペトラや他の吸血鬼達も到着した。

「こいつを倒すわよ。そうしたら私はこいつを尋問するから、あなた達はこの洞窟を調べなさい」

レイチェルはまだ諦めていなかった。

ザムドは何かの考えを持っている。

そう思っていた。

そしてそれは実は間違いではなかった。

さっきの吸血鬼の話を聞いて、やはり頭の中で何かが引っかかっていた。

しかしそれはザムド自身、何だかよく分かっていなかった。

◇

レイチェルが再びよろよろと立ち上がろうとする間に他の吸血鬼達がザムドに飛びかかっていた。

（……あれ？　デジャブ……？）

そして期待を裏切らずに彼らはザムドの一撃によってまとめて吹き飛ばされた。

「やはり、ずっとヴラドに頼り過ぎていたせいでお前たちは大したことがないようだな」

ザムドはため息を吐いた。

しかし、それは安堵のため息でもあった。

少しでも戦えるような奴がいたらまずいと思っていたからだ。

「……あなたたちはこの洞窟を調べなさい。他の戦闘員は捕まえてあるから」

「よし！　いくぞお前達！」

「「おうっ！」」

レイチェルの言葉を聞いて、吸血鬼達は血気盛んに洞窟の奥や他の部屋を調べに行った。

「レイチェル、あまり無理はしないで」

そう言うとペトラも戦力としては力になれないので洞窟の捜索に加わった。

フリッツはレイチェルと共闘する為に残ったが、動けずにいた。

先ほどザムドの攻撃を反らした時に、その実力差をハッキリと感じてしまっていたのだ。

フリッツが横から全力でぶつかったにもかかわらず、実際にザムドの拳が軌道を変えたのは体の小さなレイチェル一人分がやっとだった。

（俺が飛び出していってもきっと足手まといになる……）

フリッツは別の方法を考えていた。

今まで学んできたことを反芻させながら。

『あんたねぇ、真正面から戦っても敵わないと分かったらすぐに戦い方を変えなさいよ』

『弱者には弱者の戦い方ってものがあるはずよ』

『おぬし、魔法使いとして戦った方が良いのではないか？』

◇

レイチェルは仲間が来てくれたおかげで少し心に余裕ができ、自分の戦法に戻す事ができた。

しかし、ダメージは深刻であった。

黒髪との闘いで負った切り傷は能力で縫合すればある程度応急手当が出来るが、ザムドの打撃によって受けた体内へのダメージはどうすることも出来ない。

こちらに戦える者が二人でもいれば交代しながら戦う事により少しは回復魔法で傷を癒せるが、フリッツでは残念ながら一分と持たないだろう、それに今回は時間が無い。

やがてレイチェルの限界が近づき、ザムドは息を切らせながらもトドメの一撃をレイチェルに当てようと拳をかすめさせ始めていた。

その時——ザムドの顔に火の玉が飛んできた。

大した威力ではない。

しかし、視界を奪う。

フリッツが放った魔法であった。

戦闘において視界を奪われる事は命取りだ。

相手が獣人族なら魔法で対抗する事も出来ない。

フリッツは考えた末にこの手段を見つけた。

レイチェルは感謝の声も出せないほどに疲弊していたが、とてもありがたい手助けであった。

効果があると感じたフリッツはザムドの顔めがけて続けて何発も火の玉を放った。

ザムドはたまらず逃げ出したが火の玉の連射が想像よりも速く、少しでも足を止めると視界を奪われ、レイチェルによって一撃を入れられる。

ザムドはフリッツを直接狙いたかったが、近づけば近づくほどに火球が素早く飛んできて、視界を奪い、フリッツに逃げる間を与えてしまっていた。

(こいつ、やけに動けるな……本来は近接戦闘の吸血鬼か？)

ザムドは追いつけない事を悟ると、防御の姿勢をとった。

すでに青髪は百発近く魔法を放っている。火球のサイズもそれなりに大きい。このまま耐えればすぐに魔力が尽きるだろう、という考えだ。

——しかし何百発の火球を放ってもフリッツの魔力は尽きなかった。

(くそっ、いったいどうなっている⁉)

フリッツの火球に乗じて放たれるレイチェルの攻撃は疲れのせいか、徐々に威力は落ちているようであったが、ザムドの体はすでに限界まで攻撃を受けてしまっていた。

まだここに立てているのは王としてのプライドやレイチェルの攻撃を受けきるという男の意地である。

ザムドは攻撃を受けながら最後のチャンスをうかがっていた。

視界がなくても自分の攻撃を当てるには……素早いカウンターだ。

レイチェルがかなり疲弊している事は分かっている。

もはや拳を振るうだけで限界だろう。

カウンターを読み、避けるほどの体力は残っていない。

上手くいくはずだ。

ザムドは次のレイチェルの攻撃に全神経を集中させた。

やがて、ふらふらになりながらも放たれた力強いレイチェルの一撃を腹に受けつつ、ザムドは攻撃を受けた方向に素早く殴りかえした。

——確かな手ごたえを感じた。

渾身の一撃である。

ザムドは拳を振りぬいたまま動きを制止させた。

ダメージが蓄積された肉体が悲鳴をあげ、意識を失ったのだ。

『本物の』ヴラドの娘であるレイチェルの攻撃を何十発と受けたザムドにとっては、もはや意識を保つことさえ至難であった。

◇

フリッツは、ザムドの顔面めがけて一心不乱に自分が唯一使える攻撃魔法を叩きこんでいた。

そんなフリッツだからこそ気が付く事ができた。

ザムドが一瞬、何かを思い付いたかのように表情をわずかに変化させたのだ。

(何かしようとしている！)

そう思ったフリッツは攻撃を仕掛けようとしていたレイチェルのもとへと急いで飛び立った。

(レイチェルが危ない――！)

予想は当たっていた。

ザムドはカウンターを狙っていたのだ。

フリッツはレイチェルを突き飛ばし、レイチェルを回避させると、代わりにザムドの一撃を受けた。

ザムドの拳が直撃したフリッツは洞窟の壁にぶつかると動かなくなった。

満身創痍《まんしんそうい》だったレイチェルも拳の風圧に当てられて、洞窟の入り口の方へと吹き飛ばされていった。

拳を振り抜いた後、すぐにザムドは意識を取り戻してゆっくりと体を立て直した……。

◇

獣人族の国。

玉座の前。

その広間では、

フリッツとレイチェルは地面に倒れ……、
ザムドだけが獣人族の王としての威厳に溢れた仁王立ちをみせていた。

決着

システィナが見守るなか、リブは遠い世界へと旅立って行ってしまった。

苦しそうだったリブの顔も安らかになり……。

可愛らしい寝息が室内に静かに響いた。

「ちょっ、ちょっと！　ねぇ！　生きているの⁉」

システィナは少し焦りながら夢の世界へと行ってしまったリブを揺さぶった。

「せめて私達で見送ってあげましょう」なんて言ってしまったにもかかわらず、なんだかどんどん苦しそうな様子からリブが回復していったからである。

最初はあの世が近づくにつれて苦しみから解放されていってるのかと思っていたが、今のは完全に熟睡していた。

「う～ん、もう少し寝かせてくれないか？　ここは寝心地が良い……」

そう言うとリブはシスティナの膝の上で寝返りをうった。

それを聞いたシルビアとフィーリアは急いで駆け寄ってリブの顔を覗いた。

◇

「うわっ！」

眠気の中で薄目を開けた私の目に映ったのは目前にまで迫った妖精達の顔である。

私は思わず驚いて飛び起きた。

するとシルビアが泣きながら飛びついてきた。

フィーリアも安心した顔をしている。

なぜかシスティナの膝枕で寝ていたらしい、やはりまだ起きるべきではなかった。

名残惜しいと思いつつも上半身を起こす。

シルビアはなぜか泣いているが可愛いから良しとする。

「あの～、主様……毒は？」

フィーリアが言っている毒とはなんだろう？

私が昨日振る舞ったペロンチーノに入っていた鷹の爪をまだ毒だと思っているのだろうか？

鷹の爪は毒ではないとあれほど――

寝起きでまだぼんやりとしていたが、ふいに『大切な事』を思い出した。

「そうだっ！　レイチェルが多分、なんか大変な感じなんだ！　早く助けに行かないと!!」

「あらあら、せっかく回復したばかりなのに忙しないですわねぇ」

システィナが何かごまかすように、早口で私に語りかけてきた。

「吸血鬼達なら獣人族の国に向かったらしいわよ、快気祝いに私が運んであげる！」

システィナはそう言うと、カードを掲げた。

ドシンッという音が外から聞こえてきたので見てみると外に小型の飛行機が出現していた。

「四人乗れるわ、病み上がりで飛ぶのは辛いでしょう？」

「な、何ですかこれ⁉」

「『飛行機』なんて初めて見た！　シルビア達も早く乗って！　システィナ、すぐに出してくれ！」

◇システィナ視点◇

飛行機を離陸させながらシスティナは今回新たに生まれた二つの謎について考えていた。

一つは、なぜ毒が効かなかったのか？

いや、吐血の跡もあったし、苦しんでいたので恐らく効かないのではなく、『耐えきった』のだろう。

体が丈夫な吸血鬼であるならば珍しいことではないが、彼女はまだ成人するまでにあと数十年は必要に見える。

それに、今回の事件も彼女がまだ幼い事を知っていたからこそ実行されたのだろう。

それとも単純に見誤ったのだろうか？

そして二つ目の謎はたった今生まれた。

彼女は今この機械を見て、『飛行機』だと言った。

正解だ、これはアーティファクトの『飛行機』という機械である。

正確には『家庭用電動式飛行機』だが、システィナの能力を使えば召喚する事が出来る。

魔力ではなく、『電気』というエネルギーを動力源とする古代の技術を使った道具だ。

しかし、なぜ彼女が飛行機を知っているのか。

疑問と四人を乗せたまま、飛行機は静かに飛び立った。

◇

レイチェルに捕らえられ、糸でぐるぐる巻きにされた獣人族の戦闘員達であったが、全員がザムドとレイチェル、青髪の吸血鬼の戦いを身動きがとれずにただ見ていた。

そしてザムドが何とか二人を撃退し、実際には意識がおぼつかないながらも仁王立ちをしている姿を見て全員が同じ意見を持っていた。

「獣人族の王、ザムドの『圧倒的』な勝利である」——と。

彼らはレイチェルに捕らえられただけなので、レイチェルの攻撃の破壊力を知らない。

まさか一撃で自分達を戦闘不能に追い込むことが出来るなどとは思っていない。

あの女は素早いだけのメイドの吸血鬼だ。

ザムドは何十発とその女の攻撃を受けていたが、ザムドは獣人族最強の戦士である。

恐らく大したダメージにはなっていないだろうと思っていた。

その証拠にザムドは戦闘中に一度も足の裏以外の部位を地面につけていない。

そして今、王としてこれ以上にないほどの立派な立ち姿を見せているのだ。

対して吸血鬼達は全く歯が立たずに地面に這いつくばっている。

――しかし、実際にはザムドはもう限界を通り越していた。

レイチェルの攻撃で骨や内臓はもうボロボロだ。

さらにザムドの目はフリッツの火球を受け過ぎたせいで、目の水分が奪われ、一時的な『失明状態』になっていた。

戦いとは相手の精神を削る事も重要な要素である。

ザムドは自分の限界を気づかれないように常に強がって戦っていた。

まるでまだ余裕があるかのように立ち振る舞っていたのだ。

『ライオンハート』と呼ばれる底知れぬ精神力。

だからこそ出来るブラフまみれのゲームメイクは味方の獣人族達でさえも騙しおおせていた。

この戦略がザムドの勝負強さを引き上げ、実力以上の勝率を叩き出している。

そんな極限状態のザムドの耳に何かが近づいてくる音がした。

吸血鬼の羽音とは違う、固い何かが風を切って近づいてきている。

やがてそれは、自分から数メートル先でズシリという確かな重量を持って着地をする気配がした。

◇

吸血鬼の城を出て数分、大きな山が見えてきた。

ここが獣人族の国らしい。

獣人族の国の城はなんと大きな洞穴だった。

着陸に備えて、システィナは飛行機の速度を落としつつ中に入ってゆく。

私は洞窟の先でレイチェルが倒れているのを発見した。

「システィナ！　とめて！」

飛行機をそばで停めると、私は急いで駆け寄った。

「レイチェルっ！　大丈夫っ⁉」

レイチェルは弱々しく目を開けると、私を見て静かに涙を流した。

「リブ……良かった。お願い、逃げて……ここは危険よ……」

レイチェルはそう言うと口からドロリと血を流した。

「レイチェル、休んでて……」

私はレイチェルを横にすると周りを見渡した。

誰だ？

レイチェルに酷いことをしたのは一体誰だ？

糸で捕らえられた獣人達よりも確かな被疑者がそこには堂々たる立ち姿で制止していた。

冷静に考えれば、急いでレイチェルを連れて離脱すべきだった。

しかし私は傷ついたレイチェルを見て冷静でいることなどできなかった。

私は怒りで震えながら、そのひときわ大きい獣人族の前まで歩いていった。

「ザムド様！　その吸血鬼もやっちゃって、早くこの紐をちぎって下さい～！」

獣人族の戦闘員達はザムドの勝利を確信しているのか、へらへらと笑っている。

私は彼らにザムドと呼ばれた獣人族の前と近づいた。

「だめっ……お願い……逃げて……！」

レイチェルの声が遠くに聞こえた気がしたが私は歩みを止めることが出来なかった。

私はそのザムドに近づき、語る――

「私は吸血鬼の王、リブ＝ツェペシュだ。レイチェルに暴力を振るったのはお前だな？」

「……………」

ザムドは何も言わなかった。

ザムドの『沈黙』を私は確かに聞き取った。

つまり『肯定』である。

私は怒りのままにザムドに飛びかかると、その胸ぐらに拳で一撃を入れた。

◇ザムド視点◇

ザムドは目が見えなかったので、何者かが近づいてくる気配を感じ取る事しかできなかった。

何度も意識を失いかけながら――

『勝利は目前である』という希望がザムドをかろうじて立たせていた。

やがて、その何者かは自分の目の前に来た。

吸血鬼は先ほど来たので全員ではなかったのか。

いや、いるにはいるが……。

しかし……まさか――

「私は吸血鬼の王、リブ＝ツェペシュだ。レイチェルに暴力を振るったのはお前だな？」

ザムドの心はついに折れた……。

そして自分が心の奥で感じていた『違和感』に気が付いた。

毒は速攻性だったはずだ。

しかし、吸血鬼達はいつまでも「危険な状態」そして「毒と戦っている」と言っていた。

必殺の毒は今まで即座に命を奪ってきた。

これほど長い時間苦しみ続ける事などあり得ないのだ。

しかし、現実に起こったこの現象は一つの可能性を示していた。

吸血鬼の王は毒に耐えきり、克服したのだ。

――情報の欠片はつながってしまった。

目の前の者はきっと吸血鬼の王だろう。

（すまん、お前らを守る事ができん……）

ザムドの頭の中は絶望で染まった。

あの時の膨大な妖力を持った目の前の妖怪は間違いなく自分の命を刈り取るはずだ。


――ぺちんっ！


『命が消える音』というものはまるで子供が拳を打ちつけるかのような軽い音だった。

目が見えず、感覚すらすでに無くなっているが、今の一撃で自分の命が絶たれたという事が分かった。

自分は体に風穴が開けられているのか、はたまた全身が吹き飛ばされて無残な死体を晒しているのか、それすら分からずにザムドは意識を失った。

◇

（……やりすぎたか？）

私は自分の全身全霊の一撃をザムドに与え、怒りを発散すると冷静になった。

まさか私なんかの攻撃が効くとは思わなかったので全力で殴ってしまったのだ。

ザムドは崩れ落ちるようにして倒れ、意識を失ってしまった。

先ほどまでうるさかった獣人族達も静かになった所をみると、みな一様に口を開き写真のように停止している。ドン引きしているのがわかる。

ザムドを倒すと、私は何とか怒りから我に返る事が出来た。

思えば今はこんな事をしている場合ではない、何よりもレイチェルの治療をするのが先のはずだ。

『怒りは一時の狂気である』とはいうが、自分で感じてみて初めてそれが真実だと分かった。

振り返るとすでにフィーリアとシルビアがレイチェルに回復魔法をかけていた。

ザムドが倒れた事を確認し、安心したレイチェルは弱々しく呟く。

「フリッツも……向こうの方に、転がってるはずよ。私より先にフリッツを……」

ザムドはフリッツにも暴力をふるっていたらしい。

私はザムドを本気で殴ってしまった罪悪感が少しやわらいだ。

「この子は私が面倒をみるわ、二人は向こうの男の子をお願い」

システィナは妖精二人にそう言いつけると、レイチェルに回復魔法をかけ始めた。

本当に今回はシスティナに何度お礼を言っても言い足りないくらい感謝している。

私は回復魔法も使えない役立たずなので、とりあえずペトラに念話をかけた。

《ペトラ、私だ。急いでレイチェルのもとへと戻ってきてくれ》

《陛下！　毒は――大丈夫だったのですか⁉》

私はみんなが『毒』と言っている物が何となく分かってきた。

恐らく私が飲んだ紅茶のことだろう。

ポイズンクッキングとはよく言うが、みんな単純に『毒』と言っているのは流石にシルビアに失礼じゃないだろうか。

作ってくれと言ったのは私だし、今回メシマズで倒れたのは私の責任だ。

——あれ？　これ私が一番失礼じゃない？

究極に料理が出来ない人の料理を食べると病院のお世話になると聞いた事があるが、まさか本当に倒れるとは思わなかった、しかも紅茶で。

あの自信のなさも今にしてみれば納得である、注意深く見ていたのにあの僅かな時間の一体いつ隠し味が入れられたのだろうか。

機会があればシルビアに料理を教えてあげよう。

◇

吸血鬼達が全員集結し、倒れたレイチェルとフリッツを見てすぐに回復の手伝いをしはじめた。

システィナは回復魔法に長けていたのだろう、レイチェルはかなり良くなってきているように見えた。

フリッツはザムドの攻撃を両腕で防いだ為か、両腕が折れて内臓も圧迫されてしまっていたが命に別状はないらしい。

そもそも何でこんな喧嘩になっているのだろうか。

苦しみながらもうっすらとおぼえているのは『レイチェルが飛んでって、レイチェルがピンチになったと聞いて、他の吸血鬼達を向かわせた』ことだ。

……あれ？　もしかしてレイチェルが殴り込みをかけた？

ひょっとして悪いのはこちら側なのかもしれない、しかも私は怒りに身を任せてザムドを殴ってしまっている……。

まだ状況がまとまっていないが、とにかくみんなの安全が第一だ。

獣人達には必要に応じて後日謝罪するとして、とりあえず城に戻って治療する必要がある。

「システィナ！」

「全く、友達使いが荒いわねぇ」

そう言うとシスティナは嬉しそうにカードをかざした。

空間に大きな裂け目ができる。

「ここを通ると吸血鬼の城に出るわ」

「本当にありがとう！　お礼は必ず！」

「あら？　期待しちゃうわよ？」

そう言うとシスティナはニコリと微笑んだ。

（さらば、私の純潔《じゅんけつ》……）

「あと、ザムドも治療が必要かもしれないから連れていこう」

私がそう言うと、ペトラが倒れているザムドに視線を落とした。

「しかし、ザムドは陛下の一撃を受けたと……生きているのでしょうか？」

「当然じゃない」

ペトラの疑問にシスティナが答える。

「リブが立ちはだかった時点でザムドはすでに戦意を喪失していたわ。だからリブはあんなに『手加減』して攻撃してザムドの心だけを折ったのよ。味な真似をするわね」

流石はSM女王だ、相手の心が折れる瞬間が分かるらしい。

ついでに私の心にもしっかりとダメージを与えている、あれは私の全力の拳だ。

私達は空間の裂け目を通って自分達の城へと帰還し、負傷した三人を急いでベッドに寝かせた。


吸血鬼の国の勝利である。

◇

東部の状況報告

東部の吸血鬼の国の王が変わり、初めて行われた戦争はたったの一日で幕を閉じた。

記者である私は後日、獣人族達に話を聞きにいったが、『千獣の王』ザムド＝ザッケンバーが吸血鬼の王リブ＝ツェペシュのたった一撃によって倒されたらしい。

当時『生け捕り』にされていた千人の獣人たちがその証人である。

吸血鬼の王にしてみれば酷くたいくつな争いであった事がうかがえる。

しかし、ザムドといえば北方の国々では密かに話題を集めていた人物だ。

「あの強靭な肉体とタフなハート、冷静な性格はわが国の戦闘員として相応しい」としてスカウトをする国もいくらか存在していた。

獣人達の報告が真実であるならばその強靭な肉体が、まだ成人すらしていない少女の一発の殴打によって打ち倒された事になる。

たかだか名も無き東部の小国とはいえ、この吸血鬼の王に注目すべきなのではないだろうか。

いずれは、北部、西部の国々、もしかしたら『魔王』と呼ばれる強者たちにまでその鋭い牙は届きうるものかもしれない。

ジャーナリスト：フィル＝スピカネルによる報告

外伝
ヴラドの生涯

この大陸の『西』に、吸血鬼の国が存在している。

その国の名前は『ハールキスト』。

数百を超える吸血鬼達がその国で生活をしており、様々な家柄の吸血鬼達が国内で自らの地位を高める為に奮闘している。

吸血鬼の一人であるヴラドはそんな国の名家である『ツェペシュ家』の長男として産まれた。

ヴラドは幼少時代から——腕白《わんぱく》で、妹が産まれると兄妹喧嘩も頻繁にしていた。

しかし意外にも面倒見が良く両親にもツェペシュ家を継ぐ者として期待されていた。


吸血鬼は十歳になると、身体検査をする事が名家の間では常識となっていた。

そのうちの一つに吸血鬼の弱点、『銀による検査』が存在している。

といっても辛い物ではない、ただ銀の首輪をしばらく身に着けて様子を見るだけだ。

着けている間は力が弱まってしまうが、痛みを伴ったりするような検査ではない。

しかし、銀の首輪を着けるとヴラドは激しい痛みに襲われ、苦しんだ。

ヴラドは『金属アレルギー』だったのだ。

銀が弱点である吸血鬼の肉体とアレルギーの相乗効果は凄まじい。

とても克服出来るような物ではなかった。

この吸血鬼の国では『家柄』が重要である。

ツェペシュ家の当主が『欠陥を持った吸血鬼を生み出した』、という事実は家柄の価値を下げてしまう。

吸血鬼教育にとって子供が大きくなるまで世間に公表しない事が名家の間では一般的であった。

その理由は『未熟な幼少期を晒さないようにする為』という『表向き』の物。

そして『産まれてきてしまったろくでなしを処分して、産まれてこなかった事にする為』という真実の理由がある。

ツェペシュ家はヴラドを国の外のある土地に捨てた。

そこは略奪や殺人、人身売買が横行する地獄のような土地だった。

吸血鬼の体は高く売れる、みな美しいからだ。

生け捕りが出来なくても、最悪殺してしまっても売り物にはなる。

ここはそんな考えを持つ悪人たちが集まる場所でもあった。

『オルファン』と呼ばれるこの場所は吸血鬼の間では有名な土地だ。

多くの名家が自身の欠陥品を捨てにこの土地を訪れる。

自らの手を汚さずに自身の子供を生き絶えさせるには、丁度良い土地だったのだ。

——しかし、ヴラドは強かった。

この地獄のような土地で生き延びたのだ。

子供を相手にした猟奇《りょうき》殺人を好む狂人。

獲物を探して徘徊し続けるサディズムの信奉者。

そんな者共が溢れかえるこの土地でヴラドは逆に相手を殺して奪った。

飲食物を奪い、殺し、奪い、殺し、ヴラドは生き延びた。

すでに芽生え始めていた狂気を自分で自覚したのは、飢えに耐えきれずに殺人鬼の妖怪肉を喰らったときだ。

数日間、魔獣を仕留める事が出来なかったのでついに『人型の肉』に手を出したのだ。

初めての食人行為にもかかわらずヴラドは吐き出すことなく自らの栄養としてみせた。

そんな極限状態での生活が続き、『狂気』はヴラドの中でゆっくりと育まれていった……。

◇

この土地での生活も長くなったある日、全身をローブで身を包んだ者が空を飛んでこの地にやって来た。

傍らには子供を連れている。

ローブで身を隠した者は子供と向き合うと、優しい口調で子に話した。

「おっと、せっかく魔法を教えてやろうというのに魔法書を忘れてしまったようだ。少しここで待っていなさい、私は忘れ物を取りに戻るよ」

「はい！　お父様！」

ヴラドはローブの男が子供から離れるのを確認すると怒号と共にローブの男に襲いかかった。

しかし、ローブの男は大人の吸血鬼である。

しかも名のある家柄なので並の吸血鬼よりも強かった。

ヴラドは酷い返り討ちに遭うと、ローブの男は子供を残して立ち去った。

遠くからそのやり取りを見ていたローブの男の子供は倒れているヴラドに近づいた。

「へへーん！　お前みたいな奴がお父様に敵うはずないだろ！」

弱っているヴラドを煽るようにその子供の吸血鬼は暴言を吐いた。

もうヴラドが動けないと思っているのだろう。

名のある名家の中で大事に育てられた吸血鬼特有の高飛車で余裕のある態度だった。

しかしこの土地ではそれが命取りになってしまう。

これからは生きるための貪欲さや用心深さが何よりも必要になる。

殴られて痛む頭を抑えながらヴラドは静かに真実を告げた。

「……お前、捨てられたぞ……」

ヴラドが発言すると、一瞬だけ静寂が訪れた。

しかし、子供の吸血鬼はすぐに反論した。

「そ、そんなはずないだろ！　今日はお父様が直々に大魔法を教えてくれるんだ！　だからこんな遠くの寂れた土地まで来たんだぞ！」

「……お前は精神か？　それとも身体の方か？」

「な、何の話だ⁉」

「どこかに異常があるはずだ」

「た、確かに少し骨が弱いが……お父様は治るって！」

「じゃあ何で今襲いかかって来た男と二人きりで放っておいて帰ってるんだ？」

「それは、俺が強い……から……」

身体検査が終わってからの親の態度を想起し、色々と合点がいってしまったのだろう。

その子供の吸血鬼の声はだんだんと小さくなっていった。

ヴラドはため息を吐くと、フラフラと立ち上がった。

「吸血鬼の国に帰ろうとしても門番に殺されるぞ、あいつらはすでに金を握らされてる」

ヴラドは過去に殺されかけた事を思い出しながら、体に力を入れて姿勢を正した。

そもそもここに捨てられる子供はほとんどがまだ飛行すら出来ないほどに小さい。

自力で戻る事が出来ないだろう。

みんな、親に抱えられてここに連れてこられるのだ。

「そこで死ぬまで待っていても良いが、死にたくなければついて来い」

捨てられた吸血鬼の子はまだ現実が受け止めきれない。

それでも頭では自分が捨てられた事をどうしようもなく理解してしまった。

目の前の得体の知れない男についていて行くより仕方がなかった……。

ヴラドについていくとたどり着いたのはボロボロの廃墟だった。

「ここが、お前の新しい家だ。今はまだあまり立派とは言えねぇがな」

ヴラドの言う通り、その建物は名家の吸血鬼が住む場所としてはあり得ないほどに荒廃していた。

入口に着くと、廃墟の中から自分と同じような吸血鬼の子供達がワラワラと出てきた。

「ヴラド様がまた返り討ちにあったぞ！」

「ほら、早く安静にして下さい！」

「大丈夫だ、怪我などしていない。それより新しい仲間だ」

そんな吸血鬼の子供達の心配も煙たそうにヴラドは強がってみせる。

そしてたった今捨てられてきたばかりの吸血鬼の肩を叩いた。

吸血鬼はヴラドに目を向ける。

「おい、もしかしてこいつらも……」

「あぁ、捨てられた。精神が不安定だったり、ちょっと頭が悪かったり、面白い病気を患っていたり……些細な理由さ」

捨てられたのは自分だけではなかった。

このようにして吸血鬼達の『出来損ない』は闇に葬られてきたのだ。

ショックを覚えつつも仲間が出来た安心感はいくらか落ち込んだ心を救ってくれた。

「……俺はシモン＝ベイカーです。よろしくお願いします」

シモンは吸血鬼の名家特有の高貴な挨拶をした。

「あはは、懐かしい挨拶だね！　ここでの生活は大変だけどよろしく！　シモン！」

ここにいる吸血鬼達はそれぞれ教育の行き届いた名家の吸血鬼だったにもかかわらず返されたのは礼儀も何もない挨拶だった。

きっとここでの生活が長くなるにつれて必要なくなったのだろう。

「大人の吸血鬼達は今『狩り』に出てる。大人と言っても身体がデカくなっただけだがな」

このオルファンに捨てられて、身体が大きくなるまで成長出来たのはヴラドだけではない。

よく見ると、廃墟の中にも少し大人びた吸血鬼がいた。

「良いか、お前にも生き方を教えてやろう」

吸血鬼達との自己紹介が終わるとヴラドはシモンに語りかけた。

「奪って生きろ。食べ物も、命もだ。他の生物は俺たちを生かす為に存在している」

まだ痛むのだろうか、ヴラドは頭を軽く抑えながら壁に背中を預けた。

「そして、危なくなったら逃げろ。ここに帰って来い、ここに戻れば仲間がいる。魔獣も集団なら倒せるかもしれん。それでも難しそうならここで俺が駆けつけるまで粘れ」

そう言うとヴラドは一番小さい女の子の吸血鬼の頭に手を乗せた。

「こいつはペトラだ。弱っちいがテレパシーを使って俺を呼ぶ事が出来る」

「……よろしくお願いします」

「よ、よろしく」

吸血鬼の女の子はこのペトラという子だけのようだ。

男性ばかりが捨てられるのか、それとも女性は長く生き延びる事が出来ないのか。

シモンは聞く事が出来なかった。

「俺たちの食料は魔獣だ。最初は仲間と狩りをしろ。だが、魔獣はそう沢山いるわけじゃない。結局は別れて、効率的に探さないと何日も食事にありつけなくなっちまう」

『だからさっさと強くなれ』ヴラドの言葉の外にはきっとそんな意味が込められている。

「オークやゴブリンがいたら持ち物を奪って殺せ。近くにそいつらの村がない事を確認してからな。エルフには手を出すな、あいつら単体では大した事ないがどっかに仲間が隠れてるだろう。集団で襲われると返り討ちだ」

簡単な戦略を伝えるとヴラドは薪に火をつける。

そして部屋の外から魔獣の死体を持ってきた。

「日が落ちる頃にはここで全員で食事をとる」

ヴラドの説明でルールは理解できた。

だが、シモンは部屋の隅に座っている『イレギュラーな存在』を指摘せざるを得なかった。

「……あそこにいる妖精は？」

部屋の隅でニコニコしている妖精がいたのだ。

聖母のように他の吸血鬼達を見守っている。

「服を作らせようと思って一人で歩いている所をさらってきたんだが――」

ヴラドもあまり気乗りしないように説明を始めたが、その妖精の言葉に遮られた。

「――初めまして！　シモン君ね！　貴方にはこんな感じの服が似合いそうね！」

そう言うと妖精はウキウキしながら一瞬で洋服とズボンを五組ほど作り出した。

洋服にはしっかりと『Simon』の刺繍も入っている。

ヴラドはため息を吐いた。

「なぜかここが気に入ったらしくてな。出て行こうともせずに残ってやがる」

シモンも『妖精が服を作り出せる』事は知っていた。

しかし目の前で瞬間的に衣服が現れる現象を見て驚いた。

「お前も知っていると思うが吸血鬼の男は十歳を過ぎると急激に身体が成長する。服もすぐに合わなくなっちまうし、腹も馬鹿みてぇに減るからすぐに飢え死にしちまう。『捨てる側』としては都合が良いんだろうがな」

吸血鬼の男性は『一気に大人の大きさまで成長』し、そしてなかなか老いる事はない。

女性は逆にゆっくりと大きくなってゆくが、妖力的な差は特に存在しない。

吸血鬼の名家なら当然親に教育されている知識だ。

「なんで僕達を拾ったの？」

「単純だ、役に立つ。見張りも立てられるし、魔獣の発見率も上がる。ペトラのおかげで連携もとれる。腐っても吸血鬼だ、お前達は強いのさ」

「ヴラド様が寂しがり屋なだけですわ」

ヴラドの理由だてを邪魔するように妖精が口を挟んだ。

「……シモン、危なくなったらこの妖精は盾にして良いぞ」

「そ、そんな事しちゃダメだよっ！」

妖精は吸血鬼達に愛されているのだろう。

ヴラドの意地悪な言葉に他の吸血鬼の子供達からツッコミが入った。

「おい、ペトラ！　その赤くて細長い実は毒だぞ！　食べちゃだめだ！」

「で、でも以前食べた赤い実は甘くて美味しかったし……」

「あれはもっと丸っこかったし、表面がツブツブしてただろ！　これは別の種類だ！」

「別に良いじゃねぇか、食べてみりゃ」

「ヴラド様も何でも口に入れるのは止めてください！」

「……俺は赤ん坊か？」

――貧しく、騒がしい。

そんな生活がヴラドを中心に、濃密に過ぎていった。

◇

「――ヴラド様、早く戻って来て下さい！　強い妖怪達が襲って来てます！」

事件は突然起こるものだ。

ペトラからの泣き叫ぶような連絡を受けてヴラドはすぐに廃墟へと戻った。

戻ったヴラドが目にしたものは吸血鬼の子を庇うように死んでいた大人の吸血鬼達だ。

共に生きて来た吸血鬼達の半数以上が亡くなっていた。

襲ってきた妖怪たちが駆けつけたヴラドをみて悪態をつく。

「ちぃっ！　まだ大きい吸血鬼がいたか！　だがこいつさえ殺せば終わりだ！」

襲って来た妖怪達も半数が倒されていた。

吸血鬼の強さを見誤ったのだろう。

それでも吸血鬼を殺して売りさばく為に戦いの手を止めようとはしない。

ヴラドは自らの両腕を双槍のごとく振り回す。

怒りの咆哮《ほうこう》を上げながら襲撃してきた妖怪達の息の根を止めていった。

襲ってきた妖怪達を皆殺しにすると、ヴラドは自身の傷よりもすぐに仲間達を確認した。

しばらく獲物が見つからなかった為にヴラドが魔獣の狩りで遠出していたのが裏目に出た。

駆けつけるのが遅れてしまったのだ、ヴラド以外の大人の吸血鬼は全滅していた。

戦友としてヴラドが信頼していたシモンもペトラに抱き抱えられたまま眠るように息をひきとっていた。

シモンの頬をペトラの涙が濡らした。

「私と妖精さんを守って……」

「そうか……まだガキのくせに無理しやがって」

妖精は布を作り出すと、怪我をした吸血鬼達やヴラドの体の止血をする。

そして亡くなってしまった吸血鬼達の遺体を優しく包んでいった。

ヴラドは墓を作った。

妖精がその隣で、死装束として綺麗な和服を作っていた。

いつもみたいにすぐに作り出す事も出来るだろうに、わざわざゆっくりと丁寧に縫っている。

「…………」

自身が仲間を埋葬するために作った簡素な墓を見つめているヴラドに妖精は質問した。

「ヴラド様は自分を捨てた両親を憎んでいますの？」

「なんだ？　突然」

「私はいつだって突然ですわ」

『それもそうだな』とでも言うようにヴラドは自分の頭を掻いた。

「両親には……感謝している」

予想外の返答に妖精はヴラドの横顔へと目を向けた。

ヴラドは墓から目を離さなかった。

ふざけているわけではないようだ。

「皮肉じゃない、本心だ。親に捨てられたから『こいつら』に出会えて、幸せだった。多分俺は運を全て使い切っちまったんだな」

二人しかいない、こんなときだからだろう。

ヴラドは珍しく自分の想いを語った。

妖精はそんなヴラドを見つめながら静かに話を聞き、呟いた。

「やっぱり、酷い世界ですね……」

静寂が訪れる。

それが気に入らず、ヴラドは自分の顔を両手で叩く。

そして、目線を墓から離し妖精と向き合った。

「酷いもんか、こんなに刺激的な人生は無い。今頃吸血鬼の国で退屈な人生を送っている妹に自慢したいくらいだ」

「……自慢できるようなことではないでしょう。やっぱり貴方はどこか狂っていますわ」

ヴラドなりの冗談だった。

ここでは落ち込んでいる暇なんてない。

妖精はそんなヴラドの作戦に乗るように小さな笑みを作ってみせた。

「自覚してるさ、作り終わったならさっさと根城に戻れ」

「分かりましたわ。ごゆっくりどうぞ」

妖精を先に帰すと、ヴラドもかつての仲間に別れを告げて根城である廃墟へと戻った。


ずいぶんと広くなってしまった廃墟でペトラはまだ泣き止む事はなかった。

「今日は……いっぱい死んじまったな」

こんな生活だ、仲間が死ぬのは珍しい事じゃない。

それでも、ヴラドを除き立派に成長した吸血鬼達が全員亡くなってしまうと流石にやりきれない思いがあった。

自分がコツコツと積み上げてきた物が……無くなってしまった。

それでも『無駄だった』なんてことは、ヴラドは全く思っていない。

「残ったのは小さいガキだけか。しばらくは俺が狩りをするから、お前達はここに隠れていろ。泉に行く時は全員で行く、勝手な行動はするな。……俺の言うことに従え」

すぐにヴラドはこれからの生き方を示してみせた。

ヴラドは『狂人』だ。

仲間が死んだ程度で悲しんだりはしない。

今回も穴が掘りたくなったからついでに墓を作っただけだ。

まだ小さい吸血鬼達が成長するまで、一滴の涙も流すわけにはいかない。


その事件から一ヶ月も経たずにヴラドは再び吸血鬼が子供を捨てに来る瞬間に立ち会った。

「お父上様……今までありがとうございました」

「何の話だ？」

今動けるのはヴラド一人だけである。

狩りが出来なくなるのは致命的だ。

現在もヴラドだけは魔獣ではなく子供達には隠れて妖怪の肉を食べて生きている。

いつもみたいに親の吸血鬼に殴りかかるわけにはいかなかった。

（また食い扶持《ぶち》が増えるな……）

そんなことを考えながらヴラドは親の吸血鬼が去るのを待った。

「分かります、俺を捨てに来たんですよね」

「ほう、歴代のハールマン家で最も出来損ないのお前でもそれくらいは分かるのか？」

『ハールマン家』

吸血鬼であれば誰もが知っている。

吸血鬼の『王』の家系だ。

その体には『王の血』が流れており、他の吸血鬼とは比べ物にならないほどの強さを持っている。

「……妹をよろしくお願いします」

「言われなくともな、妹は優秀だ。お前と違って王の血もしっかりと継いでいる」

つまり、こいつが『全ての元凶』だ。

こいつが王として子供を捨てる事を黙認して、自らも子供を捨てている。

その頭の中にはクソのような考えしか詰まっていない。

こいつらは自分の子供が『必死に生きた事』も、『その最後』も全く考えずにのうのうと生きてゆくのだろう。

——手を出すべきではない——

そう思いながらもヴラドの体は理性を完全に封じ込めて動き出していた。
怒りは頂点に達し、遥か遠くまでこだまするほどの大声で吠える。
そのまま、男のもとへと走りだした。
ヴラドは己の全ての力をもってその男の心臓を貫くために突きを繰り出した。
「ふぅ……やはりこの土地には野蛮な者しかいないようだな」
最強の吸血鬼はヴラドの攻撃を当然のごとくヒラリと躱す。
そして襲いかかって来た暴漢を仕留めるべく腕を振り上げた。
振り上げたまま——動きを止めた。
「……？　動けん……」
正体の分からない力で動きを止められた。
攻撃を躱されたヴラドは男の振り上げた右腕にようやく気がつく。
攻撃と防御を同時に行うべく男の右肩に向けて再び『突き』を繰り出した。
ヴラドの指先が触れるか触れないかの刹那《せつな》、男の右腕が肩ごと吹き飛んだ。
「っ⁉　何だと⁉」
まるで鋭利な刃物で切られたかのように血が吹き出し、男の腕が落下する。
（血……王の血！）
ヴラドは腕を奪うと、男から距離をとり自らの牙を突き立てた。
血を吸うと、乾燥してミイラのようになった腕を投げ捨てる。

「最悪の味だな」

ヴラドは『王の血』を体内に取り込む事によって『自らの物』にしようとした。

しかし、『その行為こそが最大の失敗』だった。

「馬鹿め！　王の血は王の器を持たぬ者には『猛毒』だ！　お前の人格は破壊され、もう長くは生きられないぞ！」

断ち切られた肩を抑えながら男は強がるようにヴラドに言い放った。

「この力でお前を殺せればどうでもいい……」

ヴラドが一切怯む事なく睨み返してきたので、男は怯えるように少し後退した。

(何なんだ、こいつは⁉　私は……吸血鬼の王だぞ⁉)

なおも体を後退させながら、男はさらに大きく声を張り上げた。

「死体なんぞに付き合うつもりはない。追ってくるか？　国の吸血鬼達全員が相手になるぞ」

それでも自分へと向かってくるヴラドに対して、男は撤退する意思を固めた。

吸血鬼の王としてはこれ以上はないほどの屈辱だ。

しかし幸い誰に知られる事もないだろう。

「そこの出来損ないと共に野垂れ死ぬが良い」

捨てゼリフと共に男が飛び去って行くと、ヴラドは倒れた。

今の決死の戦いでヴラドも緊張の糸が切れたのだ。

自分がまだ生きている事を確認するためにヴラドは自身の心臓に手を置く。

すると、王の血を取り込み明らかに変化を始めている自分の妖力の鼓動に気がついた。

「……悪りぃな。お前の父親の腕、吹っ飛ばしちまった」

たった今捨てられた青髪の吸血鬼へとヴラドは話しかけた。

「いえ、少しだけスッキリしました」

「そいつは何よりだ、お前の名前は！」

「フリッツです。フリッツ＝ハールマン」

このフリッツという吸血鬼は自分が捨てられることを知っていたようだ。

他の吸血鬼の子供とは違い、ヴラドに追い打ちをかけるような事はしなかった。

高飛車ではなく穏やかな性格なのかもしれない。

「力は手に入れたが時間が無くなっちまったな。まぁ、捨て台詞に戯言を言っただけかもしれないが……」

「王の血なんて手に入れてどうされるのですか？」

「俺が王になる。あんなふざけた国じゃない、吸血鬼の楽園を作る」

ヴラドの頭にやり返す意味での『復讐』の二文字は存在しなかった。

捨てられた吸血鬼達が幸せに生きる事しか考えていない。

それこそがヴラドにとっての復讐だった。

「お前も『必要』だ。嫌がっても連れて行くからな」

「……ありがとうございます」

ヴラドは捨てられた吸血鬼に対して『必要』・『役に立つ』という言葉を頻繁に使っていた。

それこそが捨てられた吸血鬼の子供の心を癒す言葉だと信じているからだ。

「フリッツ、『王の血』が俺にどう作用するかは分からん。だが、俺はこんな物に支配されるつもりもない」

仰向けに倒れたまま、ヴラドは右腕を空に掲げて拳を握った。

「だが……もしもの時は事情を知るお前が俺を止めてくれないか？」

「……強くなれという事ですね」

「まぁ、俺が俺でなくなるなんてありえないがな！」

そう言うとヴラドは誤魔化すように笑ってみせた。

プライドの高いヴラドだったが、用心深さだけはそれに勝る。

万が一、あの男の言う通り、自分が暴走してしまったら……プライドを押し殺して、その役目をフリッツに託したのだ。

フリッツもそんなヴラドの心境は理解できた。

これは漢同士の約束だ、例え命を失おうが、誇りだけは失ってはならない。

ヴラド＝ツェペシュとして最後まで人生を貫くという宣言だった。

◇

「帰ったぞ」

「お帰りなさい、その子は新しい子？　結構大きくなってから捨てられてしまったのね」

妖精が屈託のない笑顔でフリッツとヴラドを迎えた。

「ほれ、忘れ物だ」

そう言うとヴラドは小さな『裁ちバサミ』を妖精に渡した。

ヴラドは自分の攻撃が吸血鬼の王の片腕を落としたとは考えていなかった。

目で見えないほどに速い、『何か別の攻撃』がヴラドの攻撃よりも先に腕に直撃したのだろう。

そう考えつつ周辺を捜索して見つけたのがこのハサミだった。

地面に突き刺さっていて、そばにあった大岩が真っ二つになっていた。

「あら？　これは何？　もしかしてプレゼント⁉　もうヴラド様ったらツンデレなんですからぁ」

妖精は早口で自分の物ではないと否定していた。

「あぁ、プレゼントだ。全力で壊そうとしても傷一つつかないハサミだぞ」

「ちょっと！　私のハサミを壊そうとしないでください！」

しかし、即座に自爆した。

恐らくワザとだが。

「……お前が何者かはどうでも良い。だが、色々と面倒を見てくれた事には感謝している」

「え、えっ⁉　ヴラド様、死んでしまうのですか……？」

ヴラドが妖精に対して感謝をするなどあり得ない事だったので妖精は狼狽《うろた》えていた。

生活の苦しさに耐えかねて自殺するとでも思ったか。

「違う、『ケジメ』だ。東へと移住するぞ。東端の土地は弱い種族が多いらしい。『王の血』を手に入れた俺なら国の一つくらいは奪い取れるかもしれん」

「あら、良いんじゃないですか？」

「お前は来なくても良いぞ、吸血鬼じゃないし。さらって悪かったな、好きに生きろ」

「私もついて行きますわよっ！」

青い髪の妖精は東の土地にもついてゆく事にした。

薄情なようで、誰よりも思いやりを持っている。

この不器用な吸血鬼が気になってしまったのだ。

それからヴラド達は大陸の東に移動した。

空を飛べるのはまだヴラドだけだ。

ヴラドは子供達を数回に分けて運んだ。

例の妖精も飛べないと言い張ったので仕方が無く運んだ。

嬉しそうにしていたが本当に飛べないのだろうか？

東の端には『人間の国』があった。

人間は種族としては最弱の部類だったはずだ。

おそらくここが一番弱い国だろう、ヴラドはこの国を奪い取ることにした。

生き残った吸血鬼は小さな子供しかいない。

戦えるのはヴラドだけだったので妖精と子供達は近くの森の中で身を潜めさせる。

もしも上手くいかなかったら……そんなことを考えるのは止めた。

人間の国は高い壁を築いて魔獣やその他の種族の侵入を防いでいたが、空を飛ぶ事が出来る吸血鬼には関係がない。

ヴラドは直接、その豪壮な城へと飛び込んだ。

人間の王や権力者はぶくぶくと太っているだけで大した事は無かったが、兵士達はみな様々な能力を持っていて手強かった。

しかし、ヴラドは王の血が自身の血液と馴染み始めてすでに強くなっていた。

力がみなぎる、感覚が冴えわたる――

楽勝とまではいかないが人間達と渡り合う事が出来ていた。

千人はいただろうか、城の中で暮らしていた者はヴラド一人で皆殺しにした。

流石に疲れ、フラフラになりながらも人間達の死体を片付けていった。

吸血鬼の再生能力は優秀だ、その間にもヴラドが負った傷は治ってゆく。

(悪ぃな、これも生存競争ってやつだ)

もう城の中に人間の生き残りはいない、これからは吸血鬼の城だ。

◇

(……おかしい)

調べてゆくと城の中には生活が豊かになるマジックアイテムが多く存在していた。

だが、人間族は魔力を持たないので動かす事が出来ないはずだ。

この疑問は地下の牢獄を覗くと氷解した。

何匹かの妖精を捕らえて魔力を供給させていたようだ。

妖精達は手枷をはめられて疲れ切った顔をしていた。

もちろん、魔力がある吸血鬼にとってこんな奴らは不要だ。

ヴラドは枷を外すと妖精達を城から追い出した。

妖精の国は近い、きっと生きて帰れるだろう。

（まぁ、妖精なんてどうでも良いか……）

さらに地下を探索すると馬鹿でかい闘技場を見つけた。

強かった人間の兵士達はこの空間で鍛錬をしていたらしい。

弱い種族にもかかわらずあれほど自分を手こずらせたのは称賛に値する。

城下町にも人間族が大量に住んでいたが、欲しいのは城だけだ。

特に殺す理由もないのでそのままにしておいた。

城下町の人間達もただ生きる為に必死なようだ、王がいなくなろうと特に動きはなかった。

（思ったよりもはるかにデカイな……）

子供達を少しでも元の生活へと戻す為に城を手に入れたヴラドだったが、吸血鬼だけで住むには明らかに大き過ぎた。

このままでは管理しきれずにすぐに城が荒廃してしまう、もう廃墟に住まわせるのはごめんだ。

ヴラドは人間の返り血を浴びたままの格好ですぐ近くにある妖精の国へと向かった。

城を維持するために魔力を扱える召使いが必要なので妖精の国に脅しをかけ、妖精のメイドを派遣する約束を取り付ける為だ。

門番の妖精達は血塗れのヴラドを見ただけで失神してしまっていた。

白髪の妖精王に脅しをかけて約束は問題なく取り付ける事ができた。

こうして何とか城を維持するための人員も確保した。

子供達はもともと名のある吸血鬼の家で育ってきた。

あれほど荒廃した土地で廃墟に住まわせてしまったが、本当はこのような立派な城で清掃の行き届いた優雅な生活を送らせてあげるべきだったのだ。

こうして子供達の本来の生活をある程度確保する事に成功すると、ヴラドは子供達と妖精を再び抱きかかえて城へと運んだ。

◇

空を飛べるようになった子供達には『狩り』を教えていった。

空を飛べるようになれば自分より手強い魔獣と出会ってもこの城まで逃げてこれる（相手が翼を持っていなければ）。

最初はウサギのように小さい魔獣を狩って、それから少しずつ慣れてゆけば良い。

城下町の人間が『年貢』とか言ってガリガリの体で食料を持ってきた（野菜しか無いが）。

しかし、城にはメイド達に配っても十分過ぎるほどに蓄えがある。

もともと千人ほどの人間族が住んでいたこの城も今は百人の妖精と吸血鬼だけだ。

食料が腐っても困るので城下町の人間の『年貢』とかいうのは十分の一にまで減らした。

人間達は涙を流して感謝していたが、こいつらは吸血鬼じゃないのでどうでも良いことだった。

妖精の国と契約を結んでからあっという間に一年が経過し、妖精の王が謁見をしに来た。

吸血鬼が妖精の国に労働契約を結ばせてから妖精の国は他国に襲われなくなったらしい。

『吸血鬼』という名前が抑止力になっているのだろう。

これもどうでも良い話だ。

妖精達を働かせるようにけしかけた後も勝手について来た例の妖精が何も言わなかったのは、この事を分かっていたからなのかもしれない。

相変わらずこいつはよく分からず俺の傍でにこにこしているだけだ。

◇

……最近、時々頭がはっきりとしない。

脳みそに霧がかかったようだ。

これが王の血の影響だろうか……。

◇

「何だ？　その黒っぽい服は？」

例の妖精がヴラドの部屋で吸血鬼達の人数分の黒い服をハンガーに掛けていた。

わざわざヴラドの部屋で服を制作しているらしい。

「『スーツ』ですわ。子供達にせがまれてしまいましたの」

「あいつらがワガママを言うなんて珍しいな、いつもは猫の子のようにおとなしいのに」

「『大人っぽく見える服が欲しい』そうですわ。ヴラド様も何か心当たりがあるのではなくて？」

ヴラドはいまだに魔獣の狩りをする時に、子供達は多人数で行動するよう義務付けている。

その結果、効率が落ちてしまいヴラドはまだ忙しく魔獣の狩りへと出かけている。

ヴラドが過保護になったせいで結局ヴラドの忙しさはほとんど変わっていないのだ。

「馬鹿いうな、あいつらはガキだ。まだ五十歳にもなっていない癖に全く生意気なやつらだ」

最近やっと五十歳を超えたヴラドは満足気な表情でため息を吐いた。

（加齢を喜んでいる時点でヴラド様も十分過ぎるほどに子供ですわ……）

妖精は微笑ましい表情でヴラドの言葉に同意した。

「そういえば、お前は何歳――」

「た、大変です、ヴラド様っ！　羽を出して破れてしまっても自動修繕する機能を付け忘れてしまいましたわ！」

「……付け直せば良いんじゃないか？　それよりお前はな――」

「毎日着るようになるかもしれませんしっ！　沢山作っておきましょうかっ！」

その後も妖精はヴラドの質問をのらりくらりとかわし続けた。

◇

体をぶら下げた。

今日も忙しく魔獣を狩って吸血鬼達の為の食料を確保すると、ヴラドは食料庫に牛型の魔獣の死
「ふぅ～……」

妖精はいつものようにヴラドを出迎えると、タオルを手渡した。

「お疲れ様です。これで血を拭いてください」

ヴラドはそのタオルを受け取り、体を拭いた。

「なぁ、お前の名前はなんていうんだ？」

ヴラドはタオルを返すと、質問を投げかける。

「あら？　吸血鬼以外には興味がなかったのでは？」

「もうずっと出て行かない気がしてきたからな。さすがに名前を知らないと不便だ」

「そうですか？　別に不便ではないと思います」

「まぁ、お前はそうだろうな。……教えたくないのか？」

「そうですね……適当に付けてくださっても構いませんよ？」

「そうか、分かった……」

そう言うと、ヴラドは考える。

そうして、自分が狩ってきた魔獣の肉を見た。

「じゃあ、『フィレ』『ランプ』『リブ』『カルビ』から選んでくれ」

「全部お肉の名前じゃないですか……そんなヘンテコな名前は嫌です」

（ヘンテコ同士で似合うと思ったんだが……）

さすがのヴラドも口には出さなかった。

「面倒だ、お前の名前を教えてくれ。呼びはしないし、他の吸血鬼にも言わん」

「それでは意味がないのでは……？」

「俺が気になるだけだ。じゃあ、名前ではなく年齢を――」

「まぁ、名前くらい別にいいですわ。一応、誰にも言わないでくださいね」

妖精は人を殺しそうな笑顔で了承した。

「私の名前は――」

妖精はヴラドに近づき、耳元で答えた。

「『レイチェル』ですわ」

◇

「……は？　子供が欲しい？」

「ええ、貴方と子供を作りたいと思いまして」

人間の城を手に入れてから二年が過ぎた頃、例の妖精はまだヴラドのそばを離れなかった。

それどころか意味の分からない提案をしてきた。

「断る。そもそも作り方が分からん」

「ご心配なく、勉強済みですわ」

妖精は得意げにヴラドへと詰め寄った。

「ヴラド様はなぜ捨てられる吸血鬼が『男性ばかり』なのか疑問に思った事はありません？」

「……特にないな」

全く興味がなさそうなヴラドの態度に妖精は少しげんなりした。

「吸血鬼はその名にもある通り『血液交配』によって子孫を残しますわ」

「……血か？」

「えぇ、吸血鬼の血液は他の種族と違って特別な物ですわ。他の血液と混ざり合い、溶け合うのです。『性格すら変えてしまう』場合もあるそうですわよ」

『王の血』を得る為にあの男の血を飲んだ事を思い出し、ヴラドは気分を悪くした。

「それで、先ほどの話とどう繋がるんだ？」

「子供を産む事が出来るのは女性の体だけですわ。吸血鬼の女性は相手から血液を貰う事で男×女、あるいは女×女で子供を持つ事が出来るのです。つまり、吸血鬼の国を存続させるだけなら女性だけ居れば良いのです」

「なるほど、だから男の吸血鬼ばかりが捨てられていたんだな。ペトラも捨てられたのが納得いかないが……」

（妹が捨てられる心配はしなくて良かったのか……）

少しだけ何かにホッとしたような表情をみせるヴラドに妖精は説明を続けた。

「吸血鬼の男性の血液には相手の血液と混ざり、孕ませる効果があります。つまり、ヴラド様が私にその牙でガブリと噛みついて自分の血を注入して下されば私は子供を授かる事が出来るのです」

「アホ、俺の血は毒（王の血）が流れているから、お前は出産する前に死ぬぞ」

「気合いで乗り切りますわ」

妖精は一片の戸惑いも無く言い放った。

ヴラドはため息を吐く。

ヴラドは狂人だが、この妖精ほどはヘンテコではない。

「全く、お前は変に肝が据わっているというか……。とにかく却下だ、勝手に死ぬ事は許さん」

「えぇ～」

「吸血鬼は他にもいるだろう？」

「ヴラド様を好きになったのです！　誰でも良いわけではありませんわ！　それに……ヴラド様ももう長くはないのでしょう？」

妖精はヴラドが王の血によって日に日に蝕まれている事に気がついていた。

魔獣の狩りに出かけても戦いの最中に意識を失い、大怪我をして帰ってきた事もある。

「馬鹿言え、こんな血液なんぞに負けけん、俺はもう自室に戻るからな」

「あぁ、またそんな死にそうなことばかり言って……」

妖精はため息を吐くと、部屋に戻るヴラドを悲しそうな瞳で見送った。

◇

最近気を失うように眠る事が多くなってきた。

今朝も体が酷くダルい。

まるで体に血が足りていないようだ。

自室の机には手紙が残されていた。

『実は私は追われています。
追っ手が近づいてきているので逃げます。
それと……、
ごめんなさい。我慢できませんでした』

城からは例の妖精が居なくなっていた。

これは書き置きだったらしい。

子供を作ろうと言ったり、謎の謝罪と共に勝手に出て行ったり、本当にヘンテコな妖精だった。

ヴラドはその日、一日中狩りに明け暮れた。

食料は足りていたが、体を動かしていないとどうにかなりそうだった。

脳に霧がかかる……。

気が付くと意識が無くなっている時がある……。

もはや自分が自分であるという確証は戦いの中でしか見つける事ができない。

ヴラドは一人で周辺の国々に攻め入り、戦闘行為を繰り返した。

獣人族の国へも攻め入り、何度かザムドと拳を交えていた。

他の吸血鬼達が手を出されないようにするための威嚇行動だった。

しかし途中からはそんな目的も忘れてただ戦闘に明け暮れていた。

ヴラドにとってはもはや無意味な戦闘行為でしか、脳にかかった霧を晴らす方法がなかったのだ。

例の妖精はいつの間にかヴラドの心の支えとなっていたようだ。

そんな事にヴラドはようやく気がついた。

◇

「こんばんは、吸血鬼の王」

妖精が城を出ていってから数日後。

ノックもせずに見慣れぬオレンジ髪の女性が突然ドアを開けて自室に侵入してきた。

「……侵入者か、死ぬか帰るか選べ」

「なら、死にますわ。殺して下さる？」

その女はとんでもない量の妖力を発散させた。

ヴラドは全身を恐怖で震わせた。

そんなヴラドの様子を見て満足そうに女は語りだした。

「私が本気で妖力を出したらきっと貴方は気絶してしまいますから、半分ほどで威嚇いたしますわね。今日来たのは質問する為ですわ、こちらに青髪のヘンテコな妖精が居ませんこと？」

「……妖精なんか城中にいるだろう……それにヘンテコと言うだけなら目の前にいる」

「あらあら、指の一本も動かせないくせに強気ですわねぇ、勝手に探らせていただきましたけど城の中にはいませんでしたわ。行動が突飛なのですぐに思い当たると思うのですが」

「その……ヘンテコ妖精は、お前の敵か？」

「えぇ、私のライバルですの。見つけ出して殺さなければなりませんわ」

その言葉の直後、ヴラドは女に向かってようやく一撃、拳を突き出す事が出来た。

しかし、殺意にまみれたその拳はシスティナに簡単に避けられてしまった。

「……本来なら動けるはずありませんのに、骨のあるお方ですのね。驚いてしまいましたわ」

本当に驚いたかのように、その女性は目を見開いた。

「さて、もう少しだけ脅しをかけてみましょうか。青髪の妖精について教えないと貴方を殺しますわ」

オレンジ髪の女はヴラドの喉元に閉じたままの扇子を突きつけた。

ヴラドがもう全く動く事が出来ないように妖力を強める。

しかし、ヴラドの腕はそれでもゆっくりと動いた。

血が滴るほどに歯を食いしばりながらその扇子を掴んだ。

「……まるで狂犬ですわね。獣に尋ねるなんてどうやら私の方がヤキが回っていたようですわ」

滴る血液が扇子を汚してしまう前にシスティナは扇子を懐にしまうと、部屋から出るために踵を返した。

「妖精を使役していたので一応立ち寄りましたが、こんな所にいるはずもありませんわね」

ドアのノブに手をかけると、システィナは最後にヴラドを睨みつけた。

「それと、警告しておきますわ。あまり他種族に迷惑をかけるなら容赦はいたしません。それでは、もう会わない事を祈りますわ」

システィナが部屋を出るとヴラドは意識を失い、その場に倒れた……。

◇

システィナの乱入から数ヵ月後のある日。

ヴラドの部屋には大きなカゴに入れられた赤子、手紙と花が置かれていた。

手紙は出て行った妖精による物だった。

ヴラドが眠っている間に特殊な針を使って血を抜きとり、自身の身体に送り込むと見事に妊娠したらしい。

(はぁ、あいつは本当にむちゃくちゃだな……)

『命を狙われているので子供を預かって欲しい』と手紙には書かれていた。

あんな化け物に追われるのはあいつだけで十分だ。

手紙には涙の跡が残っていた……。

赤ん坊の名前は書かれていなかった。

おそらく自分には名付け親になる権利はないと妖精は考えたのだろう。

生まれてすぐにヴラドに託してしまったのだから。

手紙の最後には『愛しています』と書かれていた。

そんなこと、言われなくても分かっている……。

『レイチェル』

妖精の名前をヴラドはそのまま赤子に名付けた。

こうすれば、『自分がいなくなっても』あの妖精が自分の子だと気がつく事が出来るからだ。

レイチェルを名乗って生きていれば、いつかあの妖精も我が子を見つけられるだろう。

しかし、名前が同じだと例のオレンジ髪に狙われてしまう可能性もある。

よくある名前とはいえ、油断はできない。

皮肉にもあの国の吸血鬼達と同じようにヴラドは『レイチェルを地下で隠すように』育てる事にした。

吸血鬼の子供達にも赤子の名前は教えていない。

そうすることでレイチェルも子供達も少しは安全になるだろう。

◇

赤ん坊が現れてからは意識が失われる時間が不思議と減るようになった。

もともと妹の面倒をみていた事もあってヴラドは意外にも育児は得意だった。

しかし、娘というのはある程度成長すると父親を煙たがるものだ。

「パパ嫌い」なんて言われるとうっかり自殺してしまうかもしれない。

まだ物心もついていないが成長したら先の育児は妖精の一人にも任せる事にした。

レイチェルは花が大好きなようだ。

城の周りや中庭には花をたくさん植えさせて妖精達に世話をさせた。

レイチェルが大きくなった頃には城の周りは花だらけになっていることだろう。

さらに城の外を飛び回り、香り高い花をかき集めるとそのエキスを魔法で固めて『レイチェル専用の浴槽』を作ってやった。

これで大きくなったら毎日香水風呂だ。

もちろん地下のレイチェルの部屋の物は全て最高の物を用意した。

自分がこんなにも親バカになるとは思わなかった。

レイチェルを抱き寄せるだけでこの世の全ての栄華を極めたと断言する事が出来る。

レイチェルが微笑むだけで太陽が昇る、心地よい風が吹く。

（ふふっ、たとえお前に殺されたとしても俺はきっと許してしまうだろうな……）

そんな馬鹿げた事も考えながら。

ヴラドは地下からレイチェルをこっそり連れ出すと玉座の上で腕に抱えた我が子に微笑みかけていた。

◇

レイチェルが三歳になり、簡単な言葉を覚えてきた頃。
ヴラドは城の中の異変に気がついた。
……城にネズミが紛れ込んでいる。
どうやら暗殺を目論んでいる者がいるようだ。
妖精によく似せた人形のような物を使って自分を殺害しようとしている。
見分け方は簡単だ、妖力を軽く当ててやれば良い。
恐怖したら本物、しなければ偽物だ。
そもそも偽物は言葉も話せないようだ。
偽物のメイドを殴って倒すと、ポケットから銀のナイフが出てきた。
血も流れていないようだ、誰かが遠隔操作をしているらしい。
金属アレルギーのヴラドに銀はシャレにならない。
ヴラドは見つけ次第壊してゆく事にした。

自分の命はもう恐らく長くはない。

精神が削られてゆく感覚に加えて、王の血の力を使い続けた体も悲鳴を上げている。

成長したレイチェルと言葉を交わせる日が来るまで自分はもつのだろうか。

（……レイチェルは成長してきた……次代の吸血鬼の王としての厳しい訓練を――）

ヴラドは自身の頭を壁へと打ち付けた。

最近、『あの馬鹿げた吸血鬼の王ような思考』が頭に流れ込んでくる。

『王の血』の特性か『吸血鬼の血液』の性質か、あるいはその両方がヴラドに洗脳をかけているようだった。

◇

日が経つごとに偽物の妖精の質が上がってきた。

殺すと血が出るようになり、怖がって逃げるフリもするようになってきた。

しかし、ヴラドを前にした本物の妖精の反応はよく知っている。

まだヴラドを騙すには至らないようだ。

今度の偽物のポケットには銀の杭が入っていたので地下の部屋に放り込んでおいた。

（さすがにこのままでは危険だ……疑わしき妖精は殺してゆくべきだ……）

そんな事を考えると、ヴラドは再びハッとしたように虚空を見上げた。

再び、『王の血』に呑まれようとしていたのかもしれない。

いや、これは……『正常な俺の考え』か？

（吸血鬼の為を思うなら反抗しないように妖精達に恐怖を与えてゆくべき……。

いや、そんなことより……魔獣を狩りに行かないと食料が……。

食料は他の吸血鬼が狩りに行ってるから十分だ……狩りに行く必要はない。

しかし、妖精達の分が足りるだろうか——そんなことはどうでも良い！

それよりもやはりレイチェルに他の吸血鬼達を導くための厳しい訓練を
——そんな事はバカげてる！　だが、俺がいなくなったら誰が吸血鬼の子たちを……）

とりとめのない思考を泳がせながら、ヴラドはフラフラと自分が捨てられた地をさまよっては、たまに自分の城へと戻っていた。

そんなヴラドの傍にいてあげられる妖精はもういない。

他の吸血鬼達も日々『仕事』に追われていた。

吸血鬼の子供達は良く働いていた、『やっと自分たちは役に立つ事が出来る』と懸命に魔獣を狩りに行っていた。

『自分たちが狩りに出れば、そしてペトラが妖精の指揮をして城を管理すれば、長い事働き詰めだったヴラド様が自由になれる。魔獣のお肉も食べさせてあげられる』

今となってはそんな心遣いが裏目に出ていたのだと思う。

ヴラドに必要だったのは『休息』などではなかったのに……。

◇

「ヴ、ヴラド様……？　一体何を――」

恐怖で腰を抜かしてしまったペトラの前には妖精メイドの死体と、拳から血を滴らせたヴラドの姿があった。

ヴラドは笑みを浮かべ、ペトラに質問で返した。

「『何』……とはどういうことだ？　ペトラ、お前は『私の行動』に疑問を持つのか？」

しばらくぶりに城へと帰ってきたヴラドは別人のように変貌してしまっているようだった。

普段とは違うその言葉遣いからは、温かみのような物が一切感じられない。

（……わ、『私』？　ヴラド様はいつも『俺』と自称されていたはずでは……？）

「ペトラ、忘れてしまったようだな？　他の生物は私たち吸血鬼のために存在している。命を奪う事にいまさら疑問など不要だろう」

ヴラドは優雅で邪悪な笑い声をあげる。

ペトラはただ恐怖したまま妖精の遺体を見つめていた。

「今日から私の娘に次代の王としての訓練を行う。お前達も役に立てるよう、しっかりと働け」

そう言うと、ヴラドはもう動かなくなった妖精の姿をしたソレを踏みつけた。

妖精が亡くなってしまう事は悲しかったが、ペトラはそれ以上に自分が同じように殺されてしまう事が何よりも恐ろしかった。

殺されずとも、『また』捨てられてしまう可能性もある。

他の吸血鬼たちも同様だった。

みな、自分たちの身の安全を考えた。

誰ひとりとしてヴラドに立ち向かえる者などいない。

『ヴラド様は妻であった妖精に出て行かれて、変わってしまわれた』

いつしかそんな噂が吸血鬼の間では流れていたが、真偽は誰にも分からない。

唯一「王の血」の真実を知るフリッツだけが、ヴラドを止める為に一人、厳しい鍛練を始めた。

他の吸血鬼たちは変わりはててしまったヴラドに怯えながら従属していた……。

◇

そこからはゆっくりと——人間が眠気に抗えないのと同じように——ヴラド＝ツェペシュという『人格』は消えていった。

王の血はやはり猛毒だった。

毒はヴラドの暴力的な部分を肥大化させてゆき、ひたすら嗜虐的な人格を作り上げていった。

力という深淵《しんえん》に呑まれたのだ。

ヴラドが毒を取り込んだのではなく『毒がヴラドを取り込んでいた』。

身体は積み重ねた年月と共に加速度的に毒に蝕まれ、ヴラドの命も消えようとしていた。

そんな眠り続けていたヴラドの人格も『懐かしい痛み』と共に目を覚ました。

目の前にはいまだ見た事のない、成長したレイチェルの姿があった。

しかし、ヴラドは今まさにレイチェルに突き出そうとしている自身の右腕が『凶悪な妖力』でまみれている事に気がついた。

そして同時に『自らの心臓に銀の杭が突き刺さっている事』にも。


恐らく、これが我が子に触れる最後のチャンスだろう……。


そんな事を考えながら、ヴラドの最後の意識は『自身の右腕が我が子に触れないように向きを逸らす』事に全力を注いだ。

ヴラドが最後に触れる事が出来たのは最愛の我が子ではなく、硬い自室の床だった。


「レイ……チェル……」


『愛している』、その一言すら最後まで言えずにヴラドは我が娘の成長を見届けると目を閉じた。

意識を完全に奪われてからの数年間、自分は何をしていたかは分からない。

他の吸血鬼達を怖がらせるような事をしていたのかもしれない。

レイチェルに殺されるほどに恨まれる事をしていたのかもしれない。

それでもヴラドは無事に成長したレイチェルを見て、
力強く成長した様子を感じて、
安心して目を閉じる事ができた。

——ヴラドはその狂暴とされる生涯を終えた——

享年九十歳、吸血鬼としてはあまりにも短い生涯。
さらに『ヴラドがヴラドとして生きる事が出来た』年月はさらに短い。
それでもヴラドにとって生を終えるには待ちくたびれたものだったのかもしれない。
これでようやく死んでいった仲間達の元へと向かう事が出来るからだ。
そんなどうしようもない男、ヴラドの思念は天へと召されていった。
世界の理不尽に翻弄され。力に弄ばれ。誤解されたまま死んでいった。
そんな男の遺体のそばには——

ただ一本の槍のように真っすぐと立った紫色の花と、
それに寄り添うように小さな青い花が咲いていた。

フィーリアが
いなかった理由

「いやいや、フィーリアちゃんは今日も可愛いですな～」

青い髪のメイド妖精、スピカは手に持ったモップに自分の小さな身体を預けるようにして、ご満悦といった表情で笑みを浮かべていた。

視線の先には廊下で窓拭きをしているフィーリアがいる。

「スピカ、またきたの？　ペトラ様に怒られても知らないよ？」

スピカは妖精メイドとしては非常に珍しく、あまり真面目ではないメイド妖精だ。

よく持ち場を離れて、他の妖精にちょっかいを出している。

「でも、あれだけ可愛いペトラ様に叱ってもらえるなら悪くないよね」

「なに馬鹿なこと言ってるの。それにペトラ様は『可愛い』というより『かっこいい』ってみんなは言ってるじゃない」

フィーリアは、そんな言葉を返しつつ、スピカの無駄話に乗ってしまったことに少し後悔した。

こういう時は限ってスピカの思うつぼになってしまう。

「いやいや、みんなは分かってないよ。ペトラ様は本当は可愛いお方なんだ。この前なんかとんでもない天然を――おっと、そろそろ仕事に戻らないと」

そう言って、その場を離れようとするスピカの手をフィーリアは掴んで引き留めた。

「あれ？　フィーリア、どうしたの？」

ニヤニヤした表情でスピカはフィーリアを見つめ返す。

「分かってるんでしょう？　その話を聞かせなさい」

スピカに近づくと、フィーリアは小声でそう言った。

妖精は噂話が大好きだ、フィーリアも例外ではない。

だからこそ、噂話に流されやすいという特性もある。

フィーリアは自覚を持っているので、普段は他の妖精と仕事以外の話は話さないようにしている。

だからこそ気がつけるような事にも気がつけないのだが……。

「ふ、フィーリア。そんなに近づかないでよ……本当に変な気を起こしちゃいそう」

「馬鹿なこと言ってないで。ほら、こんな所（ペトラ様の噂話をしている所）が誰かに見られちゃう前に――」

《フィーリア様、お話をさせていただいてもよろしいでしょうか？》

《ペ、ペトラ様っ⁉ どういった御用でしょうか！》

不意に、ペトラから念話がかかり、フィーリアは慌てて答えた。

スピカは顔を真っ赤にしながら慌てて逃げ出す。

念話のタイミングが悪すぎたのだ。

《お忙しかったですか？ なんだか慌てているようですが……》

《いいえっ！ そんなことはありません！》

フィーリアはダラダラと冷や汗を流しながら答えた。

ペトラがフィーリアを敬って話すのは、『陛下のご友人だから』という理由である。

そんなことを知らないフィーリアはペトラの態度を疑問に感じてはいるが、尋ねる事もできない。

ペトラはそのまま本題に入った。

《本日、妖精の国の王であるシルビア様が陛下に御挨拶をしにおいでになられるのですが、陛下がフィーリア様の御同席を要望しております》

《わ、私なんかがそんな凄い席に御一緒するわけにはーー》

「いた！　フィーリア〜！」

ペトラとの念話の途中で、レイチェルがフィーリアを見つけて駆け寄ってきた。

「ねぇ、フィーリアも今日の謁見には同席するのよね？」

「えっ、レイチェルも同席するのっ⁉」

断ろうとしていたフィーリアはレイチェルのこの発言で考え直す。

（呼ばれている妖精は私だけじゃないのね……。レイチェルを一人で行かせるわけにはいかないし……）

やはりまたメイド服すら着ていないレイチェルを見ながら、フィーリアは心の中でため息を吐いた。

それどころか、今日はやけに綺麗なドレスを着ている。

《御一緒させていただきます……》

《ありがとうございます。では、三十分後に応接間へお集まりください》

ペトラとの念話が切れると、フィーリアは同席することをレイチェルにも伝えた。

（まぁ、陛下はきっとお優しい方だし、レイチェルが多少の無礼を働いても大丈夫よね……とはいえ……）

そう自分に言い聞かせながら、フィーリアはレイチェルに厳しい目を向けた。

「レイチェル！　ちゃんとメイド服を――」

「フィーリア、お願い！　私、メイド服が着たいの！」

フィーリアが言い切る前に、レイチェルがお願いをしてきた。

まさかのレイチェルからの要望にフィーリアは逆に戸惑いつつも、ようやく意思が伝わり安堵する。

「そうね、分かったわ。でも私は今、替えのメイド服が無いから――」

「それなら大丈夫よ！　ほら、私達って背丈が同じくらいでしょ？」

「え？　まぁ、そうね。でもそれが一体――」

「じゃあ、着替えにいきましょう！　時間がないわ！」

「ちょっ、ちょっと⁉　レイチェル⁉」

フィーリアはレイチェルに手を引かれていった。

◇

「レイチェル！　服を交換するなんて、聞いてないわよ！」

レイチェルの着ていた綺麗なドレスを身にまといながら、メイド服姿のレイチェルに手を引かれ、フィーリアは応接室に到着した。

普段は全く見ないような二人の格好に、先に待機していたペトラは思わず目を向ける。

「フィーリア、とっても素敵よ！　フィーリアには絶対似合うと思ってたの！」

レイチェルは満面の笑みでフィーリアのドレス姿を鑑賞し始めた。

「だ、だめよ！　こんな格好で同席するなんて！」

レイチェルはリブの「メイドさんが好きだ」という発言を聞いて、メイド服を着たがっていた。

そして同時に友達のフィーリアに自分の作ったドレスを着せてみたいとも考えていた。

そして思いついたのが、この『衣服の交換』である。

「でも、フィーリアだってドレスを着てみたかったんじゃない？　私がドレスを着せてあげてる時に抵抗することも出来たでしょ？」

レイチェルは少し意地の悪そうな笑顔をフィーリアに向けた。

本当はフィーリアだっていつもメイド服ではなく綺麗なドレスを着てみたかったはずだ。

服の交換はそんなフィーリアの気持ちをくみ取った結果でもあった。

レイチェルの善意である。

「そ、それは……」

フィーリアはレイチェルに返す言葉がなかった。

あのあと、服を交換するために、レイチェルに連れられて誰も使っていない更衣室に二人で入った。

ドレスを脱いで、下着姿になったレイチェルの美しさにフィーリアの意識が持ってかれている間にドレスを着せられてしまったのだ。

正直に話してしまったら今後はレイチェルに軽蔑の視線を向けられてしまうだろう。

「――と、とにかく！　私も代わりのメイド服を探して着てくるから！」

フィーリアは顔を真っ赤にしてレイチェルに言う。

すると、レイチェルは落ち込みつつ申し訳なさそうな表情で口を開いた。

「も、もしかしてイヤ……だった？　ごめんなさい、フィーリアと仲良くなれたから舞い上がっちゃって……今着てるメイド服はちゃんと洗って返すから――」

「――返す時は洗わなくていいわ！　じゃあ、私は少しだけ席を外すから、いいいい、くれぐれも粗相のないようにね！」

さりげなく自身の欲望を織り交ぜつつ、フィーリアはレイチェルに言い聞かせる。

◇

そんな二人の小声での言い合いを聞きながらペトラは驚愕していた。

フィーリアを連れてくるように陛下直々の指名を受けた事自体がすでに驚きだったが、レイチェルと対等に言い争っている姿はさらに驚いた。

いや、むしろレイチェルを『格下』として扱ってすらいる。

妖精ならば『レイチェルのあの強さ』を広間で目の当たりにしているはずだ。

それにもかかわらずレイチェルに対してこんなに臆することなく受け答えしている。

強さこそが全てのこの世界で尋常ではない肝のすわりかたである。

フィーリアは本当に何者なのだろうか。

「ペトラ様、大変申し訳ございません！　すぐにメイド服に着替えて戻って参ります！」

「……っえ？　かしこまりました！　ど、どうぞ……」

フィーリアに畏敬すら感じつつ、ペトラは返事を返した。

「ま、待って、フィーリア！　メイド服なら今、私が作るわ！」

「それだと時間がかかってしまうわ。すぐに見つけて戻るから！」

そう言うと、フィーリアは大急ぎで部屋を出て行った。

◇

（何でこんな時に限って、メイド服が全て洗濯に出てるのよ！）

最近は気候が安定しないこともあり、メイド服は自分の部屋のクローゼットに残っていなかった。

もちろん、他の妖精のタンスを勝手に開けることもできない。

（使われていない部屋にも服が入ったクローゼットはあるはず……）

そう考え、フィーリアは地下のとある一室に入った。

普段は使われていない、暖炉のある埃っぽい部屋だ。

（凄い！　この部屋、クローゼットがたくさん置いてあるわ！　これなら、一枚くらいもらって良いメイド服があるはずよね！？）

クローゼットを開けると、中にはほとんど衣服は入っていなかった。

しかし、幸運にも真新しいようなメイド服が入っていた。

襟のところに金髪の長い髪が一本だけくっついていたので、フィーリアはそれを払い落とすと、その場で着替えた。

「……うん！　ピッタリね！」

メイド服を着て、急いで部屋を出ようとすると、不意にその部屋の暖炉から物音がした。

本棚から本でも落ちたかのような、『バサリ』という物音だ。

決して暖炉からは出ないような音に思わず目を向ける。

（……この暖炉。中から何か変な音が）

フィーリアは暖炉をのぞき込んで調べようとして、不意にハッと我に返った。

今は好奇心で暖炉を調べている場合ではないからだ。

急いで応接室に向かわないと、レイチェルが何か粗相をしてしまうかもしれない。

気にはなったが、フィーリアは急いで部屋を出た。

廊下を走り、フィーリアは応接室に戻ると、呼吸を整えた。

そして、恐る恐る扉を開く。

「あの～……遅くなって申し訳ございません……ただいま到着いたしました」

『新たな世界』へ

システィナの能力を使って獣人族の国から吸血鬼の城へと帰還した。

負傷したレイチェル、フリッツ、ザムドを空き部屋のベッドに寝かせるとシスティナが一人で三人の治療を申し出てくれた。

私は感謝しつつも、その場をシスティナに任せる。

……わずか数分後、システィナが部屋から出てきた。

三人の治療を終えたのだろう。

私は心の中で怯えつつも勇気を出して尋ねた。

「し、システィナっ！　今回の『お礼』はどうやって返せばいいんだ……？」

私はシスティナに『お礼』をしなければならない。

今回は本当にシスティナのお世話になった。

システィナが飛行機を出してくれたおかげでレイチェルを救いに行けたわけだし、二人の怪我も治療してくれた。

もう「私のワンちゃんになりなさい」とか言われても受け入れる覚悟だ。

しかし、システィナは私の言葉に意外そうな表情で受け答えた。

「あら？　義理堅いのね。大したことはしてませんし、別に気にしなくて良いですわよ？」

そんな言葉と共に聖母のような表情でシスティナは笑いかける。

しかし私は知っている、その中身はＳＭ大好きの女王様だ。

でもこんな美人さんに飼ってもらえるなら犬になるのも悪くない気がする。

毎日膝枕してもらえるかもしれないし。

そんな事を考えていたら、システィナは少し真面目な表情で言葉を続けた。

「でも、そうですわね。リブ、貴方は『この世界』に興味があるのでしょう？　でしたら、いつかは力を貸してもらうと思いますわ」

そんなシスティナの言葉を聞くと、私も少しだけ険しい顔つきになった。

システィナの口から『この世界（ＳＭの世界）に興味があるのでしょう？』なんて言葉が出てきてしまったからである。

どうにかご遠慮しなくてはならない。

「だが、厳しい世界なんだろう？」

私は鞭で叩かれたりするような世界を想像してシスティナに語りかける。

そんな心の準備は出来ていないが、ここでシスティナの加虐心を煽ってはならない。

そう思い、私は強がりつつもニヤリと笑ってみせた。

「その覚悟があれば、資格は十分ですわ。やはり貴方はこんな小さな世界で満足すべき器ではありません。新たな扉を開くべきですわ」

なおもＳＭの世界へと誘おうとするシスティナに私は内心で冷や汗をかく。

流石は嬢王様だ、『悪くないかも』なんて一瞬思ってしまったのを見透かされたのだろう。

『素質があるので新たな扉を開け』みたいなことを言っている。

どうしよう。

「システィナ……たとえどんな世界へ行こうとも、私は仲間と共にいるよ」

ついに、私は仲間を巻き込んだ。

愛する仲間達も一緒ならば、私もそっち系の世界は行く覚悟がある。

今度は私がレイチェルにお尻で踏みつけてもらえるかもしれないし……もうそれだけで堕ちる価値があるよね。

まぁ、実際には「そういうのはちょっと、友達に聞いてみないと分からないです」と言って遠回しに断っているのだが。

ちゃんと通じてくれるのだろうか。

私の言葉を聞くと、システィナはなおも嬉しそうに微笑んだ。

「貴方の仲間も素質がありますわ、リブほどではないでしょうが。きっと激しい世界でもやっていけるでしょう」

ダメだった。

システィナにとっては標的が増えて嬉しいだけのようだ。

というか、私とは違って私の仲間達はみんな純粋で清純な心を持った天使しかいないんだから、素質なんてあるはずないだろう。

もうこうなったら正直に言おう。

私には無理です……と。

「だが、正直言うと、私はその新しい世界が少し怖いよ。何ていったって鞭《むち》だからな……」

ＳＭプレイの代名詞とも言える鞭を引き合いに出して私は断りを入れようとする。

だって痛いのは誰でも嫌だし。

それに大切な仲間が鞭で叩かれたりしたら、私は泣きながら「やめてください！」と懇願してしまうだろう。

しかし、私のそんな後ろ向きな言葉を聞いても、システィナは面白そうに笑うだけだった。

「あら、ムチを恐れる必要はありませんわ。誰だってそうです、豪傑なイスカンダルだって、彼の国の暴君だって、初めはムチだったのですから」

マケドニアの英雄、イスカンダルは変態だった……？

システィナの恐ろしい風評被害に私は少し笑いそうになる。

しかも『初めは鞭』って、鞭はまだ初心者向けらしい。

やはり上級者はロウソクとかも使うんだろうか。

私は強がりの笑みを崩さずに言葉を紡いだ。

「まぁ、そんなに焦る必要もないだろう？　まだ私には早いようだ。さて、二人の容態を看てくる」

もう心の中では滝のように冷や汗を流しつつ私は話を切り上げた。

このままだと本当に口車に乗せられて新たな一歩を踏み出してしまいそうだ。

私は高笑いをしながら逃げるようにしてシスティナから離れていった。

ずっと心配だった二人の様子を見に行くために。

◇システィナ視点◇

「し、システィナっ！　今回の『お礼』はどうやって返せばいいんだ……？」

私が赤い髪の女の子と青い髪の男の子、そしてついでにザムドを回復魔法で治療し終えるとリブがそんなことを話しかけてきた。

私が獣人族の国で『お礼を期待している』と言ったのを真に受けたのだろうか。

あれは単なる冗談だったのに。

「あら？　義理堅いのね。大したことはしてませんし、別に気にしなくて良いですわよ？」

莫大な妖力を持つリブにとっては児戯にも等しかったであろう今回の争い。

それでもリブは律儀にも私に『お礼』をしにきた。

でも私は全く戦ってもいないし、正直ほとんど見ていただけだ。

むしろ、リブが自身の『力』も使わずにザムドを倒してみせた妙技を目の前で見せてもらったので、私はリブの仲間の治療くらいさせてもらおうと思っただけだ。

お礼などされる筋合いもない……が、相手は他でもないリブだ。

浅ましいが、売れる恩は利用すべきだろう。

「でも、そうですわね。リブ、貴方は『この世界』に興味があるのでしょう？　でしたら、いつかは力を貸してもらうと思いますわ」

私は小間使いを通じて知った、リブの演説を思い出しつつそう語る。

「世界を手に入れる」、リブは就任演説で確かにそう言ったらしい。

リブは東の国々だけでなく、『この世界』全体を見据えているのだ。

自分が城を構える西の地域にも遅かれ早かれ進出するだろう。

そのときは、強力な味方になってくれるかもしれない。

「だが、厳しい世界なんだろう？」

リブはそんな事を言いつつもニヤリと笑ってみせた。

さすがだ。

自らの力に溺れ、思い上がり、慢心と共に朽ちてゆく愚王たちとは明らかに違う。

力を持つと、自分が世界の中心だと思い込んでしまうものだ――

リブのように若く、幼い王であるほどに。

「その覚悟があれば、資格は十分ですわ。やはり貴方はこんな小さな世界で満足すべき器ではありません。新たな扉を開くべきですわ」

覚悟をしつつも不敵に笑ってみせる吸血鬼の王に私は確信を得た。

彼女ならここ（東の地域）とは比べものにならないほどに争いの激しい大陸の西部や北部でも通用するだろう。もしかすればいずれはあのハ､ハ､ハ､ハールマンにも――

彼女であれば、世界を良い方向へと導いてくれるはずだ。

リブは世界の王になり得る素質を持っている。

「システィナ……例えどんな世界へ行こうとも、私は仲間と共にいるよ」

何かを受け入れるような表情でリブはそう言った。

私が言外にリブのみを自分たちの世界へと連れ出そうとしている魂胆を見抜いたのだろう。

リブは『仲間』をとても大切にしている。

今回の争いでもそうだった、傷付けられた仲間を見てリブは静かに激高していた。

しかし、リブの末恐ろしいほどに卓抜していたことは、『我を失わなかった』ことである。

仲間を傷つけられた事に身を焦がすほどの怒気を放ちながらも、リブはザムドを最低限の力で捕らえてみせた。

怒りに身を任せてザムドを殺したとしても、後に残るのは虚しさのみであると彼女は知っているのだろう。

私がそこに至るまでには何百年もの歳月を要したというのに。

もはや笑いすら出てしまうほどに完成されたリブの精神を心の中で再度賞賛しつつ、私はリブに提言した。

「貴方の仲間も素質がありますわ、リブほどではないでしょうが。きっと激しい世界でもやっていけるでしょう」

私はリブを筆頭に、成長したリブの仲間達が強大な敵に立ち向かう様子を心に描いた。

リブを含め、リブの仲間達はまだ子供しかいない。

これからどれだけでも強く成長してゆくだろう。

素晴らしき王であるリブの下で。

「だが、正直言うと、私はその新しい世界が少し怖いよ。何ていったってムチだからな……」

私の提言とは対照的に、リブはそんな言葉を呟いた。

しかし、私はリブの口からそんな言葉が出てくる事こそが『リブの強さ』であると確信している。

情報、知識、自覚、それらはこの戦乱を生き抜く上で欠かせない物だ。

それでいて、一朝一夕で身につく物でもない、特に自覚なんて物は一生身につかない者もいるだろう。

リブは確かにまだまだ無知な子どもだ、情報も知識もない、しかし自覚を持っている。

それこそ本当に恐ろしいが、ここからさらに成長してゆくのだろう。

本物の王として。

「あら、無知を恐れる必要はありませんわ。豪傑なイスカンダルだって、彼の国の暴君だって、初めは無知だったのですから」

マケドニアの大英雄イスカンダル（アレクサンドロス大王）を引き合いに私はリブの不安を払拭した。

リブはその若さでは知り得ない不思議な知識を持ち合わせているが、さすがにイスカンダルは知らないだろう。

だが言いたいことは通じるはずだ、リブにはその用心深さを持ちつつ、王として君臨していて欲しい。

もう今回のように毒を飲んでしまうことなど無いように。

私がそう言うと、リブは踵を返した。

「まぁ、そんなに焦る必要もないだろう？　まだ私には早いようだ。さて、二人の容態を看てくるよ」

はぐらかすように高笑いをしながら離れてゆくリブの背中を見送る。

『世界侵略なんかよりも仲間の方が何倍も重要で大切だ』そんなリブの感情が伝わってくるようだ。

今は、仲間の傷を癒やして国の混乱を収めるのだろう。

しかし、リブの置きゼリフに私は思わず言葉を零した。

「きっと『ゆっくり』なんて出来ませんよ。貴方の演説は確かに、この大陸においてはとても小さな出来事にすぎません。ですが、小さな蝶の羽ばたきが、巡り巡って巨大な台風を巻き起こすのです」

一人でそう呟くと、にやける口元を扇子で覆い隠した。

一巻了

あとがき

初めまして、紅茶乃香織《こうちゃのかおり》と申します。

この度は、『私、勘違いされてるっ⁉ 最強吸血鬼と思われているので見栄とハッタリで生き抜きます』をお手に取っていただき誠にありがとうございます。

タイトルが言いづらいので『わた勘』などと略して親しみを持っていただけると嬉しいです。

本作はとんでもない勘違いから『吸血鬼の王』となってしまった引きこもりコミュ障の少女、リブがやっぱり周囲にあらぬ勘違いをされつつ『平和な世界』と『お友達の獲得』を目指して（冷や汗を流しながら）奮闘するお話です。勘違いは連鎖し、広がり、やがては世界を巻き込んだヒロイック・ファンタジーになっていきます。

制作側のお話をいたしますと、本作では、リブが主人公ということになっていますが、私は全員が主人公のくらいのつもりでキャラクター達に突き動かされております。それぞれのキャラクターが自分で考え、勝手に動いているので、作者であるはずの私も想像がつかなかったりします。読んでいてもそんな感じがしませんでしたでしょうか？

本作が書籍化するにあたりまして、この作品を愛し、応援してくださっている皆様には最上級の感謝の気持ちをお伝えしたいと思います。また、この作品を公開する場を提供してくださった「小説家になろう」を始めとする数々の小説投稿サイト様にも感謝申し上げます。

そして、本作品の出版を御提案くださり、御尽力くださいましたTOブックスの皆様、本当にありがとうございます。初めての出版ということで、たくさんの御迷惑をおかけしたのですが、私が我儘を言うと、困るどころか逆にドンドン提案をしてくださって、予想を遥かに超えた素晴らしい本が出来上がっちゃいました。

本書のイラストはイラストレーターの純粋様に描いていただきました。キャラクター達の魅力が余すこと無く表現された、美しくも可愛らしい絵の数々を目にした時は恋に落ちたような感覚でした。一目惚れです。ウチの子超可愛い。

本作はファンタジー世界を舞台にした勘違い系コメディー小説という、ライトな印象を与える作品ですが、実はそれこそが勘違いで、意外と奥深い設定、背景や、広大な世界が手をこまねいてリブたちが来るのを待っています。まだこの世界の片隅しかお見せできていないのですが、この先の世界をリブやその仲間達がドタバタするために、未熟な作家である私には皆様の応援が必要不可欠です。もし、この作品を楽しんでいただけたのであれば、「面白かったよ！」と情報を発信していただけると尻尾を振って喜びます。

それでは、また皆さんとお会い出来る事を心より楽しみにしております。

二〇一九年一月　紅茶乃　香織

勘違い一覧

レイチェル以外→リブ

めちゃくちゃ強く、ヴラドの実の娘だと思っている。

世界征服を企んでいると思っている。

フィーリア→リブ

『リブ』という名前はリブのペットに付けたと思っている。

顔合わせの会議に出られなかったので実はまだリブの名前を聞いていない。

「主様」と呼べば事足りてしまうので未だに知らずにいる。

シルビアに名乗った時がチャンスだったのだが、フィーリアはメイド服を手に入れる為に席を外してしまっていた。

フィーリア→レイチェル

吸血鬼の城に派遣された新人の妖精だと思っている。

レイチェルはまだ吸血鬼としては年齢が低いため、妖精と見分けがつかない。

ペトラ→フィーリア

ただの妖精ではないと感じている。

危機感を募らせている。

リブとレイチェル→システィナ

ＳＭ好きの変態だと思っている。

リブ→リブ

年齢の考え方が人間と同じなので、数十年生きた自分はすでにおばさんだと思っている。

実際は吸血鬼としてはまだ幼いくらい。

自分はヴラドの娘だと思っている。

あてにならないキャラクター紹介

リブ＝ツェペシュと名乗る少女

種族	不明
性別	女
年齢	不明
能力	不明

物心ついて以来、王城の地下で古代人類の遺した古文書を読み漁る生活を送ってきた引きこもり。王の娘と勘違いされ、ヴラド＝ツェペシュの後を継いで吸血鬼国の王になった。肌が凄く敏感で、近くで何かが動くと風圧でだいたい感じ取れる。顔に傷がある事がコンプレックスで、泉に映る自分の顔すら見ないようにしている。その為、実は自分の顔を見た事がない。

あてにならないキャラクター紹介

フィーリア

種族	妖精
性別	女
年齢	132歳
能力	裁縫

王城で働くメイド。妖精の国で兵士として勤務していたが、ヴラドが妖精国と不可侵条約を結んだ事で、兵士だった他の妖精達と共に吸血鬼の城で働いている。妖精の国の中では体力があるが、戦闘力は吸血鬼達の足元にも及ばない。アレイスターと名付けたネズミを飼っている。自身は知らないが、実はリブの名づけの親。

あてにならないキャラクター紹介

ペトラ=トーマン

種族	吸血鬼
性別	女
年齢	70歳
能力	携帯電話(念話)

吸血鬼の国の王の右腕。ヴラドを継ぎ王となったリブの補佐を務めている。といっても事務仕事が中心で他の吸血鬼達よりも弱い。従順で仕事をそつなくこなすが、たまにとんでもない天然をやらかす。フリッツと同じく、かつては捨て子だったがヴラドに救われたという過去を持つ。

あてにならないキャラクター紹介

フリッツ＝ハールマン

種族	吸血鬼(?)
性別	男
年齢	74歳
能力	ガーデニング

吸血鬼の国の若い兵士。「出来損ない」として荒野オルファンに捨てられたが、ヴラドに救われた。狂人と化したヴラドを止めるため、密かに鍛錬していたので兵士の中でも強い。妖精にも平等に接するため、城内の妖精の中にはファンが多い。基本的に優しい。

あてにならないキャラクター紹介

レイチェル＝ツェペシュ

種族	吸血鬼（王の血）
性別	女
年齢	30歳
能力	仕立て屋

ヴラドの本物の娘。裁縫が得意で、糸を自在に操ることが出来る。髪の毛は赤に染めているが、元の髪色はリブと同じで紫色。リブと不仲を装うことで、他の吸血鬼たちが謀反を企んだ際には自分に話が持ちかけられるよう仕向けている。過去にヴラドに罪のない妖精を殺させられた事があり、自己嫌悪にさいなまれながら生きている。

あてにならないキャラクター紹介

エイミー

種族／妖精　性別／女　能力／裁縫

レイチェルの専属のメイドだった。軟禁されていたレイチェルに裁縫や女性としての基礎知識など、色んなことを教えた。レイチェルに殺害されそうになったが、リブのおかげで逃げる事ができた。

システィナ＝ハプスブルク

種族／貴族　性別／女　能力／????

強い。強すぎてたった一人で「貴族」という種族が成立している。行ったことがあり、覚えている場所はフリーパスというカードを掲げると直接行く事ができる。別のカードを掲げると色々出せる。謎の多い能力。

名も知らぬ吸血鬼達

種族／吸血鬼　能力／様々

強い者に媚びへつらう。レイチェルにやられてしまったが、吸血鬼という種族が優秀な為、実はけっこう強い。四人の吸血鬼が交代で国の門を守っている。吸血鬼たちはペトラ以外、全員男性。

ザムド＝ザッケンバー

種族／獣人族(王の血)　性別／男　能力／相撲

獣人族の王。やせ我慢が凄い。能力は『神事』に分類されるが実質的には格闘技(マーシャルアーツ)なので身体能力が底上げされている。　その能力の為、無意識的に『足の裏以外が地面につかない』ように戦闘をしている。身体がすごく大きいが、別に太ってはいない。

ヴラド＝ツェペシュ

種族／吸血鬼(王の血)　性別／男　能力／槍

それはきっと、幸せな人生だった。

メイドの妖精達

種族／妖精　能力／裁縫

吸血鬼の城で働く妖精達。妖精はペトラが指揮しているが、数が多いため、名前までは覚えきれていない。妖精達の多くは密かに、やさしくてイケメンなフリッツに想いを寄せている。

シルビア＝ローレンス

種族／妖精　性別／女　能力／転送装置

妖精の国の王。人間史においては比較的新しい道具が「能力」として彼女に取りついたが、使い勝手が悪い。弱い種族の長なのでストレスでいつも胃を痛めている。正直もう限界に近い。優しさで損をするタイプ。

フリッツと話していた大木

種族／植物？
特徴／爺さんみたいな話し方

私、勘違いされてるっ!?
最強吸血鬼と思われているので
見栄とハッタリで生き抜きます

2019年4月1日　第1刷発行

著　者　紅茶乃 香織

発行者　本田武市

発行所　TOブックス
〒150-0045
東京都渋谷区神泉町18-8　松濤ハイツ2F
TEL 03-6452-5766(編集)
0120-933-772(営業フリーダイヤル)
FAX 050-3156-0508
ホームページ　http://www.tobooks.jp
メール　info@tobooks.jp

印刷・製本　中央精版印刷株式会社

ISBN978-4-86472-790-7